走得越远 天下越近

◎ 郭一江 著/摄

记者走近才能发现……

在中国的大地上每天都演绎着很多故事，惊天动地的不用说了，每天的新闻联播、主流媒体都能看到。而更多的则是像渔民陈理华这样的、似乎是无声无息的、民间烟火味儿、鱼腥味儿、泥土味儿的故事。

文汇出版社

前言

我们走得越远，天下距离越近

——记得还是 2014 年，《文汇报》专刊部和国内部合并后，成立国内新闻采访中心。报社要求每个部门编辑一条文明用语，我"灵光闪现"就冒出了这一句。

——"我们走得越远，天下距离越近！"

虽然后来采用了同事的另一句用语，但我一点都不遗憾。当时的心境就是这样感悟。

如今将这句话精炼，并用作本书的书名，它终于有了归处。

"天下""近距离"——是《文汇报》的两个品牌栏目。以深度报道、调查采访见长。

"天下"注重新闻事件。记者深入新闻事件现场，调查采访背景故事，梳理真相；

"近距离"注重新闻人物。记者贴近新闻人物工作生活，刻画其内心世界，揭示人生。

《文汇报》记者遍及国内外，重大新闻事件、大小新闻人物几乎无一漏网。

"天下""近距离"栏目，每周一期，整版刊发，重磅推出，影响深远。

记得大约还是 2001 年，两个栏目创刊初期。中美贸易谈判紧张、焦灼。中国关注，世界关注。我就和文字记者张艳飞赴北京专访中方贸易谈判首席代表龙永图副部长。我当时以摄影记者身份采拍了他生活工作的影像。中国入世成为中国改革开放历史重大事件，龙永图成为年度新闻人物。

2010 年底，角色转换——我从摄影记者来到采访编辑"天下""近距离"栏目的专刊部，成为部门负责人之一。过去在军队做新闻工作是文武兼备——既搞摄影又兼文字。《文汇报》分工很细，到了报社后十多年，除了摄影图片故事的专题报道，写点小文章，平常的文字新闻写作几乎"挂笔"了。如今重新面对生分多年的新闻写作，而且是写专题特写、深度报道。这确是一个新的挑战！

面对挑战我无法畏惧！

新闻都来自第一线，越深入，越走进现场，越贴近基层，就一定有好新闻。摄影报道是这样，文字报道也一样。

——我们走得越远，天下距离越近！

2010年底，我上任后的第一篇报道便是体验式的跟踪调查采访《一个西红柿的入沪旅程——从山东大棚到上海菜场，本报记者调查菜价变化》，标题很长，但如此贴近生活、贴近人们关注的菜篮子问题的深度专题采访，圈内几乎没有。《文汇报》整版图文刊发后，很快引起关注，国内各大门户网站全部转载。

采访的艰辛自然了得。头天晚上登上去潍坊的航班，正值冷空气南下，暴雪压满了机翼，机场清雪车为排队起飞的飞机清除机翼积雪，直到凌晨2点左右才到潍坊。叫了出租去寿光县，中途还被转包。背着几万元的摄影器材，就我一人，站在风雪夜里，人地生疏的路边换乘寿光转包出租车，真是有些胆寒。有惊无险——到寿光后，天一亮就赶到郊外，冒着风雪走访西红柿大棚、黄瓜大棚、青椒大棚、菜籽培育基地等，采访农民夏有田老人、采访蔬菜公司老板等。下午回到寿光市区发往全国各地蔬菜的集散物流中心，采拍各个菜棚收购上来的西红柿等蔬菜装箱装车等。傍晚6点，登上满载蔬菜的超大集卡，随车"押运"西红柿蔬菜车到七百多公里外的上海。

运菜车夜里行车，两个驾驶员轮流驾驶。我迷迷糊糊，不时打盹儿，每过一个收费站都惊醒观察。出寿光、出山东，一路顺利。进江苏后，在收费站多次因"超载"受阻。一夜兼程，进上海，早上9点多顺利到达江桥蔬菜农副产品批发市场。卸车、向二级市场批发、再向小菜场摊主批发，直到西红柿摆上小菜场的摊位。上海阿姨买到前一天远在山东农家大棚刚摘下的新鲜的西红柿——我全程采访拍摄记录，这已经是下午4点过了。

回家小歇、写稿，四千多字，一气呵成。

七十多个小时艰辛奔波，全程记录一个西红柿从山东寿光菜棚到上海小菜场市民菜篮子的全过程——全程跟踪，现场白描，客观纪录。《文汇报》图文整版刊发，真实呈现了上海市民享用鲜美蔬菜而很难看到蔬菜生产、流通进沪的另一面：菜农的艰辛、流通的阻梗等，很接地气。报道还触及了菜价敏感话题，以及超大城市建设蔬菜基地，根本解决市民菜篮子等问题。具有很强的可读性。

我体会，写这样的新闻稿几乎不需要什么写作技巧，把见到的、听到的原原本本写出来、提炼出主题就行了。

在专刊部的几年中，类似这样的体验跟踪采访还有《徒步四小时，艰辛上学路》《鄱阳湖，渔歌歇了》《不该被"省略"的午餐》《32号界碑的无名卫士》《10年了，终于可以告别溜索了》《大山包的护鹤员》等稿件。编辑此书，全都收录。

在贵州山区和三十多个孩子，徒步4小时，行走在上学的山路上；

在旱灾严重的江西鄱阳湖湖心村，和渔民陈理华在骄阳下工作生活一整天；

在北疆，和巡边员马军武巡逻在中哈边境线上，踏着积雪，顶着风寒；

在云南大山包凌晨摸黑起床，和67岁的护鹤员刘朝海老人巡查在高原海子边，深一脚浅一脚，保护黑颈鹤，这天是大年初三。

——我们走得越远，天下距离越近！

本书收录了这些年跟踪采访、发表在《文汇报》"天下""近距离"栏目的数十篇文稿。

文稿中除了以上深入边远山区跟踪采访体验调查类稿件，还有几篇军事题材稿件。《1953年，长江舰的难忘航行》《1992 南海日记》《肖德万 将军西沙情》《60年后，"一江"们再登岛》等。

《1953年，长江舰的难忘航行》记述了毛泽东主席首次视察人民海军舰艇部队，乘坐长江舰4天3夜，写下"为了反对帝国主义侵略，我们一定要建立强大的海军"题词的伟大航程。年轻时，我曾在这艘军舰上服役，当过水兵、枪炮班长，是这艘军舰最后一任航海长，对这艘军舰有着特殊感情。2013年2月，十多位当年跟随毛主席航行的老舰员和近百位在这艘军舰服役过的老水兵从全国各地聚会上海吴淞军港，纪念60年前的伟大航行。我借机采访了长江舰第一任指导员徐世平中将、老政委刘松，以及刘兴文、林平汉、刘家耀、梅明亮、于学斌、孟振林、张树平、陈明庚等老舰员，通过他们的回忆、口述历史，写下来这篇纪实文稿。同时向老战友、新华社军分社副社长黄彩虹大校约稿——《走向深蓝——中国海军有了航母辽宁舰》。两篇五六千字的文稿配上老战友、新华社海军分社摄影记者查春明大校发来舰载飞机在辽宁舰起飞训练的精彩照片，在《文汇报》对开两个整版发表，气势宏大。

60年前毛主席对人民海军的殷切期望和今天人民海军有了第一艘航空母舰辽宁号——旧闻和新闻呼应起来，历史和现实、昨天和今天呼应起来，对深度了解中国海军发展壮大，具有很强的历史厚重感和新闻可读性。

《1992 南海日记》同样是和老战友、军分社记者查春明合作。我整理了20年前采访南沙六个小礁的采访手记。约他写了2012年采访南沙小礁的新闻，配上精彩照片，八一建军节当日，对开两个整版发表。独家视角、独家图文、重磅呈现，冲击力强。生动展现了人民海军坚守南沙岛礁的英雄场景，官兵们牺牲奉献精神和捍卫祖国海洋权益的坚强意志。

《肖德万 将军西沙情》一稿就不多说了，直接写我的老首长肖德万将军——西沙海战战斗英雄、389舰舰长。在纪念西沙海战胜利40周年时，《文汇报》整版发表。生动展现40年前收复西沙群岛全部岛礁的海战——弘扬英雄、怀念战友。记者内心的情怀藏不住，跃出字里行间。当本书编辑成集时，肖德万将军已经离开了人世。我们很难过！肖德万将军和西沙海战献身的18位烈士永远活在我们心中，他们的名字永远铭刻在共和国的丰碑！

军事题材从来都受到各大报刊深度报道栏目的青睐。年轻时做过海军军事记者的经历，为采写南沙题材的《1992 南海日记》《肖德万 将军西沙情》等军事题材稿件助力，为《文汇报》"天下""近距离"栏目丰富选题，为读者扩展新闻视野。

——我们走得越远，天下距离越近！

自然环境类题材是"天下""近距离"栏目的重头，这与我国环境事业建设发展、进步息息相关。同时也是舆论监督较多的新闻选题。《寻找大树》《东滩湿地"围剿"互花米草》《太阳能发电何时敲开家门？》《大山包的护鹤员》《寻找北极》等即属此类。

《东滩湿地"围剿"互花米草》一稿是记者乘坐飞机时，从空中看到崇明东滩湿地一片青绿色的海滩，其中一块变成褐黄色。从空中鸟瞰好像一块大疮疤，十分刺眼。由此引发记者到崇明东滩调查采访，结果意外地采写了崇明东滩环境建设的大手笔——围剿外来物种互花米草的大新闻，解答了记者和读者的疑问，展现了上海保护崇明东滩湿地，建设最大生态岛的远景。《寻找大树》一稿，是记者从来自安徽泾县的群众举报"一棵百年大树被卖到南京后死去"的信息，驾车到安徽深入采访所得。

——我们走得越远，天下距离越近！

国际题材"天下""近距离"不可或缺。《百万个囚号的警示》《车窗外的伊朗》《中国慰安妇问题调查》和《当人体变成雕塑》等亦属此类。记者有机会来到美国波士顿，见到在市政花园内建立的欧洲犹太人遇难纪念碑十分震撼。回国后正值纪念世界反法西斯战争、中国人民抗日战争胜利纪念日，面对日本政府在南京大屠杀和强征慰安妇等历史问题上的否定态度，我写下了这篇《百万个囚号的警示》，指出：日本法西斯屠杀三十多万南京同胞和德国法西斯屠杀六百万犹太人同样是人类历史上最黑暗的一幕。正视历史才有世界和平。《中国慰安妇问题调查》用了四个整版刊发，重磅揭示了日军强征慰安妇对中国妇女的摧残、灭绝人性的罪行。我们深入山西、海南、湖北、黑龙江等地山村，采访国内有记载的最后 24 位老人。本报年轻记者单颖文采写了长篇特写通讯。我为此还单独出版了《中国最后的慰安妇》的大型画册。

《车窗外的伊朗》一稿是我随《文汇报》记者组出访伊朗采写的纪行纪实文稿。彼时伊朗是世界的热点、新闻的焦点。正值拖了多年的伊核协议濒临失败，柳暗花明、各方有意最后签署时。时机敏感、世界关注——战争与和平！我写了一路的见闻：伊朗人民在西方多年经济制裁下，生活的艰辛、生活的无奈、生活的乐观——生活在继续。最后写下"天黑了，德黑兰亮起了灯光"的文章结束语，寓意即使黑夜来到，灯光终归要亮的！和平才是世界共同的追求！半年后，伊核协议正式签约。

本书还收录了 2015 年记者退休后，为"天下""近距离"采写、发表过的几篇文稿，《罪有应得的海底坟场》《再见邓迎香，麻怀村变了》等。本书还收录了几篇采写了，而种种原因未能刊发的文稿。

《再见邓迎香，麻怀村变了》的采写，故事很多。主人翁邓迎香是个有很多故事的人。她带领村民用了差不多 12 年的时间，在贵州的大山之间，打通了一条出山隧道，通了汽车，带领村民走上了致富路。当时她在当地是有争议的人物。打通隧道是好事，但也遭到非议。村民自行施工作业，危险性大，政府大都不敢为她背书。

多年来为打通隧道，她坚韧不屈、四处化缘，得罪了县上很多部门，县乡书记等领导都躲着她。她的事迹在争议中上了地区报刊。我和年轻记者单颖文采访后，《文汇报》首次向全国报道。据说国务院扶贫办见报后，直接用本报报道作为邓迎香评选全国扶贫先进典型的文字事迹材料，不久邓就受邀到北京，受到国务院副总理汪洋接见、颁奖。在党中央扶贫攻坚战的历史时刻，贵州作为西部贫困地区，一个普通乡村共产党员邓迎香的出现，成为一面旗帜。以后她成为北京天安门广场国庆70周年观礼代表、当选省妇联副主席、评为全国优秀共产党员、出席党的十九大，受到习近平总书记的接见。

再见邓迎香，她刚从北京出席完党的十九大归来，正忙着向群众宣讲党中央振兴乡村战略。此时的麻怀村乡村经济、现代农业、村民生活发生了巨大变化，我写下了见闻。很欣慰，为麻怀村的昨天、今天和明天。

我们走得越远、天下距离越近！

改革开放以来，中国新闻事业繁荣发展。报纸从黑白到彩色，从4版到8版、24版，从一个城市两三份报纸到七八份、十多份报纸。报业的激烈竞争，而调查深度类报道从来都是拳头产品。《文汇报》作为主流媒体，严肃大报，坚持舆论导向，弘扬正能量，以专业、沉稳、庄重、大气、权威的文风赢得读者。我为自己曾做出过努力而欣慰。

非常感怀22年军旅生涯——其中十多年的军事新闻工作历练，《人民海军报》特约记者、《人民日报·海外版》特约记者、《中国海洋报》特约记者、《解放军报》特约通讯员、《解放军画报》特约通讯员的新闻实践：

非常感怀22年《文汇报》的记者生涯——《文汇报》悠久历史文脉、影响力构建的平台，成为记者展示、努力的舞台；两次问鼎上海新闻年赛一等奖，中国新闻摄影年赛银奖、铜奖，上海范长江奖等，算是回报。

非常感激在《文汇报》摄影部、体育部、专刊部、国内新闻中心工作的日子，部门同事的友谊、激励、支持，难以忘怀。

我们走得越远，天下距离越近！

前言

Contents

目录

一个西红柿的入沪旅程

—— 从山东大棚到上海菜场，本报记者调查菜价变化

发表时间：2010 年 12 月 21 日

12 月 16 日上午 8 点，山东寿光的夏有田大爷在自家大棚摘下西红柿，卖给收购商的价格是 1.85 元一斤。

17 日下午 3 点，夏大爷的番茄摆上上海真光路小菜场的摊位，身价已变为 3.0 元一斤。

从 1.85 元到 3.0 元，一斤番茄经过 30 小时的旅行，增加的不仅是 1.15 元的成本，更牵动着农户、中间商、消费者脆弱的神经。

为全程了解蔬菜生产、运输、批发、零售等环节的价格变化，记者 12 月 16 日来到进沪蔬菜最多的山东寿光，从田间大棚一路随访至上海菜场，调查蔬菜价格变化的"推手"。

▲
送
到
收
购
点
、
分
拣
包
装
、
装
车

一人一本账人人都喊亏

寿光是全国最大的"菜篮子"之一，上海市场上的西红柿、黄瓜、尖椒、茄子等，15% 以上来自寿光，每天运到上海的蔬菜就有将近 1000 吨。

记者到寿光的这天，气温已是零下 11 摄氏度，但菜农的蔬菜大棚里却是温暖如春。菜农们上午采摘西红柿、茄子、黄瓜等，并进行分类包装。下午在寿光最大的蔬菜物流园装车，当晚运往上海。第二天上午，在上海的一级、二级蔬菜批发市场就可见到当天运到的寿光蔬菜。下午 3 点，市民就能在遍布全市的各个农贸市场、超市等处买到了。

问及菜价，菜农、收购、运输、经销商和菜贩们异口同声："亏了！"

寿光市古城镇古一村的夏有田老人有记账的习惯，从账本记录看，去年番茄价格每斤比今年贵 1 元钱，今年收入明显减少了。

说是一本账，其实就是一张随手撕扯的硬质纸板，老人摆放在雪地里，一一算来：肥料要两千多元；8 毛钱一棵的苗一季要 1200 棵；塑料布去年才 6.8 元一斤，今年涨到 8.2 元，这又要多花一千多元……

"亏了！"不仅夏老汉理直气壮地说，从事收购、包装、运输、经销一条

◀
夏
有
田
老
人
一
早
在
自
家
大
棚
采
摘
西
红
柿

龙服务的寿光久丰蔬菜公司总经理高杰也这么说。曾在县办企业任职的高杰，指导农户种植绿色标准的蔬菜，收购后装运到上海江桥批发市场。每天发40吨左右，一年四季不断。

"我们今天收购西红柿1.85元一斤，到上海一级批发市场也只能卖到1.9元。"高杰解释说："上海市场只能卖这个价，高了，就卖不出去。人家福建来的西红柿一斤才1.4元。虽然品种不同，但消费者不管这些，就看价格高低。现在什么都涨！包装用的纸箱每个从3元涨到4.6元，明年就要5元了。小工从80元一天涨到100元一天了。寿光物流园、上海江桥批发市场的场租、进场费用更是一分也不能少。"

为什么亏了还要做？记者不解。"十多年做下来了，长期客户要保障，西红柿一个品种亏，苦瓜、黄瓜其他品种不一定亏，今天亏的明天不一定亏。市场不能放弃，而且农民还要靠我们这条流通渠道呢！"

高杰粗略估计，10月以来他亏了近20万元。记者从装箱货运单上见到，一车近10万元的蔬菜，运输、小工、包装等成本就需要1.2万元，超过了10%。

"亏了亏了！"在上海真光小菜场，常年经营寿光西红柿的摊主老刘也这么说。"今年菜价上不去，赚不到什么钱。西红柿2.0元一斤批来（一级批发市场到二级批发市场只加了1毛钱），每箱都要重新挑选，大小分开卖。小的2.5元一斤，大的3.0元一斤。还有不少损耗，批发时连箱称，光每个纸箱重量就有6.5斤。场租费、人工费等等加起来，就没什么好赚的了。"

面对一片"亏声"，市民很不理解，更不买账。"亏本做什么生意！大家都说亏了，那到底谁赚了呢？"65岁的李阿姨，几乎天天进菜场，她心里也有一笔账。"今天西红柿3.0元一斤还可以接受，前段时间每斤4元、5元都买过！老百姓过日子总希望菜价便宜些，正常的季节波动都好理解。不要涨得太快，稳定就好！"

有绿色通道无统一标准

江桥批发市场是上海最大的蔬菜农副产品批发市场之一，外省市供沪蔬菜85%都运到这里。连广太副总经理告诉记者：外省市蔬菜一天最多能到7500吨，

▶ 装上大集卡车

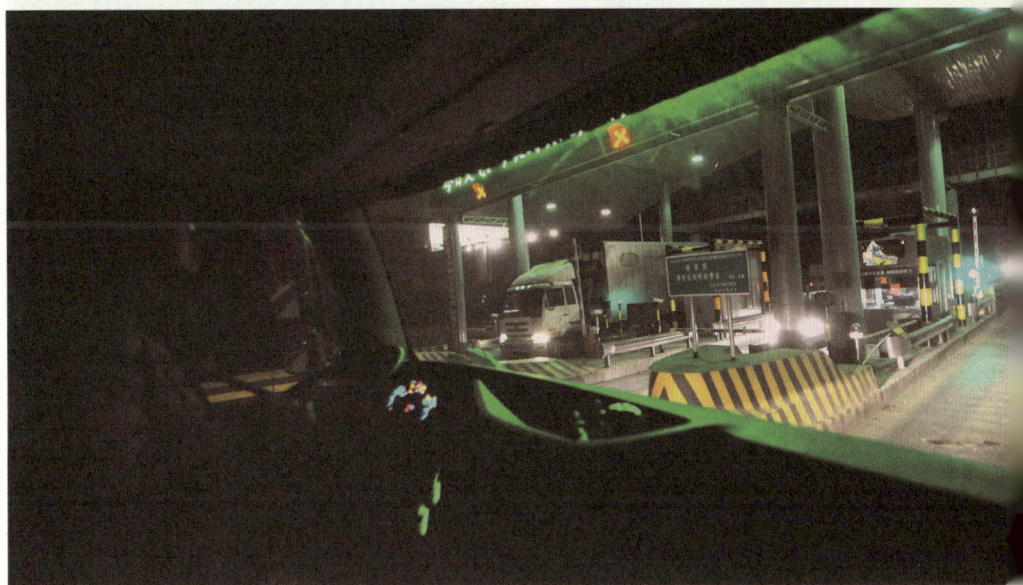

▶ 出寿光一路绿色放行

平均 5000 吨。如果每天少于 5000 吨，上海市场的菜价就要起波澜。多于 5000 吨，菜价自然就降了。因此，蔬菜运输环节是否畅通，直接影响到市民餐桌的质量。

　　记者连日在江桥批发市场采访，有运菜卡车司机反映：中央规定菜车不收路桥费，山东和上海都放行，江苏段大概有 10 天没收，这几天又开始收了。从泰安到上海的一车土豆，路桥费收了 2700 元。

　　耳听为虚，眼见为实。16 日 18 点 30 分，记者在寿光蔬菜物流园登上一辆大卡车，车上装有白天采摘的西红柿、茄子、黄瓜等蔬菜。目的地为上海江桥批发市场。

"白天采摘、包装，当晚连夜出发，15小时后就到上海了。"司机小王和搭档小魏跑上海五六年了。"每天一车，明天上午10点前要到，一是要新鲜，二是长期客户拿不到菜就要拿别人的。"

19点30分，菜车经过第一个道口———寿光收费站，收费员一看是菜车，立即开闸放行。成百上千辆寿光菜车，每天从这里开往全国各地及海外。

20点30分，菜车来到第二个收费口———安丘汶河大桥道口，顺利通过。山东境内不收费，小王很笃定。小王的这辆解放牌大卡车，是半年前刚买的，50万元，是这些年开小卡车运菜挣来的。23点15分，车停在了山东境内最后一个加油站。小王下车检查帆布绳索，加油。电子屏显示加油费1980元。

17日零点10分，车子驶上沿海高速，在山东出省道口，货车排成长队。小王将车开进"绿色通道"，收费员问什么货，小王递上货单，"全是蔬菜。"道口横栏很快打开，通过。

迷糊中，车停了。已是凌晨5点56分，小王小魏最担心的苏通大桥收费口到了。到这里过收费站的大车都必须走设有地磅的专门通道才行。排队的大车超过500米，不少抢道大车挡在了路中。

小王开车排队，小魏跑到前面观察。天很冷。

这里的收费员特别严格，不少车第一次没称好，又反复倒退重新称重。收费员还不时爬上车厢检查，打开包装，确认是蔬菜才放行，如超重即收费。等待是漫长的。排到7点了，小王才驾车驶进地磅通道。真幸运，不超！小王最担心的事什么都没发生，喜出望外！收费员只检查了蔬菜货运单，小魏陪另一检查员在车外检查，即放行了。

8点20分，江苏境内最后一个收费站太仓到了。排队、等候，驶入地磅通道。"不行，倒回去再来。"一个女收费员声音很响。"超了！交钱，300元。"小王懵了。刚才过苏通大桥怎么就不超呢？小王理论起来。"我们有文件，不是我要收的，是文件规定的。"一位戴着眼镜的收费员向小王递上文件。

记者接过文件拍了下来，"江苏省高速公路联网营运管理中心"的这份文件，是"关于完善我省鲜活农产品运输绿色通道政策的通知"，"完善"的举措是"自 12 月 12 日起，将对不超过 5%（包括 5%）的鲜活农产品运输车辆，比照合法装载车辆享受'绿色通道'优惠政策"。

"这是土政策！上海、山东怎么就不收？"电子显示屏上，小王的菜

车超了两吨。僵持 20 分钟后，小王只好交上 300 元。此时两位收费员又不高兴了。原来记者的相机引起他们的不满，一定要记者到办公室讲清楚。结果，删去了部分照片，这才放行。

9 点 30 分，车到上海南翔收费口。小王递上蔬菜货运单，收费员看后即刻放行。

9 点 55 分，菜车终于到达目的地江桥批发市场。记者注意到，地磅称重显示，小王菜车 56.67 吨，扣除自重，菜车净重 40.67 吨，仅超 0.67 吨。

寿光久丰蔬菜公司上海经理高飞对记者说：长期以来蔬菜装车全是按照高度标准，北京方向不超 5 米高，上海 4.8 米高。大车厢内是按每个小菜箱的体积摆放叠装的，装到 4.8 米一般不会超重。如果品种中西红柿和尖椒的比例差太多，可能重量变化就大，因为同样一箱尖椒重量就轻多了。如果全是土豆分量变化就更加明显，但寿光不做土豆。这样装车早就成了菜车的习惯了，一般没人去恶意超载，长年累月做蔬菜生意，每天多少量是固定的，安全总是第一的。

"现在的问题是，同样的中央文件，山东、北京、上海就执行，江苏就有另一套，这是我们想不通的。"司机、菜商们都这么说。

记者不解的是，从小王的菜车称重过程看，过苏通大桥和到上海江桥批发市场都不算超重，为什么唯独到太仓收费口超重？这是不是值得有关方面关注呢？

稳定菜价需要长效保障机制

从年初的"蒜你狠""姜你军""豆你玩"，到不久前的蔬菜价格猛涨，"菜篮子"问题成了全社会关注的焦点。面对老百姓稳定蔬菜价格的期盼，近期以来，从中央到省市各级政府都加大力度，采取一系列强有力措施稳定菜价，并取得初步成效。

2010年，中央安排预算用于三农资金达8183亿元，比去年增长12.8%。11月下旬以来，面对蔬菜价格涨势，国务院办公厅下发了"整车装载鲜活农产品车辆免费通行"的通知，并将原来优惠的新鲜蔬菜、新鲜水果、鲜活畜禽、鲜肉蛋奶等五类上百品种，扩大到土豆、甘薯、鲜玉米、鲜花生等品种。通知还要求各地要降低集贸市场摊位费和超市进场费。减少蔬菜流通环节的成本，降低和平抑菜价。

11月下旬以来，上海紧急抢种绿叶菜17.5万亩，日均上市量不低于3000吨。同时开放"绿色通道"，免收路桥费，保障山东、海南等外省市进沪菜车畅通无阻。

12月15日起50天内，上海市农产品批发中心对外省市整车直发载货量5吨以上菜车，补贴120元；下午市郊蔬菜入场交易费减半；进场采购零售商每百元补贴1元等，优惠补贴金额达100万元。

黄浦区从11月起，对万有全、八仙集团菜场蔬菜摊位实施政府补贴3个月摊位费试点，酌情向全区推广。普陀、杨浦、虹口等区还在市场、超市建起直销店、直销摊，试行"农超对接""农校对接""农区对接"等。静安、徐汇"菜篮子直销车"开进居民社区。有关方面还实行惠农补贴政策，保护菜农积极性，防止菜贱伤农。对沪郊常年种植绿叶菜的农户每亩补贴 80 元。对区县建设标准菜园项目每个奖励 50 万元。

实施平抑菜价紧急措施是必要的，但建立上海市蔬菜供应长效保障机制更为迫切。据悉，这一机制的规划已启动实施。

上海蔬菜集团加快在山东、浙江、江苏、福建、山西、海南等省市建设无公害蔬菜基地步伐，目前已达 106 个。同时，明年建设 5 万吨级蔬菜大库。目前上海蔬菜储备空调保障库量为 1.5 万吨，仅满足市场两天的供应量。5 万吨级大库建成后，可满足全市 5—7 天的蔬菜供应量。政府将通过蔬菜储备来调节市场供给，平抑市场菜价，避免大的波动。

▼ 下午 3 点左右，小菜场就能买到当天从山东运到的西红柿了

告别灾害 陕南大移民

发表时间：2011 年 2 月 25 日

> 山洪、滑坡、泥石流……每隔几年就发生一次的较大规模自然灾害，使居住在陕南深山半坡和滑坡点的群众饱受困苦。从今年开始，10 年内，安康、汉中、商洛 3 市 28 县将移民 60 余万户 240 万人，超过三峡搬迁的 150 万人规模。

　　汉水东流，蜿蜒秦岭大巴山间，潇潇洒洒。"这是长江上游最长的一条支流！"陕西安康人骄傲地对来访者说。

　　安康人爱水。

　　时值 2011 年兔年新春，寒风瑟瑟，却有二十多位汉子在汉江里畅游。每年此时，冬泳爱好者都结伴而来，投入汉水怀抱。52 岁的老李告诉记者："年年都游，几十年了！"

　　江边礁石上坐着洗衣女子。她们脚穿长筒胶靴，手中衣物在清澈的流水中漂涤，身边的竹篮里装着洗净的衣裳。好一幅现代浣衣图。

　　在这新春的汉江边，记者感受到这座城市的宁静和安逸。

　　然而，这只是汉水温情的一面。就在江岸上方两百多米处，一座"安康洪水历史标志塔"和"警戒水文标志尺"醒目耸立着，与眼前的景观很不协调。

　　"警戒水文标志尺"像一把倚天长剑从江边刺向蓝天。标志尺一面为水文刻度，另一面则相应刻着防洪警戒"标准"。上面写着："1. 城外警戒 243.50 米；2. 一号命令水位 246.30 米，东西坝部分撤离……5. 三号命令水位 256.00 米，城区全部撤离……"将警戒步骤标刻在公众场合，可见此地防洪的严峻程度。

▶ "洪水高出大堤两米多。"禹贵荣老人回忆道

与洪水为伴的城市

在江边"乔家茶院"做生意的老板乔刚告诉记者："洪水季节，我们就看这警戒标尺，看水涨到哪了，不用通知就撤。去年看到水快涨到警戒线了，通知也到了，但想撤都来不及，水一下子就淹到天花板！冰箱、茶叶、饮料全被冲走了，损失了十多万元。万幸的是人跑出来了。

他说的是去年 7 月中下旬的大洪水。安康市仅汉滨区就有二十多人死亡、13249 间房屋倒塌、46 万人受灾。

老人禹贵荣在朝阳门大堤城墙下住了四十多年，说起 1983 年的大洪水，至今记忆犹新："那是好几百年一遇的大水，安康全城被淹。这面大堤城墙很高吧，

连年洪水肆虐，
是安康人永远抹不去的痛！

▲
巨大山石掩埋了村庄

但水高出城墙一米多！大家来不及准备就跑了，什么都没拿。我们和许多逃出来的居民住到党校，有的住师范学校和警校。两个多月后，水才退。回来后，光清淤就花了半个多月时间。

▶祭奠亲人

江边的"安康洪水历史标志塔"和"警戒水位标志尺"就是那次洪水后建起来的。

邓向红，一个擅文擅酒的安康人给记者提供了一个权威的说法。1983年的

洪水，是安康 400 年一遇的特大洪水，死了八百七十多人。四百多年前还有一次特大洪水，死了三千多人。安康每十年左右就有一次特大洪水，比如 2005 年那次大洪水是 30 年一遇的，而 2010 年的大洪水则是百年一遇。

汉江是安康人的母亲河，洪灾是安康人之大不幸！

从古至今，安康洪水不断，多灾多难。正因如此，据说在西晋太康元年才改名"安康"，祈福这方土地。

从此，一个世人共用的祝福语，作为一个地方名，为安康人独享千年。安康人倍感亲切和骄傲的是，每年新年元旦，国家主席向全国人民发表的新年贺辞里，最后一句都是"祝全国人民新年愉快，幸福安康！"——"这说的就是我们！"安康人都这么说，更愿这样想。

历年洪灾给安康造成巨大伤害，泥石流等次生地质灾害也越来越成为安康人的忧患。安康市国土资源管理局副局长王福祥提供给记者一串数字——

2000 年 7 月 31 日，紫阳县洪水泥石流，造成 203 人死亡。2003 年 8 月 29 日，紫阳县桐木乡泥石流，造成 47 人死亡，20 人失踪。2007 年 8 月 9 日，岚皋县小道镇、汉滨区新坝乡泥石流，造成 28 人死亡。2010 年 7 月中下旬，汉滨区、平利等县洪水泥石流，造成 68 人死亡，121 人失踪。

在安康，长期以来人们对防洪抗洪的应急预案做得十分完备，而对洪水引起的泥石流等次生地质灾害的认识、预警应急措施，是近十年来才逐渐强化的。

2000 年的泥石流造成了 203 人死亡的惨剧。国家和陕西省有关部门派出 7 个专业地质队，用 3 年时间共查出 1517 个地质灾害隐患点。

2008 年发生汶川地震，安康 4 个县不同程度受到地震影响。根据国家统一部署，又进行了一次地质普查，增加了 5 处隐患点。

2010 年 4 月，洪水来临前群防普查，灾害隐患点达到 2356 处。洪灾过后，又查出了 1900 处。

如今，全市地质灾害隐患点增加到四千二百多处。

"目前这个数字还很难确定！"去年受灾最重的汉滨区大竹园镇七堰村，有 29 人在泥石流中被埋，灾难就发生在两百多年从未有过险情的山边。近年来许多泥石流灾害的发生地，事前都未列入隐患监测点之内。"谁又能想到呢！"王福祥十分痛心。

记者在七堰沟见到，四十多万方下滑山体把延续九代生灵的林家大院深深掩埋在四十多米的地下。巨大的山石、残断的树木凸现在山谷中。记者前去采访的这一天是正月初九，失去 7 个亲人的村民林晓明来这里祭奠。他点燃的纸钱，在风中忽明忽暗跳闪着火光，在这大山巨石间显得那么渺小，星星点点亮一会儿，就灭了。唯有鞭炮在山谷间回响，噼噼啪啪，声声清脆，嘶鸣在长空。

据悉，2010 年陕西全省 559 万人受灾，因泥石流死亡失踪群众达三百多人。

主动向大自然低头

"要先把深山里居住条件最危险的农民撤出来！"

正是目睹了这山间惨境，陕西省主要领导在进行科学的综合论证后，下决心对居住在深山半坡和滑坡点的 60 万户群众实施移民搬迁，并制定通过了《陕南地区移民搬迁安置总体规划》。根据规划，2011—2020 年的 10 年间，陕南 3 市 28 县，共移民 60 余万户 240 万人，占总户数和总人口数的 21.98% 和 26.38%，总投资将超过 1100 亿元。如此宏大规模的移民，超过三峡搬迁的 150 万人，将

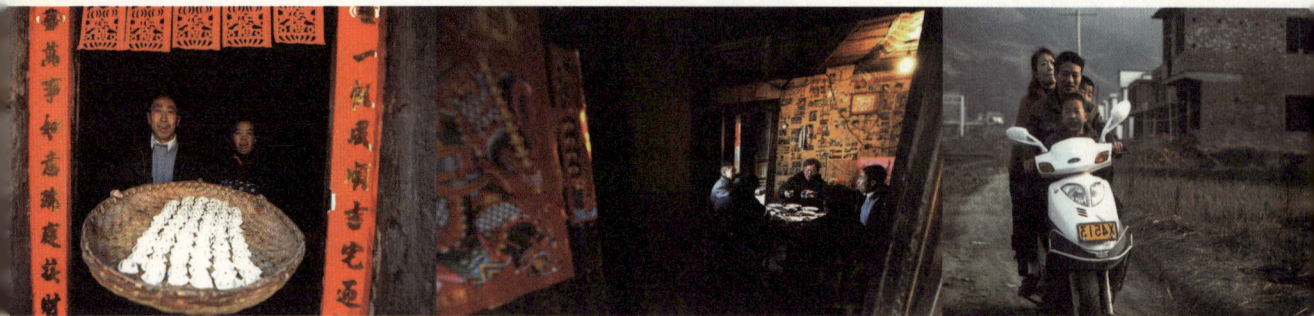

是新中国历史上规模最大的一次移民。

陕南地区安康、汉中、商洛三市，地质条件差，山体稳定性脆弱，易发山洪、滑坡、泥石流，使群众遭受巨大生命和财产损失。1949 年以来，陕西每隔 4 年左右就有一次较大规模的自然灾害，其中最多一次死亡达一千八百多人。在 2010 年发生的百年一遇的洪灾中，陕西 11 个重灾区全在陕南三市。移民搬迁迫在眉睫。

陕西省灾害应急小组组长、长安大学地质工程研究所赵法锁教授认为，陕南地区岩石岩性松散，加上地形陡峻，相对高差大，具备了地质灾害形成的岩性、结构和势能条件，因此，在诱发因子（诸如强降雨、洪水等）作用下，很容易发生地质灾害。

王福祥指出，陕南地区除邻近四川地震断裂带外，安康境内两个地震断裂带历史上也发生过不少地震，造成这一地区地层松动，岩石碎裂。

对此，陕西省省长赵正永坦言，人类活动必须遵循自然规律，不宜人类生存的地区就应该搬迁。

陕南百万大移民，不仅是人类主动向大自然低头的举动，也是促进贫困地区经济社会跨越式发展的战略进军。安康市汉滨区民政局副局长张武俊表示，百万移民工程将把陕南农村发展速度大大提升，加快城镇化进程，意义深远。

陕南移民"总体规划"不仅要求让群众脱离险境，住上新房，还要求新房必须选址在地质水文条件安全的地区，有较丰富的可开发土地和耕地，还要便于居民出行。而原住地将统一进行退耕还林等生态修复、地质治理。

"确保每个行政村有卫生室；全面解决移民群众子女义务教育阶段的上学问

题；争取每户至少有 1 个以上劳动力接受劳务输出培训或实用技术培训；基本实现移民安置地区通广播电视、通电话。"

　　陕南移民"总体规划"详尽具体，为移民群众描绘了一幅未来新农村生活的美好图景。

安居之后如何乐业

　　2011 年兔年新春，陕南百万大移民工程拉开序幕。

　　这么多移民怎么移？移到哪？他们愿意吗？离开祖祖辈辈生活过的山区能行吗？带着心中的疑问，记者行走在去安康市汉滨区大竹园镇七堰村和紫阳县蒿坪镇双星村的山村小路上。

　　紫阳县蒿坪镇平川村 52 岁的胡承卯，在去镇上交完电费回家的路上和记者相遇。胡承卯家去年也遭了灾，现在，他在镇上搞建筑，老伴种地，女儿早几年

▼
安
康
车
站
外
出
打
工
的
人
们

到深圳打工，后来嫁过去了，现在每年寄回来几千元，小儿子正在上高中。砌墙是胡承卯的强项，一年可挣 17000 元。他带着记者来到他的工地——"紫阳县蒿坪镇双星村移民安置基地"。按工程进展，移民安置基地 4 月底就可完工。

"来得及吗？"记者问他。"怎么不行？我们不仅工期不拖，还要保证质量，让他们住得满意。"胡承卯十分自信。

据了解，安康市汉滨区、紫阳县在十年内，就可完成移民搬迁。

胡承卯，一个普通的灾区农民，自己不是移民，却亲手建设移民新村。他挣钱不多，却十分满足，因为山里的乡亲从此安全了。

他怕记者不识路，一直陪伴着走到大竹园镇移民安置点——新七堰社区工地，这才离去。

这个工地已来了五六个工人，正在推土、砌墙。"现在人没到齐，只能做点小活儿，正月十五以后才大干。"他们在四川老家过了年，刚刚回来。

迎面走来几个村民，正在新房前指指点点。他们是去年灾后从山里搬出来的，安置在暂住房。建设中的新房就在附近，他们经常过来看看。"你们的新房子在哪一边？"记者问。"第一批在东边，我们是第二批，在西面。"大家抢着回答。从欢笑的神情中，记者看到了他们心中的那份期盼。

新七堰社区规划图矗立在村口，这个可容纳 6000—8000 人的移民新社区坐落在蒿坪河畔。大竹园镇的灾民以及山里受灾害威胁的群众都将迁移到这里。第一批 5 月即可入住，都是去年受灾的群众。其他移民将陆续搬迁进去。

"让受灾最重的群众先搬进社区。根据规划，我们还要建设幼儿园、学校、商场、文化活动中心、医院。"大竹园镇人大副主席、七堰社区党工委书记马金乾说。

据他介绍，移民搬迁须签约承诺"服从原住地统一拆除"。这样，镇里退耕还林规划可再增加 3000 亩，种上经济茶林。这里是富硒茶产地，将来村民可以在茶园、茶厂加工车间上班。

七堰村党支部书记黄锋也告诉记者，镇上已办了一期"厨师培训班"，已有两户灾民办起"农家乐"。今年新春后，还要办电焊工、电工等技能培训班，为移民就业、外出打工提供帮助。一个村民告诉记者，参加培训每人还可以获得补助 150 元。

记者离开安康前，专程来到火车站。平利县重灾区的一百多个农民工正排队准备进站，坐车去广州。县劳动局专车专人护送，每天往返 130 公里。第二天还将包下一节车厢送农民工外出，全是到苏州工业园的。帮助灾民移下山，有房住，有工作，已成为落实百万移民工程的重要举措。

资金和选址成"瓶颈"

首批移民是去年受灾最重的灾民，规模不大，解决起来相对容易些。但随后的第二、第三批移民，是那些被定性为严重受到地质灾害威胁的群众，也许会涉及更深层次的问题和矛盾。

原住地地质灾害威胁程度有多大？新搬迁地是否安全？国土资源部门必须作出科学认证和权威解答，这正是目前王福祥的最大担忧。"相关专业人员很缺乏，我们全市只有 4 个人。九百多人的群防群测队伍，全是基层一线干部群众，专业水准不够。"他说，全市普查出四千多个隐患点，大多仅凭群众肉眼观察和历史记录，没经过专业地质队认证。

为防止大面积地质灾害，目前全国已建立"国家级"自动观察监测系统。用高科技卫星遥感技术，将全国自动观测站的数据收集起来。陕西唯一的站点就在安康。安康另有两个人工检测点，定期采集数据，综合进行长期、全面、宏观的科学分析。

移民安置点的选址将是十分具体的工作，每个地点都要科学认证才能确定。将来可供选择的安置点也许会越来越少。在安康 10 个区县中，只有安康城区、汉阴县城和平利县城地域较开阔、平缓，其余 7 个县城不是建在山上就是建在沟里，本身也面临安全隐患。这次移民没有像三峡那样走向外省，目前也没有县城整体动迁的计划。

经费，也是百万移民工程的一个大问题。10 年、两百多万人、1100 亿元！巨大资金从何而来？

陕南移民"总体规划"里写着："陕南地区移民搬迁安置核定共需 1109.4 亿元，主要包括移民建房投资需 772.2 亿元，基础设施投资需 140.9 亿元，公共服务及

根据安康市规划，目前已初步确定 7 个移民安置点。"春节后，即请专业地质队来考察认证，这是我现在最迫切的工作。"王福祥告诉记者。

正在建设的移民新社区

其他投资需 159.4 亿元，自主迁移投资需 12.1 亿元和土地整治投资需 24.8 亿元五个部分。""主要通过省级财政扶持、地方配套、中央财政统筹、项目支持、对口支援和群众自筹等六部分筹措。"

据悉，陕南地区人口总数占全省的 24%，而财政收入只占全省 2.4%。经济基础差、底子薄。流经陕南的母亲河汉江，是我国南水北调工程中线的重要水源地。为此，陕南地区多年来几乎停止了工业投资项目，为国家发展的战略大局作出了突出贡献。有关专家认为：这理应得到国家补偿。

"我们还需要全国各地的支持。"马金乾说。在原有 5000 亩茶园基础上新建的 3000 亩茶园和加工基地项目，注册资金 800 万元，但真正启动还有不少缺口。只有形成生产规模，移民下山后的退耕还林、生产生活才有保障。

"资金从哪来？"记者问道。

"当然我们要想办法，并已经解决了一部分。但我们还希望沿海有眼光的企业家来这里投资。我们的茶硒含量高，前景很好。"马金乾说。

七堰村支书黄锋也给记者算了笔经济账，一套 120—160 平方米的住房，约需 12—16 万元。国家给"三无户"每户补助 2.7 万元，家中有受灾死亡的加补 1 万元，宅基地补 5000 元，还可无息贷款 3 万元。除去补助，每家首付要出四五万元。"许多灾民在洪水泥石流中家产都没了，出这么多钱，还是有一定困难的。"他希望国家扶贫政策力度再大些，让灾区移民得到更多实惠。

"山里移民了，我们年年受洪水威胁的江边群众移不移？"在安康市区汉江南岸地势较低的东坝，30 岁的张军说出心中的疑虑。1983 年的特大洪水就是从这儿冲进城里的。只要有大洪水，东坝每次都遭灾。为保安康城区，这里还是泄洪区。"每次大洪灾后都听说居民要搬走，我们很高兴，但后来就没消息了。这次移民全是山里的，没有提到我们。"

这里的群众在报纸上都看到了百万移民的消息，更加关心自己的未来了。

（本报驻陕记者韩宏合作采访）

鄱阳湖，渔歌歇了

发表时间：2011 年 6 月 2 日

> 大旱，将大湖分割成了一些小湖，之间不通，有的还干枯了。在物种的繁殖期，割断
> 了种群间的交流，这对鱼类来说是灭顶之灾。
> 没有了水，就没有了湖，渔民不但不能下湖捕鱼虾，还要"守着大湖忙抗旱"——

还不到 5 点钟，渔民陈理华就醒了。他怎么也睡不着。

住在鄱阳湖中心区、南昌市新建县南矶乡向阳村的陈理华，往年的此时，每天凌晨二三点钟就起床，和妻子一起出门——驾船、下湖、捕小龙虾。现在好了，每天本可以多睡四五个小时，这都一个多月了，还是不习惯。

他轻轻起床。这一天是星期天，10 岁的儿子不用上学，妻子不用早起做饭了，让他们多睡会儿。

陈理华习惯地走到堂屋抽烟。他烟瘾很大，每天要抽两包。一千多个虾笼放在墙角，这是今年新买来的，还没下过湖呢。往年用过的虾笼，有的坏了，修不起来了，他每年都新添一部分。这又花去了一千多元。

他习惯地走到虾笼边，拿起又放下，放下又拿起，竟不知所措起来。这是怎么了？他狠狠地抽了口烟，这才回过神来。

这是在他新建的、刚搬进来不久的新房里。建这样一栋上下两层、三百多平方米的农家小楼，花了二十多万元。40 岁的他，和妻子结婚 20 年了，终于挣下了这份家业。但人都搬进来住了，可楼面的墙壁还没粉刷，地板也没平整，楼梯还裸露着钢筋。十多天前搬家时燃放的烟花炮竹的残片，和泥沙砖块一起，还散落在门前。

▲ 新买的虾笼一次都没有过呢

遇到好年景，能挣七八万元

从小就生活在鄱阳湖湖心区南矶乡的陈理华，祖祖辈辈以打渔为生。他和这里一千多名陈姓乡亲住在一个自然村里，"文革"前村名虽改为"向阳村"，但乡亲向来人介绍时，还都习惯叫"向阳陈家自然村"，村里 90% 都是渔民。

湖边生湖里长，陈理华初中一毕业，就下湖了。他说："我不捕鱼，捕鱼那活儿投资大。捕龙虾投资小些，也热销，我就一心捕龙虾了。"几年下来，他成了村里的捕虾好手。每天下午二三点钟下湖，把虾笼放下去。第二天凌晨二三点钟去收虾。一千多个虾笼最多时一天可收二三百斤龙虾，少时也能收到百来斤。结婚后，妻子每天也来帮他，一起早起，一起下湖，收虾、卖虾，一年下来，收入有三四万元，好的年景可收入七八万元。靠捕虾，他们挣下了这栋楼房，供养了两个孩子和老人，生活慢慢宽裕起来了。

但今年都到 6 月了，陈理华还没下过湖。这意味着，每天至少少收入 300 元。一年下湖 6 个月，才能保证每个渔民 2 万元的年收入。2 万元，是一户渔民一年的生活和教育的最基本支出。

修房子，陈理华基本上花光了这些年的积蓄，还要花几万元房子才能真正完工。他本指望今年大干一场，没想到老天不长眼，他心里难免着急。

"开春时，湖水不见涨，反而退下去了！"陈理华家的4条捕虾船全都上了岸。湖水没了，要不是乡里紧急挖了条河道，水聚到河道里来，说不定饮水都有困难。水不见了，湖底全露出来了，上面长满了青草，一人多高，这里变成了草原了！这都是他从来没见到过的。没有了水，没有了湖，不能下湖捕虾，就没有了收入。

生活的压力，加上生活规律被打乱，他实在不习惯。

打不了鱼虾，庄稼别再遭灾

还是浇地去吧！不知所措的陈理华挑起两个水桶，心似乎才踏实下来。

天旱了，自家的一亩多地里种了花生、黄豆，要浇水。还有6分田的水稻，刚种下去的，也要照应。村里安排了抽水机，每天将河道里的水抽上来，村民再挑水浇到地里。往年根本不用担心田里、地里有没有水。今年不一样了，守着大湖忙抗旱？这还真是有史以来的第一次！

抽水机的轰鸣声从远处的河道那边传来，在清晨的湖村里听起来格外清晰。

还好，这些天每天早晨来照应一下，水稻花生都长得很好。水稻是种来自家吃的，田少，粮食不够吃，每年都还要到市场再买上几百斤才行。花生黄豆也挣不了几个钱，但多少也能补贴些家用，他一边浇水一边担忧，"就怕再旱下去，河道里的水也没了。"

"这恐怕不太可能吧？说不定过几天就下雨了！"他还是往好处想得多。

打不了鱼虾了，这点庄稼可不能再有什么灾。

他指望着。

还是趁空闲，保养维修渔船

既然4条船都上岸了，那就好好保养一下。

　　这是陈理华这些天和邻居陈小延每天要干的活儿。比他大5岁的陈小延也是渔民，他家也有4条船。前几天他们一起到乡里买了一百多斤桐油，准备把所有的船都保养一遍。这些天来，村里的渔民不约而同地都买来桐油，保养和维修渔船。

　　桐油3元钱一斤，4条船需要五十多斤，还有些其它材料，这又花去几百元钱。鄱阳湖的渔民大多喜爱用木船，桐油是木船最传统的防腐涂料。保养时，先将船内外腐坏的缝隙清除干净，再用桐油调和膏泥填严实，然后再用桐油将全部船身里里外外涂抹，一共需四五遍，每次都要干透后才能涂抹第二遍，这一来就要四五天。

　　其实，这样的大保养，今年本来可以不做的。"还不是因为天旱，下不了湖了，没事做了，这才大动干戈起来。趁着这会儿，把船保养好总不是坏事吧！"陈理华说。

　　烈日下，陈理华戴着一顶草帽，细心地涂抹着桐油。陈小延的一条船船尾还在水里，他穿上防水长胶裤站在水里。河水很浅，船尾处的水也才淹过他的膝盖。

　　这次水退得快，河道又小，村里好几条大船来不及退，也没法退了。见状，大家帮忙赶紧运来一些沙包、木料，支撑在船的两边。但重心不稳，水退后，船一下子就歪了，搁在了岸上。有一条船的船体几处木头断裂，想修都难了，这损失就是五六万元。还有两条船损坏少些，能修好。等这桐油涂好后，备好料，大家一起再帮忙修。还要抓紧，万一大雨来了，水涨起来还没修好，这船说不定就真报废了。

　　88岁的老奶奶曹来女，是村里年龄最大的老人。

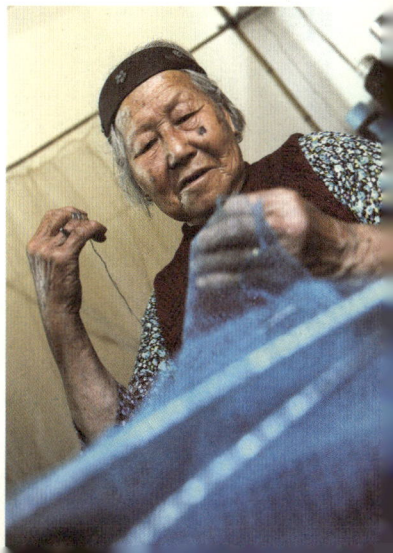

▶ 88岁的曹来女为孙子补虾笼。她17岁时从鄱阳湖对岸的都昌嫁过来，70余年来从未见过像今年这样的大旱。但她相信：湖水总还是要涨起来的

"17 岁从湖对岸的都昌嫁过来，从来就没见过这样的大旱！"老人逢人就说。

老人年轻时就是下湖捕鱼的好手，船也划得快、划得好。那时，她划船回湖对岸的娘家，一般只要四五个钟头。"现在划不动了，也划不过去了，湖里没水了，底都露出来了！"老人虽然年纪大了，但布满皱纹的脸上还透出当年当乡妇女主任时那风风火火的神情和风采。"二十多公里的水路啊！"她眼中闪着光。

旱情牵动着老人的心，子孙们都不能下湖了，她看在眼里，抽空就帮他们做点事。有的虾笼线不牢了，她一一找出来缝补好。

"这湖水总还是要涨起来的！"老人自己相信，还要让子孙们相信。

鱼虾加工厂，如今大门紧闭

然而现实是严峻的。随陈理华的小船趟过河道，踏上大"草原"，一人多高的茂密的草丛很快将人遮住了。脚下的湖底泥土是干的、十分坚硬，再旱几天，说不定这绿草因为缺水可能就会枯黄。小河道里水很浅，几片水草飘在水面上，"今年就是水涨起来了，鱼和虾恐怕也多不起来。"陈理华说。大旱将水生鱼类的生态场地全破坏掉了。

鄱阳湖是我国鲤鱼、鲫鱼等鱼类最优良的产卵场，大旱水少，将大湖分割成了一些小湖，之间不通，有的还干枯了。在鱼类等水生物种的繁殖期，割断了种群间的交流，这对它们来说是灭顶之灾。今年大旱对鄱阳湖渔业资源的影响程度，现在还很难估量。

指着村边一排房子，陈理华告诉记者，那就是小龙虾和鱼类收购加工厂。往年每到这时厂里都有两百多个工人，多的时候有七八百人。他们加班加点收购加工渔民交售的鱼虾，远销到南昌、北京、广州等大城市。

近些年来，鄱阳湖湖区生产的小龙虾市场越来越大。只要说是鄱阳湖的小龙虾，有多少人家就收多少。2010 年南矶乡小龙虾销售额达到 1.2 亿元，利润率为 15%。面对这样好的市场，乡里又新建起一座两层楼的厂房，这还没建好，就碰上大旱。以往每年 4 月底正是鄱阳湖小龙虾的丰产期，工厂的机器早就响起来了，生产线全面开启，

然而现实是严峻的。随陈理华的小船趟过河道，踏上大"草原"，一人多高的茂密的草丛很快将人遮住了。

而今年工厂冷冷清清，大门紧闭。

陈理华撑着小船在小河中缓缓前行。狭窄的河道中哪里还见得到鱼虾的踪迹？

蓝天、骄阳、广袤的绿草衬映着他的身影。在大自然面前，他显得十分渺小，也很无助。

今年大旱，捕鱼抓虾肯定没什么大的指望了。村里有人商议着准备外出打工挣钱，到南昌、广州、上海还是北京？谁都说不清。

妻子问过他，他说："没想好，再等等看！"

▲
小河沟里还蓄了些水，要不连吃的都没了

现在涨了价，都很难收到鱼

都昌县矶山中坝乡曹家村 80 岁的王学胜老人，8 岁就下湖学捕鱼，他记得大约 40 岁时遇到过一次大旱。"今年旱得比那次大！"他十分肯定。这些天虽然水少了，但他还是要下湖捕鱼，"光走路就要走五六里，甚至 10 里路才能到深水区。"大旱水退时，他每天都把船向水里推，所以没像其他船一样，被搁在了离水好远的岸上。他十分庆幸。

记者见到他的这一天，他还打了 4 斤鱼，送到村里的市场卖。"都只有小鱼了，大鱼打不到了！"他十分遗憾。不过打鱼的人少了，送来市场的鱼也少了，他的小鱼每斤价格也就涨了一倍。

鄱阳湖的特产"黄丫鱼"，肉嫩味美，来者必尝。在乡里的"湖味饭店"一盘也卖到了 48 元，比过去涨了 20%。"现在涨了价，都很难收到鱼了！"老板诉苦道。

虽然鱼涨价了，但无论是老渔民还是饭店老板都高兴不起来。

还是尽快下一场大雨吧！湖水尽快涨起来吧！湖才是他们的家，靠湖吃湖的渔家人，离了湖怎么行呢！

彭国华：这不是梦

发表时间：2011 年 5 月 11 日

"今天是农历四月初八，'5·12'那天也是四月初八。今天刚好是农历的地震三周年！"一见到我，彭国华就感慨道。

四川绵阳安县瞿水镇，道喜小区。

三年前，彭国华在那场惊天动地的大地震中被掩埋在 30 米深的矿井下，靠饮自己的小便，接岩石缝的雨水，吃几张草纸坚持，和死神一分一秒地抗争。在妻子、亲友和解放军的不懈努力下，170 小时后，他终于被救出，创造了生命的奇迹。

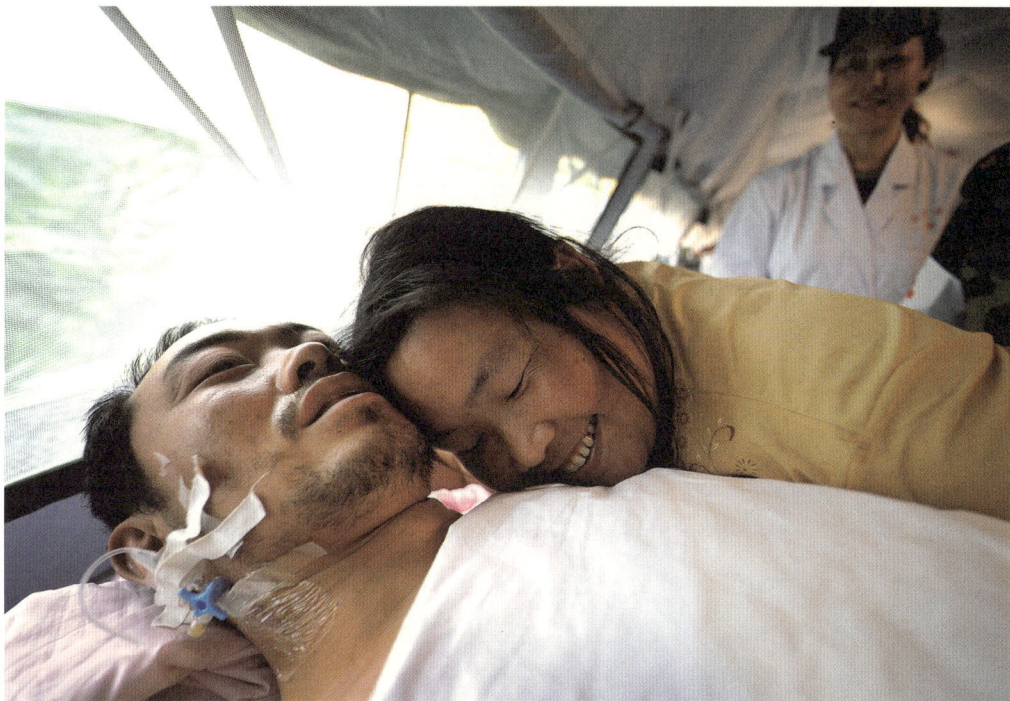

▲ 三年前文友会在长征战地医院见到生还的丈夫

"三年了，谁又能想到今天呢，住进了这么漂亮的灾民新村——道喜小区。这真的不是梦。"

彭国华夫妇在自家新居前

彭国华的新家

这是一套 99 平米的三室一厅，厨卫齐全的一楼新房。主卧临小区广场，主人在这里开了一个窗口，室内安放超市货架。啊！老彭开起了小卖部！"这还是抓阄抓来的呢。"彭国华的妻子文友会快人快语。

原来，村民分房全是抓阄。抓到邻近小区广场的几户一楼人家，全都开起了小卖部，早先没做过生意的老彭和妻子也就跟着开了。老彭算了一笔账：买房8万元，贷款3万元，借了一万多，自己凑齐了余下的部分才装点成了现在的新家。"小卖部一天营业额就两百多元，利润也就10%，二十多元。但积少成多，不亏，能过日子就行。"妻子文友会算账很细心。

开荒造林　远离矿井

老彭很清楚，光靠这个小卖部是不行的。要不回矿井去干？他在矿井放炮有十多年的经验，几个大矿都请他回去。"一个月四千多元，老板来请过好几次。"

"不准去！"老婆说一不二，没有商量的余地。

老彭动摇过。地震后，他的爆破证到期。去年4月，他花了八百多元，学习理论，通过考试，拿到了新证。然而还是让老婆知道了，她把新证给藏了起来。

"我想叫他死了这份心。宁可少吃肉，也不去。我只求一家人在一起，平平安安过日子。"经历了三年前那场劫后余生，这就是她心中的真理，不可动摇。

老彭终于屈服了。如今，他除了打临工外，就一门心思扑在他的山林上。

道喜村在地震前就开始实施"退耕还林"政策。老彭家的4.4亩地全都退耕造林了。此外，他还承包荒山40亩，全部种上速生林柳沙，总共三万多株。"快的10年，慢的15到20年就可成材了。"老彭说，按现在的行情算，至少可收入十多万元。他和家人把未来、把希望全部寄托在这片山林上了。

▶ 《文汇报》刊发了他们的报道，他们很珍惜

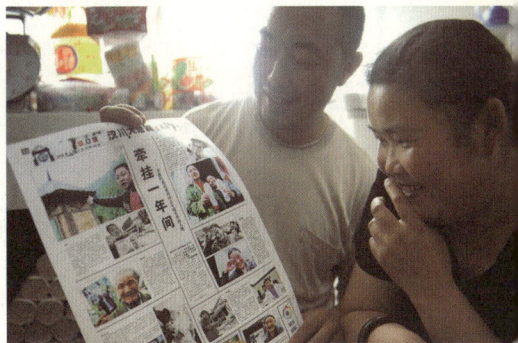

百双鞋垫寄深情

"你穿多大的鞋？"文友会问我。

"38到39吧。"我有些不解地回答。谁想，她随即从一大堆手工绣制的鞋垫中挑出一双，塞到我手里。一试刚好。

老彭说，两年多来，文友会一直在绣鞋垫。她有个想法，要把自己亲手绣的鞋垫送给帮助过他们一家的人。

三年前抢救过老彭的长征医院经常来电关心，前年还来回访过。他们邀请老彭夫妇到上海，文友会说："不绣好四五十双就不去，见了恩人们空着手哪儿行啊。"

三年来，文友会绣鞋垫从未中断过，为了感恩的小小心愿，她已快绣了100双鞋垫了。

妻子文友会为帮助过他们的人绣了百双鞋垫

徒步四小时 艰辛上学路

发表时间：2011 年 9 月 21 日

> 除了假期，无论刮风下雨，贵州大山深处的三十多个孩子都会结伴而行——
>
> 9月3日傍晚，记者乘坐一辆越野皮卡车，爬行了两个多小时的险峻山路，从罗甸县木引乡来到罗坪四组——一个贵州大山中的小山村。当晚走访了几户农家后，住进了组长彭泽光的家。第二天，记者和三十多名孩子一起，行走在山间的求学路上。

这是共和国土地上一个默默无闻的小山村，记者跟踪采访三十多名走在上学路上的孩子，感受到的不仅是艰辛，更是对远方的一种牵挂，也感到媒体人的一种责任。我不知道能做什么，兴许这些照片能告诉读者……

自带一周的柴米油盐

9月4日是周日。午饭后，15岁的彭泽英背着大米和油、12岁的刘志林带着青菜、9岁的杨小成提着柴禾，陆续来到村口。

只要不放假，每周日的这个时候，贵州省罗甸县木引乡罗坪四组的三十多个中小学生，都会结伴去学校上学。

罗坪四组地处黔南大山深处，到乡政府所在地木引乡中心小学和木引中学，要走近4个小时的山路。结伴而行，年龄大的孩子可照护年龄小的孩子，家长放心。一年四季，除了两个假期，不管刮风下雨，天气寒暑，每周日中午离开家门，每周五下午4点放学回家，这样的行程，几乎不变。

罗坪四组一直没有学校。最近的学校，是邻乡的大寨村小学，如今已变成了一个教学点，也要走一个多小时，

▼ 自带柴米油盐的孩子们

而且不能住校，必须每天往返。而乡政府所在地木引，不仅有乡中心小学，还有初中，教学质量要好得多，学生、家长自然就舍近求远了。乡中学可以寄宿，但不能保证每个学生都能入住。乡中心小学寄宿楼刚刚建成，再有一个多月才能住宿。长期以来，罗坪四组的孩子们就在学校附近租房，自带一周的米、菜、油、柴禾等。

山路越走越窄越走越险

▼
山越走越险，路越走越窄

12：40，开始出发了。三十多人的队伍行走在窄小的山路上，显得十分壮观。出村的路还算好的，有两三米宽。上午刚刚下过雨，地上的红泥沾上了孩子们的鞋帮。

13：20，走了40分钟，今年刚刚入学读一年级的彭茂盛和另外几个年龄较

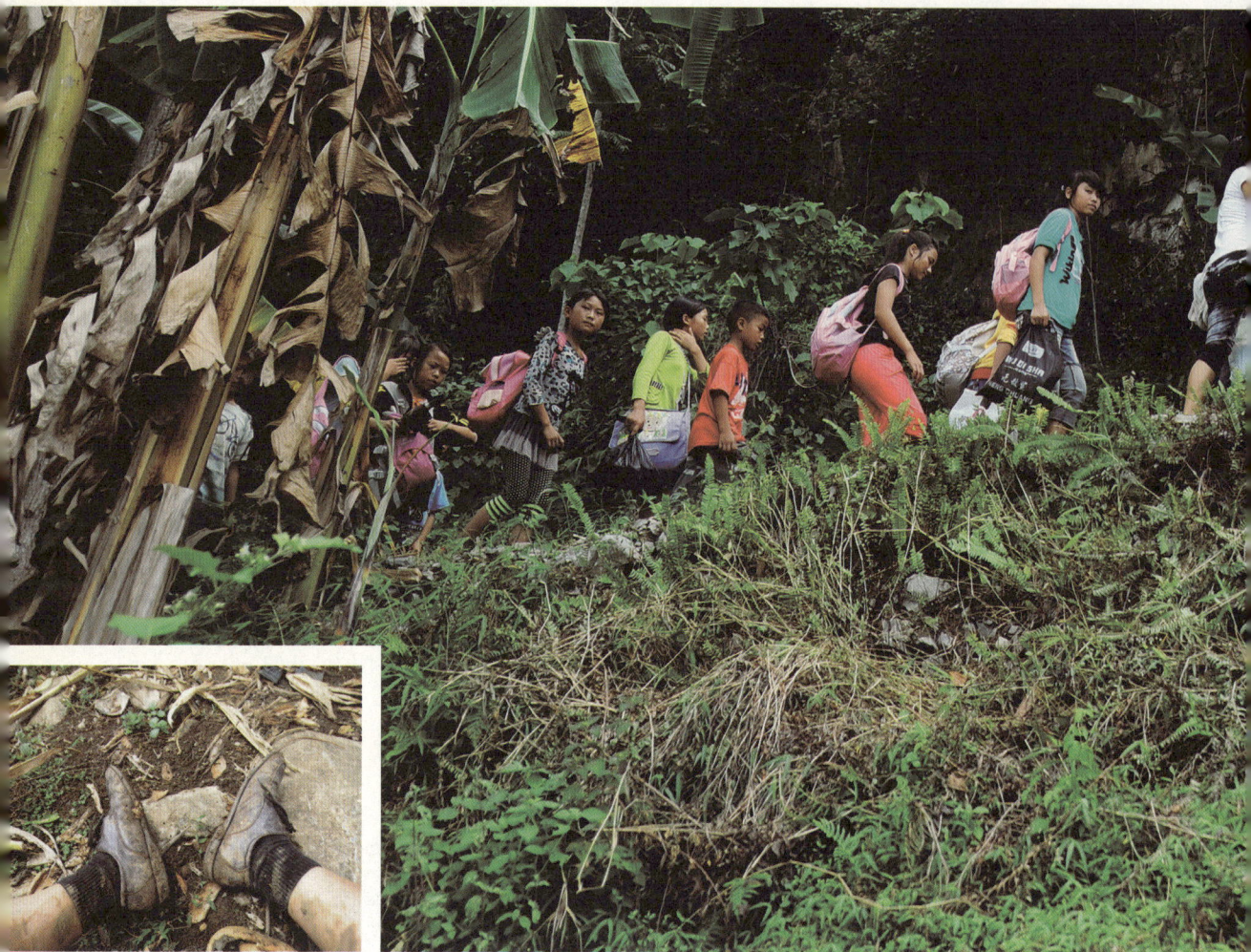

▲
山路崎岖泥泞

小的孩子，感到有些吃力了。大部分学生自觉停下来，第一次休息，只有几个年龄大的男孩照样前行。

　　别看彭茂盛今年才 7 岁，去年上半年他就开始到乡里小学上学前班了。虽然早习惯了每周往返走山路，但每走半个多小时，他就要停下来休息。他家是村里有名的特困户，一家三口住在一间十分破旧的老房子里，年年吃低保。47 岁的父亲彭泽惠和母亲都没有文化，一年仅收获六百多斤稻谷、一千多斤包谷，自家吃都很紧。每顿晚饭，一家人只能在昏暗的灯光下，围坐在火塘旁就着辣椒汤吃包谷饭。他们一心想让这个 40 岁才得的孩子多读点书，好摆脱贫困，所以宁可花两百多元在乡里租房、并托付给一户周姓人家照顾，也要让孩子早点读书。村里把国家寄宿生补助发给了他家，750 元的资助金，为他家缓解了不少困难。

13：40，山路越走越窄、越走越险。路还不到 1 米宽，全是山石。

12 岁的 6 年级学生彭茂彪脚上的塑料鞋破了，鞋带也断了，一看没法穿了，他把鞋子扔到路边，竟赤脚走起来。记者很吃惊：赤脚走山路怎么行？彭茂彪满不在乎地说，没关系，习惯了。记者又问他，还有鞋吗？他这才从书包里拿出一双球鞋，蹲在路边，用手抹了一下脚底的泥，穿了起来。只顾和他说话，记者竟忘了拍照，真遗憾这一幕没能记录下来。

三十多个学生沿着山路前行，一会儿攀上凹凸不平的陡坡，一会儿穿过山林茂密的树丛。山

▶ 彭茂彪脚上的塑料鞋破了

路蜿蜒曲折，绕着贵州高原的山峰，向下伸延。15 岁的彭泽英双手紧紧地捧着小油瓶，生怕跌一跤摔碎了。这么多孩子，没有一个带肉的，也没有一个带蛋的，只有这瓶猪油是一周的"油水"。

记者吃力地紧随孩子们的脚步前行，有几次险些摔倒。"要看准脚下的路，再迈脚！"记者不时拍照，不敢懈怠。

再次休息时，时间已到了 14：40。高原的太阳，火辣辣地照着，孩子们都淌着汗水，汗衫都湿了。"快了！再走二十多分钟就到渡口了。"看着疲惫不堪的记者，孩子们露出笑脸，鼓励我说。

五十多户人家仅一人上过中专

记者了解到，罗坪四组有五十多户人家，共 235 人，人均年收入仅 400 元。

远离乡镇的罗坪四组山高路险，环境恶劣。山里人的唯一生活来源，是种包谷和少量水稻。包谷地全在山石山缝间，一小块一小块的，绵延在高山上。今年天旱，包谷收成很不好。水稻田在山下的河边，种田要走一个多小时路。

这里还受到地质灾害的威胁。山上有一块巨石，裂了近 10 厘米宽的缝，就在村口，悬在全村人的头上。县国土局来人看过，在山边立了一块警示牌就走了。每到刮风下雨，村里人都提心吊胆的。

这里水资源缺乏。前些年，县里专门派人来村里修了蓄水池，基本解决了用水困难。但去年今年大旱，蓄水池的水紧张了，村民们只好走一个多小时的路，到山下河边去背水。

这里的简易公路修了 3 年，前年总算通了车。因路窄、山险，只有越野性能好的车才能开上山来。1994 年通了电，电视能看到了，电话也通了，就是有时信号不太好。由于闭塞，这么多年来，罗坪四组仅有一人考上过中专。

"我要争取考上县高中，再考上大学！"上初三的彭泽英边爬着山路，边喘着气对记者说。

终于听到了孩子们的笑声

渡船上满满一船孩子

15：00，罗坪渡口终于到了。

罗坪河从大山中流出，清澈见底，像一条绿色的项链，挂在蜿蜒的山间。

路宽了。驻足喘息，回首山水，发现竟如此秀美。

孩子们分两批登上渡船。上船后，他们迫不及待地用船上的塑料桶舀起河水，直接喝了起来。"我们山里的水，没有污染，不用加工就是矿泉水！"孩子们自

▼　过了河，踩上松软的的河滩，孩子们欢快起来

豪地说。有的用双手捧起河水，清洗一下热汗淋淋的脸。

　　连续半年天旱，罗坪河变得很窄，只有 20 来米宽，河水平缓。"洪水来时可不一样了，河水变黄，水流很急，河面宽到五十多米，那才危险呢！"老船工对记者说。

　　罗坪河水带来的阵阵清凉，让孩子们活跃起来。渡过河后，他们在沙滩草地上不停地嬉戏追逐。走了这么长时间的山路，终于听到了孩子们的笑声。

　　15：20，两个多小时过去了，孩子们终于走到了山村公路边。

　　沿着山村公路又走了一个多小时，16：30，从村口出发近 4 个小时后，孩子们终于走到了国道边。木引中学，就在公路的右前方。

▲　前方就是学校

不该"被省略"的午餐

发表时间：2011 年 9 月 30 日

新学期开学了。上午 8 点半刚过，贵州省罗甸县板庚乡龙潭小学教学楼后的简易厨房就热闹起来了。十多个小学生进进出出，有的准备柴禾、有的淘米、有的洗菜、有的切菜。他们开始准备自己一天中的第一顿饭，既是早餐又是中餐——这里的孩子一天只吃两顿饭。

简易厨房不到 20 平方米，分隔为两间，里间有一个弃用的灶台。墙根四周，摆满了同学们用砖块搭起的小灶台，墙面已被烟熏成了黑色。两扇窗户上都没有玻璃，上面分别安装了一个抽排油烟机，早晨停电，扇叶随风无力地旋转着。孩子们的身影在烟雾中晃动，小灶台里蹿出的火苗照亮了一张张稚嫩的脸。

围在墙根，孩子们自己生火做饭

上四年级的杨杰今年 11 岁，比他大一岁的表哥罗家贤上六年级，哥儿俩蹲在里间的角落里，把长长的枯枝一根根折断，生起火来。杨杰负责烧火，罗家贤正在淘米、洗菜。

杨杰和表哥罗家贤蹲在里间的角落里烧火

▲
龙潭小学孩子自己做饭吃

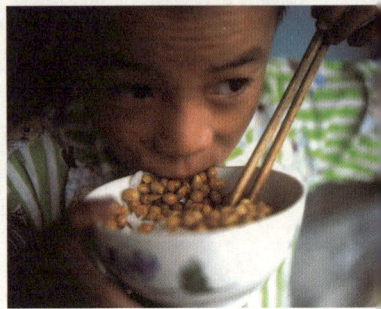

"这样烧饭能烧熟吗？"记者揭开小锅盖。

"能烧熟！"小小年纪的杨杰很老练。

"会不会烧糊或烧夹生了？"记者又问。

"不会！开始时用大火把水烧开，再用小火烧一会儿就好了。"他回答。

"大火烧多少时间，小火烧多少时间？"记者想问个究竟。

他小眼里茫然了，不知如何回答是好。

"他们从小就学做饭，这都好多年了，全凭经验。"校长陈华林替他回答。

罗家贤在一旁择菜——那是老豇豆——在水里剥掉老皮，取出豆粒，一一清洗干净。

差不多二十分钟后，杨杰端起小饭锅，罗家贤换上了炒菜的锅，放油、放豆、放水。水中些许稀疏的豆粒，飘起了几片油花。

水开了，罗家贤拿出一包方便面，放进豆粒儿汤里，接着，把方便面的佐料倒进去。记者这才明白——原来这就是一盘菜。

山区的人口味重，在"方便面菜汤"旁，罗家贤还用辣椒和盐拌了一碗调料。蹲在黑黑的小屋角落，小哥儿俩吃得津津有味。

记者尝了一口米饭，还真烧熟了。

"方便面菜汤"一会儿就吃完了。饭烧多了，还剩着。杨杰说，下午放学带回家去，走山路时可以捏成饭团充饥，"天热，坏了就喂鸡。"

  这一天是周五，下午4点放学后，小哥儿俩不用再做晚饭了，他们和住校的同学们一样，都要回家吃晚饭。他们家住在离学校6公里远的泽汉村里女组，回家要走将近2个小时，几乎全是山路。到了周一，他们再从家里出发，带着做好的作业，也带着一周要吃的柴米油盐。

  在简易厨房中，和小哥儿俩一起烧火做饭的还有十多个同学，大多是亲戚、邻居结伴儿搭伙做饭的，2人、3人、4人一组不等，也有单个做饭的。最多的一组有7人之多，同村低年级学生的家长，把孩子托给高年级会做饭的学生，彼此的家里都商量好，相互照顾，解决住校吃饭问题。

  烧好饭的孩子们，有的在小厨房内围成一圈吃饭，有的端到校园草地上蹲着吃。这一日天气好，孩子们烧饭、吃饭没什么大问题。遇上刮风下雨，柴禾被雨淋湿了就点不着火；大风倒灌，把火吹灭，浓烟熏得孩子们直掉泪；饭烧不熟，只好饿肚子。上六年级的杨秀彪说着说着，眼圈都红了。

  简易小厨房还是今年上半年刚建起来的。再早还没这个小厨房呢，烧饭做菜全在屋外。

  孩子们烧的米饭都一样，而菜却大不相同，有山笋炒萝卜，有茄子炒辣椒，也有水煮黄豆。一个共同点就是，都没有肉，也没有蛋。肉要过年杀了猪才能吃上；家里的鸡生了蛋要存起来，"赶场"时卖了换钱。

  "贫困山区的人节约得很，几乎家家都这样，能省就省。"陈校长说。

每天只吃两顿饭，粮食才够吃

龙潭小学是一所村小，上学期全校的学生是 288 人，其中住校生 45 人，新学年学生报到还没结束，目前已经有将近 300 人。国家对义务教育阶段的寄宿贫困生每年按比例发放补助金，过去每个小学生每学年补助 500 元，初中生补助 750 元，现在小学生涨到 750 元，初中生涨到 1000 元。龙潭小学上学期 45 名寄宿生中，仅有 19 人享受贫困补助，今年分到多少名额还不知道。

贫困生的审查有严格的程序。先由学生家长提出申请，然后经过学校、村委会、乡政府审核，接着公示接受村民监督，最后由县教育局批准。由于每年分下来的名额有限，有些确实贫困的学生也未必能享受到补助政策，有些地区还出现了贫困生轮流享受补助金的情况。发放补助金对家庭困难确有缓解，但不能保证全部直接用到学生的学习和生活上。

记者来到寄宿生宿舍。45 名学生只有两间房，男女各一间。女生宿舍只能放下 5 张上下铺的床，本只可睡 10 人，却住了 17 人。

上五年级的杨胜素和上六年级的黄太雪睡在一张床上，很拥挤。"晚上睡觉怕不怕掉下来？"记者问。"过去怕，现在不怕了。"她们很坦然。

在杨胜素的床前，放了两个塑料袋，一个里面装的是竹片柴禾，一个里面装的是米、油、盐和 4 个土豆、一包黄豆。杨胜素的爸爸妈妈在广东打工，过年才回来一次。姐姐在浙江打工，上月给她寄了 500 元钱。她住在叔叔家，到学校要走 4 个小时。她对记者说："爸爸、妈妈、姐姐都要我好好读书，将来争取考上高中，再上大学。"

陈校长告诉记者，"在我们这贫困山区，大多数人才刚刚解决温饱。学生中不少是留守儿童，父母在外面打工，有些经济来源。"

到了 10 点钟，大多数学生都吃好了饭，走进教室。操场上还有不少学生刚来报到，一些家长带着新生来找校长。

每天上午 10∶15 上课，下午 4 点放学，龙潭小学及罗甸县其他乡村小学的课时安排，几乎都一样。学生们一天只吃两顿饭：一是上学要走远路，很多人 10 点前到不了学校；二来，山区农村的人因为穷，有长期不吃午饭的习惯。"这

都好多年了，也不知从什么时候开始的。"陈校长自己也说不清了。

这里的山区确实贫穷，过去温饱问题长期没解决，农村人几乎每天都只吃两顿饭，也只有吃两顿粮食才够吃。

营养专家和教育专家都认为，一天只吃两餐，对正在成长期的青少年身体发育和健康是极为不利的，更何况这些贫困山区的孩子们，上学都要走好几个小时的山路。

校长"背"着食堂搬迁

汪付珍，罗甸县龙坪四小校长。1999年她刚当校长时，学校仅有三百多名学生。看到学生每天艰辛往返，吃不好饭，她下决心要为山区孩子们办一个午餐食堂。她四处化缘，又组织老师们义务劳动，终于在校园里建起了一个食堂。面对经费困难，她自作主张，将国家补助寄宿生的经费，统一使用。学生上学只带大米，老师义务打工，为孩子们烧饭做菜。看见孩子们在校园内吃到热气腾腾的午餐时，她和老师们都哭了。

　　这一坚持，就是十来年。期间学校两次
搬迁，有人劝她不要再办学生食堂了，压力
大，不讨好，但她说，什么都可以省，但学
生食堂一定要办，还要办好。

　　2006年，受地质灾害影响，学校搬迁。
在新校园里，汪付珍不仅建了一个更好的学
生食堂，还把校园绿化得跟城里的花园一样，
凡是到校的人都赞不绝口。2008年，她被评
为"贵州省名校长"。这一荣誉来之不易，
全省1.8万个校长中只评选了20人。

　　2008年，因建设水电站，校园又要搬迁。
因为是乡村小学，电站刚开始只同意赔偿400万元建新校舍，后来他们到学校参
观后，大为赞叹，一下子增加到800万元。为了帮助贫困地区教育跨越式发展，
在省、州、县各级政府协调下，新校园建设最后确定为1200万元。在相关各方
洽谈签约会上，汪付珍没带讲稿，一口气讲了一个多小时，她落泪了，在场的人
也都落泪了。电站方面当场决定，为学校建设再"奖励500万元"。

　　今年9月1日，新学年开学第一天，记者走进搬到县城近郊的新龙坪四小，
只见崭新的现代化教学楼、学生宿舍楼和上千平方米的学生食堂，矗立在眼前。
如今，学生已增加到了1250人，住校生达500人。

　　中午时分，记者在学生食堂见到，同学们自觉排队打饭，秩序井然，老师们
义务为学生服务。午餐的菜有土豆肉丁、茄子炒辣椒。"午餐经费怎么解决？"
记者问。汪付珍说，还是老办法，统一使用住宿生国家补助金，学生带米，一天
三餐免费。每天每人标准只有四元多，要精打细算才行。家住附近的学生也可以
来就餐，缴纳750元即可，相当于国家给寄宿生发放的补助金。现在，早餐就餐
人数已有上千人，只请了两个厨工，老师们还是自觉前来帮忙。"我每天早晨都
是第一个来到校园，要办好教育，也要办好食堂，压力大。"汪校长说。

　　看到学生们大口大口吃饭，她很欣慰："学生吃好了，学习质量也上来了。
县里的初中，争着来要我们的学生。"

▲ 搬到县城近郊的新龙坪四小，有了上千平方米的学生食堂

94 所农村小学仍在盼食堂

沟亭乡小学有 210 名学生，88 人享受寄宿生补助，还有四十多人虽然同样贫困，却没有享受到补助。每学期都有十来个学生因为家太远，不能每天回家，老师们就让出一间自己的宿舍，给学生们住。吃饭时，老师吃什么，学生们也吃什么。学生愿意带米就带，多少不计；家里有困难，不带也行，从不计较。

今年 4 月的一天，学校里突然来了两位北京客人，一男一女。他们在学校见到此情此景，十分感动，当场拿出 20 万元，捐给学校。不留姓名、不留地址、不许拍照，也不让报道。他们只要求校长王荣春写一纸承诺书：把钱用在建设学生食堂上。

"我们乡村老师哪见过这么多钱啊！都不知如何是好了，只是激动得一个劲儿地哭。"王校长说。

▼ 在建的学生食堂

如今，在省、州、县各级政府和爱心人士的帮助下，一幢投资达 100 万元、集宿舍和食堂为一体的三层楼房，正在沟亭乡小学的教学楼旁矗起，可供 80 名学生住宿和全校师生就餐。施工队正在加紧建设，月底即可交付使用。师生们都希望北京的两位好心人，能再回来看看眼前的一切。

罗甸县教育局李泽慧副局长告诉记者：今年9月1日新学年开学之时，全县首批将有13个像沟亭小学一样的学校，建起学生宿舍和食堂；还有94所农村小学，在等待着属于自己的食堂。

这里也有"免费午餐"

9月5日，记者从罗甸返回贵阳途中，来到山间路旁的兴隆村小。这是罗甸县最先实行"免费午餐"的学校，也是全省少数率先试行"免费午餐"的几所村小之一。

中午11点，记者走进校园，阵阵菜香味儿飘来。教学楼旁的临时露天厨房里，两位厨工正在炒菜，一筐鸡蛋已煮好摆放在竹篮里，4个老师正在清洗不锈钢小餐盒。这一天是新学年上课的第一天，也是第一顿"免费午餐"，老师们格外忙碌。

▼ 每餐保证每人一个鸡蛋

▲
就餐的孩子

　　兴隆村小的"免费午餐"项目由贵州省青少年发展基金会牵线搭桥，由"微基金"、贵阳电信等爱心组织及千万"围脖"者捐款设立。经严格考察、审核、签约后的学校，按每餐每个学生 2.2 元标准拨款，保证"免费午餐"有一个蛋、一两个菜、一碗汤，米饭管够。厨房、餐具，全部由出资方修建并完善配套。经费由出资方定期打到学校账户上，学校购买菜、肉、蛋等食品，必须持有卖方出具的证明，包括数量、金额、联系电话等信息；学生就餐后，在统一的表格上签名；老师签名后，定期统一汇集，交给出资管理方，上网公布，接受所有捐款人的监督。一位住在黔南州都匀市的志愿者，会随时来学校检查午餐质量，督促整改。这些管理规则学校必须签约承诺，如有违规，将随时取消"免费午餐"资助。

　　兴隆村小和捐助方已签约 3 年。校长李才贵说："为节约成本，我们老师自己买菜、洗菜、协助做饭，让全校三百七十多名师生吃好饭。这个项目来之不易，管理好是我们的责任，这样才对得起全国那么多关爱我们的人。"

　　11：30，就餐时间到了。高年级的学生自己把饭菜抬到教室，低年级的学生由老师代劳。同学们在教室里排队打饭，老师负责打菜；每人一个鸡蛋，由老师

——发到桌前。上五年级的史传银，上课、吃饭都带着 3 岁的弟弟，自己吃一口，喂弟弟一口。她家很困难，离学校又不远，父母亲干活忙不过来，她就把弟弟带到学校里来了。像她这样的情况不多，又是开学第一天，老师也就默许了。

记者注意到孩子们吃好饭后，几乎都没吃鸡蛋，而是悄悄地把鸡蛋放进了课桌里。他们说，下午放学饿了，回家路上吃。还有一位学生对记者说："要把鸡蛋带回家给妈妈吃。"

李校长带着记者去看正准备改造的厨房，设计施工方案都做好了，这几天贵阳就来人施工。"为了帮助同学们感恩全国人民和爱心人士，学校正向镇里申请校园旁边的一块地，建个学生农艺实验基地，一是勤工俭学、二是劳动实践、科学种菜。"李校长说出自己下一步打算。

在离开罗甸的汽车里，记者听到了一个好消息：还在简易厨房中烧火做饭的龙潭小学，即将告别昨天。由中国社会福利基金会设立管理的另一"免费午餐"项目，受一位湖南企业家曾先生的委托，定向捐助 40 万元，用于龙潭小学"免费午餐"计划。据这个项目驻罗甸县的志愿者刘军告诉记者：40 万元已打到北京账户上了，他和学校做好协调工作后，就可实施了。

"解决贵州贫困山区学生午餐问题，建学生宿舍食堂计划，还任重道远。全省需 5 亿元，需 5 年时间才能逐步完善和解决。今年才是第一年，刚起步，希望媒体帮我们呼吁，得到更多的帮助。"临上飞机时，记者接到贵州省青基会秘书长杨震的电话，话语十分恳切。

"最美山村女教师"

发表时间：2011 年 9 月 11 日

在贵州南部一个偏远的小山村，邝德华和王启芳守着一个教学点、八十多名小学生——

大寨村是贵州南部一个偏远的小山村，地处罗甸县交砚乡。
乡中心小学的一个教学点设在这儿，有八十多名学生，两位老师。

邝德华和王启芳守
着一个教学点，和孩子
们合影

28 岁的邝德华毕业于贵州师大，来这儿一年了。原来的老师退休后，她挑起大梁，成为教学点负责人，乡亲和学生们都管她叫"校长"。24 岁的王启芳毕业于凯里师专，半年前刚来。

八十多名学生都是村里娃。住得最远的学生，到学校要走两三个小时的山路。三年级因为人少，并进了四年级。除了六年级有单独一间教室外，一、四年级，

二、五年级合在一个教室上课。这在农村小学很常见——当老师给一个年级的学生上课时，另一个年级的学生就在一旁做作业。

邝德华和王启芳轮流给5个年级的学生上课。从早上10点开始，每节课间休息15分钟，一直上到下午4点放学，才有时间烧晚饭。她们已养成了和这里山民一样的习惯：一天只吃两餐。

邝德华告诉记者，去年来这里时，中心校的老师开着一辆"皮卡"送她。两个多小时车程，路越走越窄，山越走越险，头皮越走越紧，心越走越凉。刚一卸下行李，村里的孩子们就都跑过来，好奇地瞧着她。看到一张张稚嫩的脸、一双双期盼的眼睛，她的心一下热了……

刚开始时，宿舍常常停电，没有电视，更没有网络。每天晚上，她都蒙在被子里偷偷地哭，而楼下的退休老教师总要来喊她好几次——她觉得奇怪，后来老教师告诉她，曾经有老师来这儿没几天，就悄悄跑掉了；他担心她留不住，也跑了。他说跑没关系，但不要晚上跑，山路险，要走三四个小时才能到乡里，很不安全；如果真要走，村里会派人送下山。

老教师的话令她动容。

半年后，王启芳来了，她俩相互鼓励、相互支持。每隔两周，她们结伴而行，下一次山。出山必须走路，回村时可以在乡里叫到摩托车。山路太险了，司机听说要去大寨村，没一个答应；后来相互熟悉了，知道两个女孩儿是村里小学的老师，不再推托。

贵州天旱，一年中有半年井里没水。她们每天要沿着田埂走两里多路，到山边的水塘打水，因为体弱力气小，一次只能提回半桶。

王启芳的男朋友是她同学，很支持她，经常上山看她，帮她打水、烧饭，有时还帮着看学生。

▲ 家访，和孩子家长开心聊天、拉家常

邝德华上山半年后，丈夫和她离婚，还带走了4岁的孩子。说到这儿，她眼圈都红了。但她爱这里的孩子，时常和他们一起玩游戏，开出了原来没有的音乐课，经常家访，还资助贫困的学生。

山里吃蔬菜困难，常常有孩子在她们门口悄悄放上新鲜菜。村里哪家有什么喜事，总会叫上她俩。这点点滴滴，都令她们感动。

还有二十多个学生没有书包，操场上也没有篮球架。邝德华向与记者同行的县教育局李正权老师提议：邻村的一个教学点撤销了，他们操场上那个篮球架能不能搬过来？李老师当场打电话联系，无奈，信号不好。"回去就联系！"李老师认真地应承她。

▼ 教学点在偏远的大山间。天气干旱，提水、烧饭需要到一里开外小塘边

边防线上　雪地巡逻

——随武警新疆阿勒泰边防部队官兵边境巡逻侧记

采写时间：2013 年春节

西北边疆，清晨 9 点半还没天亮。
在一个叫做"克孜勒乌英克"的边防派出所，记者和官兵们一起早餐后，
加入到官兵们边防巡逻的行列中。

"出发！" 10 点整，所长高景春少校发出命令。

二十多分钟后，驱车来到中哈边境线。官兵们下车，在所长指挥下，沿着中哈界河中方一侧铁丝网前行。

清晨的气温接近零下 20 度，积雪快到小腿深。桦林寂静，山风扑面。铁丝网外两三米处是一条叫做"阿拉克别克"的界河，河面封冻了。对岸是邻国。

此时，我的身后就是伟大的祖国！这里距离北京大约是 4500 公里，距离上海大约是 4800 公里。

2011 年岁末，记者和边防官兵巡逻在边境线上，光荣感、自豪感、责任感从心底由然升起。

"你们巡逻的边境线有多长？"记者问。

"85.4公里。"高所长脱口而出。"巡逻一次最快也要一天，有时要两三天。别看现在是积雪，到了夏天就是沼泽。中间还有不少小河、沙山、全是无人区，行走起来特别难。"

记者了解到：今年冬天雪还不大，还能行走巡逻。去年底今年初的罕见暴风雪，人根本无法行走。骑马，要不就坐雪橇，或者骑最新装备的"雪上摩托"。随着边防建设现代化步伐加快，现代化的"雪上摩托"成为冬季巡逻的最新装备。

高景春所长甘肃人，守边已有18年了。1983年，高中毕业考大学就差了几分，就毅然参军了。来到军营，他努力工作，从未放弃文化学习。两年后军校招生，他以军事、政治和文化的优异成绩考上乌鲁木齐的武警指挥学校。如今，他已成长为少校所长。黑糙的脸上写下了他18年坚守边防的风霜。

"为祖国巡逻、守边，我无怨无悔！"他说。

如今他已在边疆安了家。在离边防派出所近100公里的县城，一位中学的英语老师爱上了他。

"妻子是班主任。早上 10 点上课，9 点半就到学校了，组织同学早读。天还没亮，就带着孩子到学校。早读后的课间 10 分钟，才急急忙忙地把孩子送到幼儿园，然后再返回学校上课。她很辛苦！"说起妻子和 5 岁的女儿、以及远在老家的父母亲，这位在战士们面前说一不二的刚毅汉子，落下了眼泪。

他当所长三年，一年个人荣立三等功，两年边防派出所集体被评为"全面建设基层先进单位"。

11 点过，巡逻队走出丛林。前面是一座沙山。

来到山下，其实是一座雪山。大风吹来，积雪铺上了一层细沙。山路被积雪掩埋了。官兵们你拉着我、我拉着你，一步一步向山上攀登。有的战士刚上几步就滑了下来，有的战士就跪在雪山上相互支撑着、向上前进。风吹着沙土飞扬。

▼ 巡逻在国境线上

向全国人民致敬

一座五十多米的沙山，官兵们很快就征服了。

28 岁的维族军官伊利亚尔，身材魁梧，一直走在队伍的前面。为了当兵，保卫边防，实现自己当军人、当警察的理想。2004 年，在新疆师范大学大三已过半学期了，他毅然放弃马上就要到手的大学学历，参军来到军营。当了两年战士后，他考上了军校，成了一名光荣的维族边防军官。实现了自己的理想。

这个地区有不少维族群众，他的到来便于开展工作。

然而这里地处建设兵团，汉族群众多，边防派出所原来全是汉族官兵。数十年来，官兵们全是"汉餐"。因为他的到来，全体官兵全部改为"民族餐"。为此，他先到"民族餐"连队，生活工作了大半年，这边所里食堂改"民族餐"完全成功后，他才过来上任。为此，他特别感动。平时，除了和大家一起过正常节日外，每当民族节日，如肉孜节、古尔邦节等到来时，所里还为他加菜，和战友们一起欢度民族节日。

"我们是民族团结的集体，人民军队里战友情谊深！"他说。

他家在乌鲁木齐。女朋友是大学同学。经常到千里之外的边防来看望他。

他热爱自己的军装，热爱自己的岗位。他告诉记者，骑马巡逻，一天下来腿都直不起来。有时还要牵着马走沙山无人区。"但想到自己的责任，再苦再累也算不了什么。"他说。

12点半，官兵们在雪地休息。在刺骨的寒风中，高所长带领大家高声唱起军歌。

　　"说句心里话，我也想家。家中的老妈妈已是满头白发，

　　说句实在话，我也有爱，常想起那个梦中的她……"深情的歌声在祖国的西北边陲飘荡——这般动人！

　　风雪巡逻，官兵们团结协作，圆满完成当天的巡逻任务。

　　14点过，官兵们来到"中哈界河"界碑前。

　　面对和平、和谐的边疆，

　　面对即将到来的2012年新年，官兵们打出"新年好"的标语，向全国人民致以新年的敬礼。

　　庄严的军礼，表达了边防官兵对党、对祖国人民的无比忠诚。

慰问孤老 雪地情深

　　清晨，大雪停了。

　　新疆哈巴河县库勒拜乡喀拉塔斯村部分道路受阻。86岁的哈萨克族孤老枚

官兵慰问哈萨克族 86 岁孤老枚丽汗

丽汗还好吗？——成为武警新疆阿勒泰部队哈巴河县边防官兵们的牵挂。

12 月 16 日上午，官兵们把雪地摩托巡逻训练选在了离喀拉塔斯村最近的地方，带着 100 斤面粉、两袋煤炭、以及水果等物品，冒着严寒前来看望老妈妈。

到了离村口大约两三公里的地方，汽车行动不便了。现代化装备"雪地摩托巡逻车"派上用场了。官兵们将慰问物品装上雪地摩托分批送到枚丽汗老人家。

见到官兵们冒雪前来，老妈妈欣喜不已。大雪可挡住道路，但挡不住边防官兵对人民群众的深情。

走进老人家，暖意扑面。室内温度 19 度。库勒拜边防派出所哈萨克族军官木合塔尔上尉和老人拉起家常。每次来慰问都是木合塔尔当翻译。他是官兵们和老妈妈的联络员。老人有什么事总是和他联系。

军医外出了，官兵还特地到乡卫生院请来哈萨克族海霞医生一同前来，为老人看病。海霞医生为老人量血压、测血糖，指标正常。她给老人备下一些常用药。

老人告诉记者，这些年来官兵们经常来看望，送来慰问品。村里、乡里每年都为她发放救助金。前不久，政府刚刚为孤老等贫困户每户分发了一吨过冬取暖的煤炭。

记者了解到，去年阿勒泰地区遭受 60 年一遇得大暴雪，官兵们为救助被大雪封堵的各族群众，专门成立了"雪地摩托救护队"，昼夜出巡，在暴风雪中救助危重病人和受灾群众。

　　1月24日的深夜，雪借风势呼呼地肆虐着，哈巴河县加依勒玛乡喀布尔尕塔勒村村民木合亚提·加依劳站在窗前心急如焚，妻子肯杰古丽马上临产，可乡卫生院硬件设施不足，无法保证孕妇安全生育。连日的暴雪，早已将进村的路覆盖，自己联系了至少十几辆车，全都不敢夜间出行。暴风雪越来越大，妻子的呻吟声一声比一声凄惨，木合亚提犹如热锅上的蚂蚁般坐立不安。正在这时，一张张熟悉的面孔出现在他的面前，"是加依勒玛边防派出所的官兵们"，木合亚提看到了希望。为了能顺利到达县人民医院，两名警官提着手电在车外探路，一步一步引导车辆向前行驶。25日凌晨1点47分，医院里传出了婴儿的哭喊声，母子平安。木合亚提紧紧握住边防官兵的手，激动得说不出话来。

　　这样的故事，记者在武警阿勒泰边防部队还听到许多。

　　库勒拜、萨尔布拉克边防派出所官兵及时救助附近公路因积雪填埋、被困的28辆车、183名群众，其中包括3辆满载109名学生的大班车。

　　库尔特边防派出所官兵趟雪步行90公里，往返6天，及时将富蕴县库尔特乡苏普特村失去联系6天的28名群众、一千五百多头牲畜转移至安全地带。

　　边防官兵以自己对党和人民的忠诚谱写了一曲曲爱民乐章。

马军武夫妇
32 号界碑的无名卫士

发表时间：2012 年 1 月 22 日

在中国万里边境线上，一个个小小的界碑，默默地矗立着，守望着国土。四周是孤寂的荒山、雪岭、莽原；年年岁岁，周而复始，它们都伴随着凄风苦雨、酷暑严寒。当然，也时有明媚春光和绚烂的秋色！它们既平凡、渺小，又那么伟岸、神圣——它们代表着国家的尊严！

敬礼！请全国人民放心！

虽然，每一个界碑只有一个编号，但它的身后，有着一个个鲜为人知的故事。

32 号界碑，位于我国最西北端的新疆阿勒泰地区哈巴河县克孜勒乌英克乡、中国和哈萨克斯坦的国境线上。在界碑旁边 100 米左右的地方，有一个叫"桑德克"的民兵夫妻哨所。武警新疆阿勒泰边防支队克孜勒乌英克边防派出所护边员马军武在这里守边、护边已经 23 年，妻子张正美来这里陪伴他也有近 20 年。

在这离群索居的边境线上，沙山、荒岭、一座 20 米高的瞭望塔，和门前一条叫"阿拉克别克"的中哈界河，无语地陪伴着他们。他们守护着 32 号界碑附近二十多公里长的边境线。马军武每天巡走在边境线上，23 年来，他巡边总里程达 29.2 万公里，相当于绕地球七圈多，磨破了四百多双鞋，刮破了四十多套衣服……

2011 年 9 月，马军武荣获"全国道德模范敬业奉献奖"。

2011 年岁末，记者飞行四千多公里，又驱车三百余公里，冒着风雪来到西北边陲的桑德克民兵哨所。

（一）

小小哨所在茫茫雪野中

鲜艳的五星红旗高高飘扬

32 号界碑巍然挺立在界河边

鲜红的"中国"两个大字格外醒目

"守住了界碑，就守住了国土。守住了界河，就守住了家园！"一见到远方来的记者，马军武动情地说。

32 号界碑的故事不寻常。

1988 年 4 月 23 日，正值开春，冰雪融化。中苏界河阿拉克别克河遭受百年不遇的特大洪水，河水以每秒 120 立方米的流量汹涌而来，冲刷、吞噬着脆弱的桑德克龙口。咆哮的河水像脱缰的野马，先是冲垮了我方桑德克龙口堤坝，接着漫入我国境内的自然

▼ 1988 年 4 月 23 日，阿拉克别克界河暴发特大洪水，冲垮桑德克龙口堤坝（资料图片）

沟渠。附近建设兵团 11 个连队被洪水分割包围，两万多亩良田和一万多亩草场淹没在大水中，情况十分危急。

更危急的是，如果任凭洪水冲泻，界河将有可能被迫改道，界河以东、自然沟以西由我国实际控制的大约 55.5 平方公里的领土有可能演变成争议地区，以致有被划入邻国版图的危险。

洪水就是命令，灾情就是命令！建设兵团农、工职工及家属，驻地武警、公安、解放军边防部队官兵，当地县乡群众迅速奔赴抗洪第一线。

消息传到乌鲁木齐、传到北京。

"尽快恢复边境地区地物地貌"——成为抗洪军民的最神圣的使命。

一场抗洪保卫战、一场界河保卫战打响了！

各种抗洪物资从四面八方源源不断地运来，数十辆大型推土机日夜不停地与洪水搏斗，军民们冒着危险在河道上架起索道运送各种抗洪物资，修筑堤坝、爆破作业、排泄洪水——直到 5 月 8 日凌晨 1 点 30 分，经过 15 个昼夜奋战，军民们终于堵住了堤坝的巨大溃口，让河水重新回到了昔日的河道，保住了 55.5 平方公里的国土。当时年仅 19 岁的马军武，作为一个普通兵团民兵，参加了这次惊心动魄的战斗。他和抢险官兵们一起装沙袋、加固铁丝笼、堵缺口、抢运抗洪物资，做出了自己的贡献。"当时就想尽快战胜洪水，保住家园，保住界河，哪管什么累不累啊！"今天说起来，他依然记忆犹新，感慨不已。

马军武的父母亲都是 1960 年时从山东支援边疆建设，来到建设兵团的"老兵团"，他说："我从小就出生在这里，这里就是我的故乡！"

如今，民兵哨所成了兵团"爱国主义教育基地"，一间十几平方米的房间里挂满了当时抢险的照片和资料，马军武成了义务讲解员。

过去的定期巡逻，变成驻点监测。在那次大洪水以后，为防患于未然，兵团决定在这里派设一名责任心强、懂水利业务的民兵骨干，常年驻守在桑德克龙口，监测水情，监测河道，守护堤坝，巡视界河——"桑德克民兵哨所"从此建立，被誉为"西北民兵第一哨"。

1997 年，中哈两国正式勘界，马军武和军民们抗洪奋战保卫的 55.5 平方公里的土地归我国所有。界碑正式勘立在"桑德克民兵哨所"门前一百多米处的界河堤岸边，编号为"32"。

至此，马军武和民兵哨所在这里已守护了近 10 年。"我是 1988 年 9 月 20 日来到这里的，那天下午 2 点过后从团部出发，赶着二十多头羊。那会儿根本没有路，全是草丛，一直走到深夜十一点多才到这里，一头羊中毒，半路死了。没电，漆黑一片——"

23 年前，他一个人走到这里的一幕幕，他永生也不会忘记。

（二）

我家就在路尽头
界碑就在房后头
边境线上种庄稼
铁丝网前放牛羊

这是马军武 2006 年写的哨所日记中的一段话。

走进民兵哨所，也就走进了马军武的家。室外气温零下 18 度，室内是 22 度。约 100 平方米的哨所，分为三室一厅，一间住房，一间储藏室，一个小客厅，最大一间是"光荣传统荣誉室"兼值班室，还有一间小厨房。如今的哨所已到第四代了。

仅能放下一张床和一张小桌台的住房，整洁有序，桌上摆放了一台电脑；储藏室中堆放着大米、面粉等。"有一百多公斤米面存着，我们就不怕了，就是大雪封路，哨所成孤岛，我们也能坚持。"马军武说。

"上级为我们配发 4 吨过冬煤，我们又添购了 2 吨。前年大雪就把我们困在哨所里好些日子！"小客厅里，有一张沙发和一台电视机，马军武的妻子张正美给记者倒上一碗热气腾腾的奶茶，"2006 年 11 月 21 日我们哨所才通电。安装了卫星天线，我们才看上了电视！"

电视机曾是张正美心中的痛。

马军武 1988 年一个人来到这里时，住的是地窝，睡的是土炕，一年到头见不到几个人，寂寞难耐。那会儿好多人都担心他得自闭症。

"我是老天爷派来拯救他的。"妻子张正美调侃起来。

1991 年，经人介绍，同是兵团后代的张正美和马军武相恋了。"马军武老实，跑我们家来总是干活。压井打水，浇水种地，什么都干。我爸特喜欢他！"1992 年 10 月，马军武和张正美结婚了。张正美穿着一条大红西式裙装，带着一台那个年代还很紧俏的雪莲牌 18 吋彩色电视机，住进了哨所。然而，哨所没电，电视机一直无法使用，箱子上都蒙上了一层厚厚的灰。"收音机不知坏了多少个。那会儿时兴收录机，要 8 节电池，一节要 2.4 元，没用几个小时就报废了。蜡烛 5 毛钱一根，舍不得买，还是烧柴油马灯便宜些……"

从 1992 年到 2006 年，整整 14 年后，张正美和马军武在哨所才看上了电视。当年新婚时买的电视机早已过时，也不好使了，娘家人心疼她，又给他们送了一台 21 吋彩电。

还有那条结婚时穿的大红裙子，20 年了，来这儿后，就一直都没再穿过。

说到这儿，马军武一脸愧疚。

"我不怪他，这是我们自己要走的路，这里总要有人来守卫，我们不来别人就要来。为国家守边疆，我们愿意！"张正美坦诚的话语，掷地有声。

要说马军武心里更愧疚的，还是儿子。

张正美生下孩子后，就在哨所里坐月子。不到一岁，小家伙就被送到爷爷奶奶家。一年之中，马军武夫妇和儿子见不了几次面，好容易见了次面，儿子却和他们很生分。有一回，孩子放寒假，到民兵哨所住了几天，不料有一天夜里发起了高烧。此时马军武巡边还没回来，张正美说一不二，背起儿子，踏着积雪，深一脚浅一脚赶到 20 公里外的团部医院。当马军武赶到医院，见到昏昏沉沉的儿子和疲惫不堪的妻子时，这位在困难面前从未低过头的汉子忍不住落下泪来！

"儿子，还好吧！妈这几天挺想你。学习也紧张吧！要注意身体，妈知道你辛苦，但要努力，做最后的冲刺。妈永远支持你！加油！儿子！妈知道你是个懂事的儿子，爸妈永远都是爱你的人！晚安！拜拜！"这是一天前张正美发给儿子的短信。

"儿子，妈昨儿个给你寄了五百元钱。这两天民族过年，等你上大学有时间了，妈带着你到他们房子里玩。好好学吧！保重！"这是刚下雪时，寄钱给儿子买鞋时张正美发的短信，一直没有删掉，还在手机里。

现在，短信成了他们和儿子每天联系的方式。

也许是父母亲的精神对儿子的遗传和影响，儿子从小就很努力，一直是学校的优秀生。三年前，他以优异的成绩考上了师部所在地北屯的重点高中。今年就将高考了，夫妻俩无时无刻不在牵挂。

（三）

> 每天第一件事：升起五星红旗
> 每天见到五星红旗在这儿飘扬
> 就特别感到自豪，特别有成就感

这是马军武夫妇的心声。北疆的冬季，北京时间上午10点才露出曙色。9点半，他们准时起床。穿上厚厚的军大衣，戴上棉帽，夫妻俩举着国旗，走到旗杆下，默默地升起五星红旗。在零下20度的寒风中，记者目睹了这动人的一幕。

虽然没有音乐，但他俩步伐一致。马军武拉绳索，张正美右手奋力挥动国旗一角，马上就是一个军礼，直到国旗升到最顶端，与天安门广场升旗同样的神圣、庄严！

"我们看着电视学的。天安门广场怎么升旗，我们就跟着学。"张正美说话总是乐呵呵的。去年9月，马军武到北京领奖时还专程到天安门广场观看升旗仪式。

"不戴手套手不冷？"记者问马军武。

"冬天的绳索很硬，戴手套就不利索了。"他不以为然。

23年前，自从民兵哨所建立，马军武住在了这里，就引起了特别关注，常有探照灯、巡逻车在界河对岸活动。马军武开始时在哨所前用木杆升起一面红旗，后来团里送来了国旗，升国旗这就成了他每天的一件大事。

"老三样"——萝卜、白菜、土豆，还有鸡蛋面条汤，是他们的早餐。

▼ 升国旗

　　早餐后，马军武就要登上 20 米高的瞭望塔，每天早晚各一次。现在这座是新塔，2008 年秋后新建起来的，钢结构，有 90 级台阶。早先的老塔是木结构的，扶梯没有护栏。

　　扶着冰冷的扶手，记者跟随马军武登上瞭望塔。登高望远，界河封冻了，两岸尽收眼底。远处的山野、村庄、哨塔在白色雪雾中依稀可见，一片安宁和谐的景象。马军武一边用望远镜观察着，一边回忆起以往的一幕……

　　那是 2002 年 9 月 20 日下午，他正在瞭望台上观察，突然发现河对岸哈方不时有浓烟飘来。他赶紧跑到邻近的 10 连驻地，用电话向团里报告。到了晚上 9 点，

▲
雪地巡逻

　　火势已蔓延到界河边，这时一支三百多人组成的民兵应急分队也火速赶到，在马军武的引导下，大家一字排开，扑打火苗，设置隔离带。经过一个多小时的奋力扑救，终于控制了火势，最后扑灭了大火。

　　马军武告诉记者，随着科技边防建设步伐加快，如今哨所安装了监控视频系统，可以在哨所里通过视频观察 32 号界碑和界河周边情况。尤其对夜间及时掌握情况，方便快速多了。

　　冬季，在厚厚的积雪中巡边是件十分艰难的事。夫妻俩走到 32 号界碑边，把界碑四周的积雪清除干净。马军武用铁锹铲雪，张正美伏下身来用手扒雪，认真忘我的神情令人起敬。32号界碑上"中国"两个大字，在白雪中显得特别鲜艳。

和妻子挥挥手，马军武踏上了巡边的路。

"看，这是黄羊的毛。黄羊是国家二级野生保护动物。"走出两公里处，铁丝网下有撕裂痕迹，一些细毛挂在网上。"动物野兽才不管界河边境呢，哪有水草就往哪跑。冬天还常常跑到我们哨所门口呢！"马军武边说边用老虎钳将铁丝网修好。

"看，这棵树枝快被雪压断了，如果掉下来压到铁丝网上就很危险！"在3公里处，他把这一险情记录下来。

在雪域边境，记者随马军武仅走了一小段路程，而马军武则走了23年。他每天带着干粮上路，冬天的馍冻硬了，一咬就是一口冰渣子。一口硬馍一口雪，至今落下严重的胃病。

在二十多本民兵哨所执勤日记上，马军武记录下了23年来32号界碑周围二十多公里的边界地区发生的点点滴滴——"2006年1月1日。今天巡逻1号段，铁丝网边有几只骆驼，赶走，情况正常。2号段未发现异常。"

"2008年4月8日。一夜雨。今天河水涨了10公分，连日阴天下雨，情况正常。但界河的水突飞猛涨，来势凶猛。通知团领导。"

"2010年12月28日。昨夜刮了一夜西风，今早路也封死了。夜里有野猫的惨叫，非常恐怖。今早又开始扫雪，每天打扫，都刮满了，没办法，环境恶劣。但愿马军武开会早点回来。1、2、3号地段正常。"这天是妻子张正美记的。

……

马军武夫妻的民兵工作日记记录了边境线上发生的一切，成为32号界碑的第一手原始资料。但他们在巡边中遇到的种种危险、一次次险境却没有任何记录。

这里是和南美亚马逊河流域、非洲乍得湖和坦葛尼喀湖地区齐名的世界四大蚊区之一。每年六七月份，蚊虫肆虐，有一种叫"小咬"的蠓虫，个小毒大，部队配发的一般防蚊虫面罩根本无法防御。人被叮咬后，奇痒无比，全身很快就有过敏反应，曾有不少人畜伤亡的记录。

"我家的大黄狗就被'小咬'咬死了。它平时一见到我就摇尾巴，那天趴在那一动不动。我上前一看，狗身上被咬烂了，伤口肿了，没两天就死了。"马军武说。妻子来了以后，专门为他做了一个更小更密的纱布防护罩，并且还要浇上柴油，这才解决了防护"小咬"的难题。

对付"小咬"，还只是小事一桩。

1995 年 5 月的一天，夫妻俩在界河中遇到的危险，说起来至今仍心有余悸。

阿拉克别克河全长 71 公里，由北向南，曲折的河道在桑德克龙口拐了个急弯，丰水期如不及时清理上游漂来的杂物，龙口就有可能堵塞，河水随时可能漫过堤坝、冲垮河堤。

那天，马军武和妻子来到河边，准备清理河道。他刚把自己用轮胎做的木筏子放到河中，把绳子一端交到妻子手中，还没划几步，突然一个大浪打来，马军武连人带筏翻入河中。

"河水流速特别快，我一下就呛了几口水。我拼命往上顶，双臂用力划水，冲上来又被拉下去，拉下去又顶上来，一直冲到下游好几公里外，最后拼尽全力抓住了河边一棵毛柳树枝，缓了好一会劲儿，这才游到河岸上来。"虽然很惊险，但马军武淡定地述说着。

当时筏子被浪打翻冲走了，在岸上的张正美一下傻眼了，摔倒在河岸上。等她爬起身来，马军武已被洪水冲到下游，小小的身影在水中起伏。

"马武、马武——"张正美大声哭喊，叫着马军武的小名儿，拼着命向下游追去！跑了好几公里，当远远看到爬上岸的马军武时，她一下子就瘫倒在河岸上。

……

马军武夫妻和 32 号界碑的故事还有很多。

他们还将坚守在这里，续写着新的故事。

后 记

　　在新疆阿勒泰地区长达一千多公里的边境线上，和 32 号界碑一样，还有两百多个界碑屹立着。它们的身后，有像马军武夫妻一样的两千多名民兵护边员日夜坚守着。

　　在祖国万里边境线上，还有千千万万个像他们一样默默无闻的护边员。为了祖国的和平、安宁和尊严，他们配合公安、武警和解放军边防部队守边、护边，无私奉献、默默坚守。

　　我知道，他们的故事同样精彩。

乡间，一个"草根"戏班子

发表时间：2012 年 2 月 15 日

> 活跃在江浙沪交界 一年演出一百多场 乡间，一个"草根"戏班子

"正月十六、十七都排满了，再演就排到正月二十了！"65 岁的戏班班主顾敬东正在接电话，见到记者，他放下电话，抱怨中分明带着几分欣喜："从年初二到现在，一天都没停过！开始时在吴江那边连演 3 天，初五初六又到芦墟演，今天刚转场来到金泽。"

　　大年初十，沪郊青浦区金泽镇陈东村。老顾正准备装台，下午 1 点演出。边上的一辆农用机动三轮车装着整个舞台：20 块大约 0.5×1.5 米见方的舞台板整整齐齐地架在车上，还有十多根长短不一的钢条钢架。开三轮车的老杨说："我这车闲时跑运输、忙时拉舞台、农时运粮食。"老杨是雇来的，到哪装舞台，把舞台运到哪，提前一个电话就行了。这天一早不到 7 点，他就赶去装车，9 点不到就把舞台运到这里了。

　　"明天下午 4 点过来，再运走！"老顾招呼道。

　　"嘟、嘟、嘟——"一股黑烟泛起，老杨开着车走了。

▲ 农用三轮车装下了整个舞台

演员陆贞利、扬琴手王木生来了，加上老顾的妻子和村里负责老龄工作的老谢，大家一起动手，先将钢架连接起来，用螺丝固定好，再安上舞台木板，很快，一个宽 6 米、深 3 米、高约 75 厘米的小舞台就搭起来了。用编织袋围起四周，舞台中央挂上背景布，放上演传统戏的桌子椅子，套上红布罩，不到一个小时，小舞台就像模像样了。

老顾从年前刚刚花 2 万元钱买

▲ 农家喜爱草台戏

来的"奇瑞 qq"上搬出乐器、音响等设备，"都是去年国庆节刚刚买的，五千多元。每年都要更新一些设备，过去用的太落后了，今年干脆全换新的。"

"谁是调音师？"记者问。

老顾笑了："我就是，大家都是！"

"我们这设备简单，调试好了就不用管了。我们人人都会，谁先来了谁先调。"扬琴手王木生补充道，"你别看我们老顾是戏班主，他得装台、调音，还是我们戏班的胡琴手，二胡、生胡、越胡、锡胡样样通哩。"

舞台搭起来了，大音箱的喇叭也响起来了。

村里男男女女、老老少少全都出来了。

这一天冷空气南袭，上海的最低气温只有 2℃，郊区还要冷些。没有阳光，风吹在身上阴冷阴冷的。

竹椅子、长条凳，一排、两排、三排……不一会儿，小舞台前就摆满了提前占位的椅子凳子。

"草根"戏班有绝活

这是一个仅有 10 余人的小戏班，叫"乡韵小戏苑"，是戏班班主顾敬东想出来的名字。

"我们江浙沪交界地区的老百姓都喜欢沪剧、锡剧，喜欢越剧的群众要少一些。每年正月，这些地方都要演戏、都要看戏。我们从小就看戏班子演出，老一辈人也是这样过来的。我们演当地老百姓最喜欢的传统戏曲，所以叫'乡韵'。"老顾说，"称'小戏苑'，是因为我们人少，不演全本大戏，全演折子戏、名戏名段。我们在江浙沪交界方圆一两百公里范围内，北面最远到江阴、泰州，南边到桐乡，走到哪演到哪，非常方便。"

作为一种历史文化传承，江浙沪乡间的"草根"戏班子过去曾有不少，而且都有一个雅号，现在逐渐式微。"我们想把'乡韵小戏苑'的名气叫响，让附近老百姓一听到'乡韵小戏苑'，就会想到我们。"老顾有自己的想法。

"乡韵小戏苑"有个特点，就是在演出中加入在江浙沪失传多年的古老的"宣卷"艺术。如今的人们对"宣卷"已经知之不多了，其实顾名思义就是说书，由一人主讲，二人帮衬，小乐队伴奏，有点像苏州评弹，但又不尽相同。"宣卷"源于唐代"信讲"和宋代的"说经"，至清代出现以唱"宣卷"为职业的民间艺人，讲的全是"劝人为善""除暴安良"的民间故事和神话传说，许多故事其实

▶ 老李民间收集的宣卷脚本

都是根据传统戏剧改编而成，有的没有脚本，由主讲人随意发挥，即兴表演。同一个故事，不同人讲的情节、长短都不一样；同一个人讲的同一个故事，前后两次也可能不一样。最早用木鱼伴奏——声声清脆；后来演变成了二胡、扬琴、笛子、三弦的丝竹伴奏——婉约绕梁。江浙沪交界的嘉善、吴江、青浦一带的民间流传着上百个不同版本的"宣卷"脚本。由于大多是口口相传，有文字记载的脚本已很难找到了。这两年，当地文化部门好不容易才找到一些还在世的老艺人，用录音方式整理出版了一些脚本。其实 "乡韵小戏苑"67 岁的主演李小生，十多年前就开始走村串乡，不断收集脚本，并向老艺人讨教演出技艺。

记者在石米村李小生家见到了他收集的六十多本"宣卷"脚本，全是用毛笔手抄的，字迹工整、清晰，最早的是民国时期的，纸张已泛黄、破旧。这些脚本年代久远，还有一些色情、暴力和封建文化的糟粕，而且有的名篇讲起来要两三天。于是，顾敬东和李小生一起整理、压缩成两三个小时的演出本。这样的工作量巨大，老本子又不能损坏，他们就先复印，后压缩、整理、改编，开始时一个本子要讲二十多天甚至个把月，经过一边试讲一边修改，反复演出多次后才慢慢定下，"最终成为现在我们自己的宣卷脚本。"目前，戏班已整理、改编、演出的"宣卷"剧目达十多部。为学习表演方法，老顾还专程到江苏同里，以二胡琴师的身份加入那里仅存的"宣卷"演出班，一边拉琴、一边学习。积累演出经验后，才开始自己的演出。传统的"宣卷"表演形式是一人宣讲，为适应舞台演出需要，顾敬东的戏班采用了两种形式——李小生单人讲或顾敬东、陆贞利双人讲，受到村民的欢迎。

为适应时代的发展，前些年当地文化部门还帮助老艺人自编自创了一些有时代特点的"宣卷"节目，但因"宣传"味儿太浓，没有流传。老顾、老李告诉记者，他们尝试在"宣卷"中加入当地农家喜事、新事和乡间的新风气，哪怕 5 分钟、10 分钟的小段子都很受欢迎。对身边的人和事，观众有亲近感，容易引起共鸣，每次演出效果都很好。

　　小戏班虽然不演大戏全本，但演出的折子戏、名剧名段不少，锡剧、沪剧、越剧都能演、都能唱，五十多个精彩折子戏能连演 5 天 5 夜。记者了解到，锡剧团来演一场全本戏要 1.2 万元，越剧团来演一场全本戏也要四五千元。老顾的小戏班子演一场一千多元就可以，而且台子小，哪里都能搭，转场也方便。农家有喜事，或逢堂会、庙会，常被邀请去演，一年下来，要演一百多场。

每个人都有"B 角"

　　"草根"戏班子中十来个人，都曾是青浦金泽、江苏吴江一带的农民。

　　班主顾敬东，65 岁，金泽镇官子圩村人。他从小喜欢戏曲，爱好美术。因为有美术基础，1980 年代被招进了上海丝绸公司在当地新建的合资厂。还是因为有美术基础，3 年后成为这个有一千多名员工的工厂厂长，"生产的全是出口日本、欧洲、东南亚的丝绸精品。"老顾回顾起当厂长时的辉煌，眼里还闪着光。后来厂里改制，老顾没钱买股份，受聘到江苏一服装厂当厂长，岂料骑摩托车上班时不慎摔伤了腿，只得回到村里休养。在养伤的一年多里，他琢磨起了小时候喜爱的传统戏曲，并一发不可收，联络四乡知音组建戏班，当起了班主。

　　女主演陆贞利，47 岁，江苏吴江莘塔村人。她原在乡办的衬衫厂工作，后来工厂被卖掉后就下岗了。因为喜欢戏曲，无意中走进了上海的这个"草根"戏班，如今成了戏班的台柱子。陆贞利在乡办企业当车工的丈夫和大学毕业的女儿都支持她，演出距家近时，女儿还到戏班帮着当报幕人。演戏很辛苦，陆贞利几乎天天在外，顾不了家，每次演出收入不高，只有一百多元，但她喜欢演戏，四周的乡村里也有许多喜爱她的"戏迷""粉丝"，走到熟悉的乡村，许多老年观众都能叫出她的名字。

　　扬琴手王木生，51 岁，金泽镇石米村人。他现在还担任淀山湖水闸河道的保洁工作。扬琴是他自学的，参加戏班演出是他的业余爱好。"其实，在'草根'戏班，乐队多一个人少一个人也没关系，乐队多时有 6 个人，少时 3 人也能顶一场。"他说，"老顾的主胡少不了，锡胡、生胡、越胡，有老顾在，也不怕。我的扬琴

▲ 在乡村的老年活动室化妆

也少不了，但我得把河道保洁工作安排好，做到两不误。实在走不开了，还有别的扬琴手来顶替。我们每个人都有'B角'。"

男主演李小生，67岁，也是金泽镇石米村人。别看他脸上已长出了皱纹，但一化妆、一上戏，俨然是一小生，"奶油"得很，尤其是上台后，一招一式，一点也看不出是年愈六旬的老人。"演戏的就是显得年轻！"他说时，神情十分自得。李小生曾经是青浦县游泳池的救生员，"文革"中认识了县锡剧团的演员。那会儿没事可做，就跟着学戏，后来逐渐喜欢上了传统戏剧，锡剧、沪剧、越剧、京剧，不仅会唱，还慢慢地上台去演，再后来就干脆加入民营剧团、戏班，还唱出了名气。随着年龄增大，他一边外出演戏一边在民间收集"宣卷"脚本。利用自己多年演出积累的资源，李小生也搭起了一个"草根"戏班，二十多人，可演全本大戏，有时一演就是好几个月。李小生说自己曾经是上海郊区的"第一草台班主"。如今，当年和他一起搭戏班演戏的那批人都不做了，只有他还在演，还在当戏班主。他参加老顾的戏班演出，也参加其他的戏班演出，主要看自己的演出安排来定。"我们这些在'草根'戏班里混的人从不讲究，特别是在圈子里有点名气后，哪个剧团、戏班都好去。人家都愿意来找你，你自己得安排好时间，尽可能不要得罪人。收入多少是小事，大家都是戏班里混的朋友、戏友。"

李小生的家还是1980年代上海郊区的农家房型，上下两层，近年来装修过两次，外墙、内厅都贴上了墙砖、地砖。厅堂和其他农家没什么大的区别，右边是厨房，左边是道具服装小"仓库"。记者见到，光戏服就有6大箱。"价值3万多元，龙袍就有5套！"李小生说。房内还有音响等演出设备，上面蒙了一层灰。"这是淘汰的设备，新的那套运到昆山锦溪了。"他说。李小生的妻子也会唱戏，屋外晾满了她刚刚洗净的大红幕布。这些都是李小生近年投资的，超过了10万元。

"草根"戏班子的"行规"是，演出服都得演员个人掏钱去买。一个主演，没几十套像样的戏服是不行的。"我们都到苏州景德路的'戏剧服装一条街'去

买，各种戏服可全了。"李小生和陆贞利
都这样说。

碟片就是老师和导演

　　五十多个剧目，可以连演 5 天 5 夜，
一年演一百多场。这就是老顾这个仅有 10
来个人的小戏班创下的纪录。

　　"收了人家钱，可不能随便糊弄。虽
是农家人，但都是乡里乡亲。还有好多老
戏迷，可懂戏了！"老顾说。

　　别看小小的"草根"戏班子，一路走
来不寻常。

　　仅仅爱好戏剧不行，只会唱几句也不行。在农村长大的他们，乐理基础知识、
专业戏剧表演知识少得可怜，开始时根本无法适应专场戏剧演出的要求。当老顾
把创办戏班的想法跟当时还是戏友的同伴交流时，大家想都不敢想。还是老顾先
行动起来。他跑遍青浦、上海市区以及苏州的音乐戏剧书店，买来 DVD 碟片，
分发给大家。一个动作、一句唱腔、一个眼神，都照着碟片练。乐队光照着碟片
练可不行，必须有曲谱。老顾不畏难，一边放着碟片一句一句听，一边一句一句
地记谱。锡剧《庵堂相会》是他抄写的第一个曲谱，用的是江苏锡剧团"锡剧王
子"周东亮、卞雁敏的演出碟。"从未抄过戏剧曲谱，一句唱腔要来回放好几遍，
才能记下来。一个唱段没十天半月下不来。慢不说，更不符合乐理规范。自己拉
二胡觉得对了，但别人拿去按谱子练就变调了，节奏也不对。"老顾又买了乐理
书籍，边抄曲谱，边学乐理知识。"多索是 A 调，索来是 D 调——这是锡剧用的调。
多索是 C 调，索来是 F 调——这是沪剧用的调。还有节奏快慢、强弱，音符长短，
开始全都搞混了。"老顾说。功夫不负有心人，几年来，老顾硬是用最原始、最
笨的办法，学会了乐理，记下整个戏班的五十多个剧目的全部曲谱。"现在这些
本子绝不会有乐理上的硬伤！"老顾很自豪地说。

▶ 老顾的曲谱

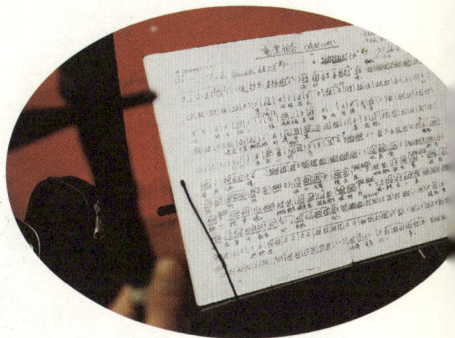

记者在老顾家中见到他抄写的一本本戏曲总谱、分谱，字字工整，笔笔有序，不禁为之动容。

有了碟片，有了曲谱，演员、乐队分练没问题了。合练常常在老顾家，有时到陆贞利家，同样用最原始、最笨的办法，看着碟片一遍又一遍地练。碟片是老师，碟片是导演，这么多年下来了，一出出剧目，一段段唱腔，就这样练成了，并在演出实践中日臻成熟起来。

去年 11 月中旬，无锡举行全国锡剧沙龙，"锡剧王子"周东亮、卞雁敏和来自全国各地的戏迷现场交流。老顾哪能错过这个难得的学习机会，亲自带着陆贞利等 4 个演员来到无锡。陆贞利表演了锡剧名剧《庵堂相会》段子，两位老师当场给予肯定和鼓励，并对"今日清明雨初晴"一句演唱用气的方法进行指导。陆贞利为此激动了好长一段时间，"这以后我就按两位老师讲的方法运气练习，改进过去的唱法，效果很好。名师指点就是不一样！"

……

小戏班在陈东村的两天演出结束了。

夜幕慢慢降临，顾敬东带着还没卸妆的演员和乐手拆台、装车，老杨开着农用三轮车早早候在了场边。小村广场恢复了两天前的平静，而委婉动听的戏曲歌声，还有村民那热烈的掌声、笑声、喝彩声，伴着嗑瓜子的小小脆响声，仿佛还飘荡在村庄的上空……

▼ 吸引农家的草台戏

　　六百年前，中国船队在航海家郑和率领下来到非洲，在肯尼亚蒙巴萨附近的马林国（今天的肯尼亚马林迪市）停留，向当地居民送上瓷器等物，非洲人民回赠了一头"麒麟"——长颈鹿。

　　一百年前，中国清朝海军"海圻舰"参与古巴、墨西哥护侨行动，远航到南美，到达加勒比海。

　　这是历史上中国舰船两次远航的纪录。

　　今天，中国海军大型医疗救护船"和平方舟"号，执行"和谐使命"再次来到这些地方——

　　"和谐使命—2010"，远航87天、航行15000海里，访问吉布提、肯尼亚、塞舌尔、坦桑尼亚、孟加拉国等亚非五国，送医送药，诊治各国病人15770人；"和谐使命—2011"，远航105天，航行24620海里，访问古巴、牙买加、特立尼达和多巴哥、哥斯达尼

『和平方舟』上的白衣使者

发表时间：2012 年 3 月 13 日

驻沪海军 411 医院五十多名医护人员两次参加『和谐使命』任务，远航近 200 天、航行 40000 海里

加等拉美四国，为 10840 名病人提供人道医疗救助。

驻沪海军 411 医院五十多名医护人员分别参加这两次光荣任务，与"和平方舟"号上所有海军医护人员一起，完成了使命。

这艘 2008 年服役、目前世界上最大的医疗救护船，长 178 米、宽 24 米、重 1.4 万吨级，共有 300 张床位，ICU 病房、X 光室、CT 室等现代医疗设施俱全，相当于一个大中城市的三级甲等医院。海上医院医务处主任潘竹林对记者说："'和平方舟'866 船就是海上战地医院，平时或海难及海上自然灾害发生时，它担负着国际人道医疗救助的使命。"

初春时节，本报记者、实习生走近这个光荣的战斗集体。

亚丁湾上战地医院"实战"演练

亚丁湾。2010年10月。"和平方舟"号医疗船经过10天的航行来到了这里，和先期到达这里执行护航任务的"兰州"号导弹驱逐舰和"微山湖"号综合补给舰汇合。

"终于来到了亚丁湾，这个海盗出没的地方。宁静的海面平静得如绸缎一般，在朝阳和晚霞映照下，美丽绝伦，像一位安详入睡的贵妇人。如果没有多起货船被劫持的事件，很难想象如此平静、美丽如画的海面上有海盗肆虐。当我们航行在我海军舰艇组成护航编队的海域，看着周围十几艘大小不一、挂着各国国旗的货船排成整齐编队通过的时候，我不由得心情凝重起来！"海军411医院眼科医师孙琰，这样描述第一次来到亚丁湾的心情。

10月7日早晨8点，紧急"战斗警报"响起——

"某国商船遭海盗袭击，多名船员受伤。"指挥部传来敌情通报。一场以海上医疗救护为中心的抗击海盗综合演练在亚丁湾举行。

"兰州"号导弹驱逐舰火速开赴出事海域，"微山湖"综合补给舰和"和平方舟"号医疗船随后跟进实施医疗救援。

"根据亚丁湾护航任务特点，这次演练主要进行了军舰艇救护所、编队救护所、海上医疗船救护所三级海上医疗救护体系协同能力的检验。"海上医院医务处主任潘竹林告诉记者。"'兰州号'导弹驱逐舰击退'海盗'，对28名重'伤员'实施紧急救援。"指挥所再次传来命令。

8点10分，"和平方舟"上最新国产医疗救护直升飞机起飞。旋风在巨大的飞行翼下刮起，直升飞机掠过海面，直飞"微山湖"号综合补给舰。

当直升飞机返回，着陆"和平方舟"医疗船飞行甲板时，救护队员迅速冲到舱口，用担架将"伤员"转运到各科室病房——拥有20个重症监护室、8个外科手术室等先进医疗设备的"和平方舟"，成为伤病员的"生命之舟"。

411医院ICU室主任刘玮告诉记者，演练中有一个项目是"抢救一个脑外伤并海水溺淹的重伤员"。当他把"伤员"迅速接到ICU病房时，"伤员"体温已下降。刘玮和医护人员紧急救治，为"伤员"盖上复温毯，并进行血压、氧饱和度等监护。由于"伤员"伤病复杂，海上医疗队打开了远程救援系统，海上医疗专家和远在北京海军总医院的专家，通过视频进行远程医疗会诊，制定了医疗方案。经过一个多小时的紧急救助，"伤员"终于"转危为安"。

演练还进行了腹腔穿刺手术、颅脑手术等模拟手术。

"这是带实战背景的演练。只有经过这样复杂条件下的演练，才能够在战时各种复杂情况下从容应对，立于不败之地！"潘竹林告诉记者。

海上医疗救护完全不同于陆地

急诊科护士杨永平是 1985 年出生的山东女孩。她不是军人，却成为海军411 医院非现役文职人员参加"和谐使命—2010"远航任务的第一人。

"我特别荣幸！"这个一脸稚气的女孩为这次特殊经历感到自豪。在海上八十多天的日子里，她穿上护士服，谁也没注意到她没有军衔。在军人的世界里，谁都把她当成军人。"我是军人！直到现在我在心里还把自己当成军人！"远航途中，她光荣火线入党。

在海上，正常情况下，小杨要随医疗小分队到各艘舰船巡诊，为官兵们体检。当两舰相靠，需要爬舷梯。风浪大时，晃得厉害，还要带医疗器材。"想到是为远航官兵服务，我就一点都不怕了。"她说。"第一次登上导弹驱逐舰时特别激动，特别想摸一摸那高昂的大炮。'可我是来工作的，不是来游玩的。'我又在心中提醒自己！"有一次光量血压，就是好几百人，中间一点都不能休息，她的手都酸了，但坚持着。

如果说攀爬舷梯上下舰船是小杨的必修课，那克服晕船则是海上医护人员必须迈过去的一道坎。

"出海第一天，我们就遇到了十级大风，十几米高的巨浪一个接着一个向医院船袭来。船身随浪剧烈起伏，舱内桌子上的水杯都被晃落到地上，当时我心里害怕极了。"金婷妍是海军 411 医院神经外科护士长，2011 年 9 月，她刚休完产假就出海了，参加"和谐使命—2011"行动。那时孩子刚刚 9 个月大。

她回顾出海第一天时的情景说："那天晚上我们几乎都没有睡着，大家都保持着一个姿势，就是双手抓着床边栏杆，生怕迷迷糊糊时被风浪从床上甩出去。一晚上下来，手都僵硬得不会动了。"

在去程的一个多月里，从未出过海的金婷妍几乎一路晕船，整天吐了又吐，连胆汁都吐出来了，始终处于极度难受的眩晕状态。紧张的医疗培训在计划中展开。这天她挣扎着起来，当路过船舱时，发现有个战士面前放着一个垃圾桶，看来他也晕船。战士表情痛苦却面带笑容地说："战位是我的第二生命线，就是倒也要倒在战位上。"看到这个战士，金婷妍不禁一阵脸红，"再苦、再累、再难也绝不能倒下"，她暗暗告诉自己。于是，培训课堂上再次看到了这个美丽女兵的身影。不同的是，她的面前也放了一个垃圾桶。

护士长王芳的床在二层甲板靠船头位置，是船上摇晃度最大的地方，还是上铺，大浪几乎把她从床上甩下来。于是，她在床头床尾拉起安全绳来，这样睡觉才安心些。

甲板上随处可见带垃圾袋的人，舱室中随处可见捧垃圾桶的人，战胜晕船成为医护人员的共同意志。

医护人员中也有晕船反应小和几乎不晕船的。杨永平是那种晕船反应小的，"我就吐了两次。"当战友们晕船难受时，她就帮助打水、打饭。

"我天生就是当海军的料！"眼科医师孙琰很自豪。无论多大的风浪，她没有任何晕船反应。她笑着说出自己在船上的秘事："别人难受茶饭不思，我却吃得欢畅。3个月下来人家瘦了十多斤，我反而胖了好多。"她主动到炊事班帮厨，洗菜、择菜、洗碗、打扫卫生，样样都干。

远航中最期待的，莫过于和家人通电话。医疗船上开放了两部卫星电话，可船上有四百多人，每次打电话都要排队一个多小时。为此，官兵们形成默契："每次只打三五分钟，多隔几天再打一次。"徐逸敏是口腔科主任，两次出征"和谐使命"远航任务。他说："每次打电话三通：一通医院领导，汇报工作情况；二通年迈的父母亲，报平安；三通妻子女儿，诉思念。"

杨群，麻醉科护师，一位新婚妻子。2011年9月15日在民政局登记结婚后，次日便登上"和平方舟"号，一去便是105天。强烈的晕船反应和思乡之情一度让杨群烦躁不堪，彻夜难眠。为了平静自己的心情，杨群自有妙招："我买了一

幅十字绣，想家或者心情低落的时候就拿出来绣绣，专心致志做一件事情，心情
就平复了许多。"

　　孙琰用看原版外语片、恶补英语的方式战胜远航寂寞。她常常看书看得累了，
就打开手提电脑，一遍遍地播放美国电视剧《老友记》。仅仅一集，她能不厌其
烦地看上六七遍。看第一遍的时候，还需要借助字幕才明白；到了第七遍，她就
能整句整句脱口说出英语台词了。正因为如此强有力的训练，孙琰的英语水平在
短期内突飞猛进，为到达目的地后为各国人民开展医疗救护起到了很大作用。

抢救下来的女婴起名叫"中国"

　　刘玮，ICU 室主任兼重症监护室主任。2010 年 11 月，在孟加拉国，有一段
经历让他终身难忘的。

　　当时有一位 23 岁的孕妇，住在当地医院时，已近足月，总出现气急、胸闷
等症状。当地医院诊断不出问题，就让她到"和平方舟"号上看看。

　　到了船上，经 CT 检查，发现病人有风湿性心脏病。平时一般没什么事，但
剧烈运动后很容易引起心脏衰竭，危及生命。众所周知，孕妇如果想顺产，必须
得花很大的力气。一旦出现心脏衰竭的情况，不仅大人有生命危险，孩子也会胎
死腹中。剖腹产不是什么大手术，当地的医生也能做，但对麻醉和术后并发症的
治疗却没有把握。

　　"针对这样一个病人，我们专门组成了一个专家团队，进行会诊，并制定了
详细的手术计划。"刘玮说，"当时有人建议是否让孕妇在船上生产，我坚决不
同意。因为在中国海军军舰上生下来的孩子，国籍问题会遇到麻烦。"

　　本着人道主义的精神，刘玮和妇产科张宣东副主任、麻醉科盛睿芳副主任医
师等其他专家组成员来到当地的帕汤加医院，给孕妇做了剖腹产手术。手术中，
病人果然出现了血压突然下降、心率减慢等症状。好在准备充分加上及时的抢救，
病人转危为安。

　　中午 11 点做完剖腹产手术，下午 2 点抢救工作完成。大部分医生都走出手
术室，准备吃饭，有人还被蜂拥而至的当地记者围住，接受采访。只有身兼住院

部重症监护室主任的刘玮没有放松"警惕",一直盯着病人,"我当时一是预计到病人有出现心衰的可能,二是 ICU 病房是我负责的,所以没有离开。果然,一转到监控病房后,产妇开始不停地猛咳,出现了明显的心衰症状。我赶紧给她采取了抬高床头、利尿、面罩给氧等一系列的抢救措施,终于救了下来。"

病情的反复让医生们不敢懈怠。经过商量,决定由刘玮和另外两名海军总医院的女医护人员留下值班,以备不时之需。由于当地医院床位紧张,只分了一张床给 3 名中国医生。刘玮很自然地让给两个女医生,自己则在凳子上坐了四十多个小时,直到返航那天早上,才由当地的医护人员接替。刘玮笑言:"尽管出国 3 个多月,但真正在外面留宿过的只有我们 3 个。"

经过中方人员悉心的治疗,这位 23 岁的产妇最终病情得以稳定,母女平安。此事在当地引起了不小的轰动,媒体一片赞誉之声。

护士长王芳参加了对这名患有先天性心脏病的高危产妇的抢救、护理。她说,当母女两人成功获救后,孩子的爸爸非常激动,一定让翻译转告中国军医,以后这个女婴的名字就叫"中国"。在船离港前,孟方海军医院传来好消息,母女两人已经健康出院。

艾滋病男孩乘飞机赶来道谢

凌晨两点,检验科医生贺嘉蕾核查完最后一位病人的化验单,签上她的名字,才离开没有窗户的实验室。每天三百多份的化验样本,散发着五味杂陈的气息。这就是印度洋上属于她的"小世界"。走到甲板上,她深深地吸了一口新鲜空气,心情久久不能平静。

2010 年 10 月 13 日,离开吉布提,"和平方舟"驶向了肯尼亚,这是病人密集度最高的地方,也是艾滋病、疟疾等传染性疾病的重灾区。在肯尼亚停留了 5 天,医疗船便向坦桑尼亚驶去。而就在此时,贺嘉蕾的内心被深深地触动。

爱德宛是一位二十多岁的肯尼亚小伙子,长期受到皮下囊肿的困扰。爱德宛的家在首都内罗毕,当他从网上得知"和平方舟"到达肯尼亚后,他开始往蒙巴萨港赶,但当他赶到码头后却久久徘徊在船边,不敢上船。细心的护理部主任江有琴发现了他，和他在不流利的英语交流中，才得知他怀疑自己患了艾滋病，希望得到中国军医的检查确诊，但因怕受歧视，久久不敢上船。江有琴开始心一紧，但很快镇定下来，坦然答应他的请求，热情领他上船进行各项检查。为此，爱德宛十分感动。

收到爱德宛的术前采血五样标本之后，贺嘉蕾立即就开始了工作，希望能帮他做点什么。可让人万万没有想到的是，这个看上去年轻阳光的小伙子，竟然真的被查出 HIV 阳性，这意味着他的确是一位艾滋病毒携带者。"我反反复复做了好几次，再三确认，真的希望不是。"贺嘉蕾是第一个得到检验结果的人，她真的不愿意相信事实，但几次复查都没能改变现实。她内心很沮丧，因为她知道这张化验单将带给这个男孩什么。医疗船告别了肯尼亚，来到坦桑尼亚。没想到，爱德宛竟乘坐飞机又追着"和平方舟"来到了坦桑尼亚，专程上船来感谢为他检查治疗的中国军医。在坦桑尼亚又见到这个不怕疾病、懂得感恩、珍视友谊的肯尼亚男孩，江有琴、贺嘉蕾等医护人员都非常感动，衷心祝福他战胜疾病，健康成长。

在医疗船到达哥斯达黎加那天，正赶上当地医生大罢工，前来就诊的病人黑压压一大片，许多病人提出希望中国医疗队多待一个星期的请求。由于该国医疗体制规定，病人全部采用预约等待制，加上医疗资源匮乏，许多病人都预约到了2013 年。

为 19 岁的艾尔兰德斯进行全麻腰椎手术是"和平方舟"号使用以来难度最大的手术。6 个月前，这位酷爱足球运动的哥斯达黎加青年因为在踢球中扭伤腰部，一直无法弯腰，而他的预约手术要等到 2013 年，为此，他的母亲终日垂泪。中国医疗船的到来让他们看到获得救治的希望。医院船上的骨科主任丁宇认真检查他的病情，又和各位专家会诊商榷后，决定为艾尔兰德斯进行手术。杨群是这次手术的器械护士。中国军医精湛的医术和杨群等护士准确无误的配合，经过 3 个小时的努力，手术获得圆满成功。康复后的艾尔兰德斯在父母和其他 7 个朋友的陪同下，来到医院船表示感谢，全家人拉着主刀医生和护士合影留念，欣喜至极。

骨科副主任罗旭耀说："我们遇到一个 24 岁的女性病患，当地医院检查出她有严重的腰椎疼痛毛病，手术的预约时间也定在 2013 年。"据了解，仅仅一次 B 超或是心电图检测，就要预约 1 个月左右。而病人来到中国医院船，只需 2 个小时，就能完成全套血液检测。如无其他问题，连夜就能手术。"原本这位女患者要连续两年忍受剧烈的腰椎疼痛，我们诊治之后立即手术，缓解了她的痛苦。"看到病人康复，罗旭耀露出了舒心的微笑。

特诊科医师穆红艳在航行途中得知母亲不幸去世的消息。她强忍悲痛，努力为各国病人服务。她告诉记者，之前一个患乳腺癌的病人，就是苦等手术一年多，结果癌细胞扩散得很严重了。等不及的病人，可以去私立医院看病，但费用超级昂贵，中低收入水平的家庭都承受不起。中国医疗队的到达临时解决了当地病人苦等的煎熬。穆医生说："许多人手术之后激动地说，'幸亏你们来了，不然我们还要等好几个月甚至好几年。'为了表达感谢之情，他们还带着自家做的小米糕给中国医疗队的医生品尝。"

对付语言不通有"秘密武器"

讲英语对杨永平来说是小菜一碟，出航前她们还专门培训、恶补了两个月的法语。自信满满的小杨到了肯尼亚却遭到当头一棒，原来，当地除了政府官员之外大多说土语——斯里西瓦语。没办法，这时她们只能寻求翻译。

这天一位病人领了药，怎么用？怎么也说不清楚。护理部主任江有琴急中生智，拿来笔和纸，画了一条横的地平线，又画上半个圆太阳，表示早晨，再画上几粒药片的样子，写上阿拉伯数字。这个病人一下就明白了。这启发了大家，在此基础上护理部的医护人员一起集思广益，手势和图画成了一种有效的沟通方式。实践中，她们又不断完善，发明的一张张"药物用量图"，受到当地民众赞赏。

自从有了这"秘密武器"，护理部的效率大大提高。中国军医和各国人民交流的点点细节，也令当地群众十分感动。

"早上 6 点 30 分，起床，7 点到 7 点 30 分，分三批次吃早饭。7 点 45 分，门诊室内就位。8 点正式开放门诊。中午 11 点 30 分开饭，到 12 点 30 分左右才能吃上。18 点门诊结束，晚饭、散步。20 点到 22 点，专家组讨论病例，确定诊疗方案。22 点到 0 点，夜间手术。0 点到 2 点，术后随访记录。2 点到 6

点 30 分，休息。"

　　这份不曾张贴的作息表，却是普外科副主任陈森林和其他海军医务人员每天生活的真实写照。"唯一的休息时间是吃饭和解手，还不到 10 分钟，马上又会被广播喇叭叫回手术室。"说起那段忙碌的岁月，他既感慨又得意。在短短 3 个月内，他主刀 46 起，成功率 100%。陈森林每日安排特别紧张，有时甚至都没有时间吃饭。他连船队规定的卫星电话使用时间，也没有用完。

　　住院部副主任徐世林说，住院部"虽居二线，但医生们的实际工作时间却是最长的，医院船的工作时间为早 8 点到晚 6 点，这里的医生总是要比别人起得更早。每停靠一站看病的时候，我们 6 点不到就起床了，要提前做些准备，而按照当地人的作息，中午是最忙的时候，大家吃饭都要轮流，到晚上门诊的医生下班了，我们还要安排值班，照顾住院病人。"

　　高达 48℃的气温、脏乱的环境、疟疾甚至艾滋病的潜在威胁……这些，丝毫没有阻挡医生们救死扶伤的决心，更对这些跨地域、跨种族的病人多了一份关爱之心。

　　中国军医，成了传播和谐海洋理念、执行和谐使命的和平使者。

　　（本报通讯员黄修国，本报实习生陈莉莉、张鹏、傅盛裕、赵征南、田宇、郭超豪、童薇菁、周渊、温潇、郭文娟、仇江涛、张祯希集体参与采写）

陆朝光 18 载深山教书育人

发表时间：2012 年 9 月 12 日

> 陆朝光 13 岁生日前一天，中国有了教师节。27 年后的今天，回想起当年，这个布依族汉子有些感慨："真是缘分啊，从小我就想当老师！"
> 苍天不负有心人。1994 年，他的梦想实现了！只是，辗转 5 个乡村小学、当了 18 年乡村教师的他，17 年中是个"代课老师"。今年初，他终于转为工勤编制，却难以获取考教师资格证的机会，渴望中的"正牌教师"，成了他的人生奢望。

　　印有"优秀教师"的两份大红奖证，他用塑料袋包得紧紧的，格外珍惜——那是 2004 年度和 2007 年度乡党委和乡政府联合颁发给他的。很多年过去了，大红证书还保存完好，光鲜如初。

　　陆朝光朴实无华的外表，令人很难将他与"教师"联系起来。胡子拉碴，头发蓬乱，指甲缝里镶着黑边，挽起的裤脚一高一低还沾着泥，赤脚穿一双破拖鞋，操着当地口音浓重的普通话……

　　这个布依族汉子出生在黔南山村。因为高考落榜无缘进大学，他最大的梦想是"培养学生和女儿考上大学"。至今他最骄傲的事，是他的学生无一人辍学。而最遗憾的事，是他的儿子念到初三后，因家中经济不堪重负而放下学业外出打工。

　　陆朝光是贵州省罗甸县大亭乡交改小学唯一的乡村教师。说是小学，其实是大亭中心校下属布告小学的一个村教学点。他带着交改村周边七个组四十多个从学前班到小学三年级的学生，既是校长，也是老师，还是勤杂工和伙夫。

　　不仅仅如此，"在这里，我是爸爸，也是妈妈。"陆朝光说。

　　9 月 2 日，记者从罗甸县城出发，在崖边的盘山公路上行驶 4 小时，并在陆朝光断断续续的手机"遥控"下，才找到这个地图上没有任何标记的小山村……

17 年代课，集校长教师伙夫于一身

9 月 2 日，新学年开学前一天，陆朝光早早来到学校。

"今天上午，我把房前屋后的草都割了。"陆朝光放下镰刀，回头对记者说，"孩子们太小，草太高会弄伤他们。"

割下的草被堆在一边，三年级学生蒙政边麻利地卷起一捆，抱向校舍外十来米的山地丢弃。陆朝光告诉记者，每学期开学那几天，二年级以上学生都要来帮忙搬草。开学后每天还要安排 2 个值日

"哪里需要我，我就跑到哪里去。孩子是穷乡僻壤的火种，是生命的火神，是社会建设生力军。"
——摘自陆朝光日记

▼
陆朝光在上语文课

生，负责打扫教室和操场周边卫生。记者看到，这里的扫把很有"特色"，是将几根竹篾分三段扎起来。"这些都是大一点的孩子们做的。"陆朝光说，"就是这样锻炼他们的劳动能力，培养他们的劳动习惯。"

"搬草累不累？"记者问正在捆草的蒙政边。

"不累，帮老师做事很开心。"蒙政边答道。

"为什么开心？"

"因为平时老师对我们好。"

陆朝光告诉记者，蒙政边等 8 个学生住得比较远，"这学期有四十多个学生在这里上学，有的家在山下，最远的上学要走 1 个半小时"。

陆朝光最怕下雨天，一旦下雨，学校旁一条小溪就会涨起水来，一直没到他的膝盖，山洪加速了水流，时而会有石头从山上滚落下来。每到雨天，他总要早早赶到小溪边，把孩子们一个个抱过来。雨大的时候，他甚至把学生一个个送到

家门口。在校舍二楼陆朝光的宿舍墙上，贴着所有学生的联系方式，他说，平日里学生没按时到校，他都会一个个打电话给学生家长。

"孩子那么小，让他们自己上下学真不放心。"陆朝光表情有些凝重。

"这些年，外出打工的人越来越多，很多学生家里只有老人了。"他说，"在这里，我是爸爸，也是妈妈。"

那是去年 10 月的一天，二年级学生罗凤爽突然发高烧，由于学校没有卫生室，孩子的父母又在广东打工，陆朝光二话没说，背起罗凤爽就赶往乡卫生院。山路险峻，每踏出一步，脚下的沙石就悉悉索索往下掉，10 岁的男孩又比较重，陆朝光一路气喘吁吁。但他顾不得这么多，"当时心里就是着急"。原本 3 个多小时的山路，他 2 个多小时就走完了。当他把罗凤爽交到医生手中时，自己已全身湿透。等看完病，医生说没大碍了，他才放下心来。接着，他提着药、背着孩子又走 3 个小时把他送回家。

这一天，他背着自己的学生在崎岖的山路上来回走了 5 个多小时。"因为送学生去看病，其他学生只能停课一天。"陆朝光说，"真希望村卫生室尽快建起来，最好再来几个老师。"

陆朝光指着校舍前一片留有房屋基石的空地告诉记者，1996 年他第一次来交改小学教书时，这里曾是一栋土木结构的 2 层楼小校舍，由于年久失修，这栋楼被拆除，取而代之的是这栋 2002 年由台湾爱心人士捐建的 2 层楼混砖结构新校舍。"老楼的位置正好可以建村卫生室，已经规划了。"说到这，他舒展开眉头，"听说还要配卫生员。"

在陆朝光看来，人手短缺是眼前最大的困难，"长期以来，都是我一个人。今年实施'营养午餐'后，伙夫也是我了"。伙房在校舍二楼第一间，旁边还有三间房，分别被用作储藏室、宿舍和办公室。记者看到，这四间房中，唯有厨房是粉刷过的，"这是我自己花 2000 元钱找人来修的，用涂料加固可以防止掉灰，否则学生吃到脏东西就不好了"。暑假里，陆朝光还特意砌了两个灶头，"以前都是用铁炉烧，现在用灶头烧得快些"。在厨房旁的储藏室里，摆放着整个学校最值钱的东西———台 1000 元的冰柜。"之前，'营养午餐'配套的冰柜还没来，我就自己给学生买了。"说完，陆朝光转身指着一个大一些的电饭煲说，"这个也是我自己买的，花了三百多元。"后来，政府配发的电冰箱、消毒柜才运来。

每周六或周日，他都要步行 2 个半小时到大亭乡购买一周五天的食材。忙的时候，就请学校周边的农户代买。"陆老师提前把钱给我们，交待要买些什么。"距离学校最近的何组长说，"我们都很愿意帮他，他来教娃娃读书，已经做了件大好事。"

两度结缘村小，学校岂能荒芜无人

陆朝光与交改小学两度"结缘"。第一次"报到"是在 1996 年 8 月，当时校舍虽破败不堪，学生却有 70 来人。他一个人给三个年级上课。到 1998 年，调来了 2 个老师。2002 年 8 月，陆朝光调到布告小学任五年级数学老师。到 2010 年 8 月，交改小学已停课两年。"因为这里条件比较差，后来几个老师纷纷离去了。"

陆朝光再次回到"老根据地"，是 2010 年的 8 月 25 日，眼前面目全非的交改小学让他"沮丧不已"："杂草丛生，没有学生，哪还有学校的样子？很悲怆。"

村民们可不这样想，何组长告诉记者，听说陆朝光要"回归"，村民都高兴坏了，因为"垮了的学校终于又要建起来了"。8 月 25 日那天家家户户杀鸡摆宴，几十个村民带着孩子站在学校等他，"像过节一样"。村里的老人们说，从记事以来，这个学校从来没有这样热闹过。

停课那两年，原本交改小学的学生要翻山越岭 1 个多小时去布告小学念书，或是走 2 个多小时去大亭中心校读，有的甚至辍学。"总共有二十多个学生辍学！"

『不要让一个孩子在知识的火焰上枯竭。我发誓：在我有生之前（年）用现有的知识浇溉他们，让他们成为有用之材（才）。』

——摘自陆朝光日记

陆朝光伸出手指比划，声调也高了起来，"这里离我家也就 1 个半小时的路，所以我干脆申请来这里，喊学生回来上学。"

可是他很快发现，他来了，教材却没来。眼看就要开学，才和乡亲们一起收拾完校舍的陆朝光又匆匆赶回家，拿了两千多元钱赶到十多公里外的茂井镇给三个年级的学生买教材。谁知回来路上忽然下起大雨，情急之下他脱下身上所有的衣服包住书，还在路边费力地折下两大片芭蕉叶遮在衣服外，总算护住了新课本。

在陆朝光的办公室里，地上放着几叠 9 月 1 日他刚从罗甸县城买回的新课本，有一年级到三年级的语文、数学、思想品德，还有英语、科学和美术等教材。办公室墙外那块铁皮和小铁棍引起记者的注意。"这是我们上下课和集合的钟！铛铛铛……、铛—铛铛……、铛铛—铛铛……分别代表集合、上课和下课。"说到这，他为记者演示，敲了起来。

钟声响起，清脆悦耳，回荡在山间。

他笑了，长满胡茬的脸上，挂满了孩子般的灿烂笑容。

18 年坚守，却未能当上"正牌"教师

10：10，陆朝光走进一年级教室，在黑板上边写边念出"秋天的景色"五个字，开始了新学年的第一节课。15 分钟后，他跑进另一间教室，手上多了一把木质三角尺，他要给二年级学生上数学课。又过了 10 分钟，他掏出三年级的语文课本，腾出这节课最后的 15 分钟给三年级学生上课。

> "逆境中要学会自我调节，自我发展……为我们乡村孩子的教育付出青春。"
> ——摘自陆朝光日记

11：00，陆朝光跑进二楼储藏室，给一大一小两个电饭煲煮上饭。而后再回到一楼一年级教室，给学生上数学课。10 分钟后离开，在另一间教室给二年级学生上语文课。20 分钟后，三年级的学生在听他讲数学课。

12：00，陆朝光"打仗似的"给学生炒菜、煮汤。他从冰柜里拿出鸡蛋和肉，再从另一个冰箱里拿出蔬菜，架上锅，点上孩子们背来的柴禾，"一般午饭是 1 个菜配 1 个汤，今天是豇豆炒肉和鸡蛋汤"。

13：00，孩子们吃上了午餐。

14：20 开始上课，16：00 放学。根据陆朝光设计的课程表，下午的两节课一节是主课，一节是副课。陆朝光说，每天上下午主课的安排基本相同，"不同的只是这个班先上语文还是先上数学，两门课岔开来上，学生会比较有兴趣"。

放学后，他叮嘱高年级学生带低年级学生一起走，"让他们互相关心、互相帮助"，然后批改学生的课堂作业，直到六七点才做晚饭。晚上，他再花 2 个多小时备第二天的课。

这就是陆朝光的一天。忙碌的、平凡的一天。

他就在这样重复的一天一天中度过。

18 年的坚守，却"永远当不了正牌教师！"他还是有些遗憾。

"你想过放弃吗？"记者问。

"从来没有！"陆朝光连连摆手。

"我希望，学生和女儿将来能上大学"

今年 40 岁的陆朝光是家中独子，从小家境贫寒。父母虽都不识字却省吃俭用供他读书，"那时读到高中很不容易，父母做农活，常常背着米和蔬菜，走 3 个小时去集市上卖，一周即使只挣到一两块钱，也要让我去读书"。少时经历的艰辛，让他深感教育的珍贵，"我从小就立志要当老师，只有这样才能回报父母亲"。

让陆朝光欣慰的是，妻子支持他。陆朝光在外教书，妻子在家务农，养了几头猪和羊，种了梨、苞谷等。陆朝光用部分办公经费做学前班儿童的"营养午餐"及购买教材、粉笔等教学必备品，"不够就回家拿一点"，尽管家境不甚宽裕，

但妻子"每次给钱都很爽气"。

陆朝光有一双儿女，儿子今年 17 岁，初中毕业后到广东一家电子厂打工，一个月收入两千多元。说起儿子，陆朝光的眼眶有些泛红："我想让他读完高中，劝了好几次，但他总是跟我说'老爸，你的钱太少了，家里不够用'……"

"生活是美好的，需要我们去努力，去开创。"
——摘自陆朝光日记

如今，才 3 岁的女儿成了他的"希望"，尽管还在牙牙学语，但陆朝光很自豪，因为在他的教导下，"女儿已经会说 a、o、e 这类拼音字母，数字也能数到 20 了"。

陆朝光总感觉自己亏欠这个家太多。由于从家走到学校，来回要 3 个多小时，他便住校，直到周五晚上才回家，帮妻子做些农活和家务，周日晚上再赶回学校。这样一来，陪学生的时间多了，照顾自家孩子的时间却少得可怜，"真巴不得每天有 30 几个小时"。

在陆朝光的日记本中，记者看到有几页被折了角。他说，这是他常翻看的几篇——这里有他最初的诺言。

这其中，有落榜后的"逆境中要学会自我调节，自我发展"；有当上教师之初的"为我们乡村孩子的教育付出青春"；有平日自我鼓励的"生活是美好的，需要我们去努力，去开创"等等。

2010 年 9 月 28 日，当他再次申请回到荒废两年的交改小学后，写下了《永不停息的诺言》："哪里需要我，我就跑到哪里去。不要让一个孩子在知识的火焰上枯竭。因为他们是穷乡僻壤的火种，是生命的火神，是社会建设生力军。我发誓：在我有生之前（年）用现有的知识浇溉他们，让他们成为有用之材（才）。"

陆朝光说，他最大的骄傲，是交改小学条件再差、再苦，他的学生却从无一人辍学。尽管他的学生中，学历最高也只读到中等职业技校，但他仍然执着地期待并相信，"我的学生和女儿将来都能上大学"。

他抬起头，太阳照在他脸上，闪着明媚的光。

（本报记者单颖文合作采写）

邓迎香 一个农妇与一条隧道

发表时间：2012 年 10 月 16 日

有人称她为"当代女愚公"，而她连"愚公"两个字都写不全。今年 40 岁的她从小没念过书，仅在 15 岁时上过扫盲班，她常说："我要是有点文化就好了。"可熟知她的人都说："她要是再有点文化，就更不得了了！"

很难想象，一个斗大的字不识几个的农村妇女，居然带领村民用了 13 年时间，用土法"啃"出了一条通常要花费上亿资金才能打通的隧道。

13 年来，她与村民们三度开凿，硬是在村口那座"王屋山"——广山坡的山腰里挖出一条长 216 米、宽 3.5 米至 5 米、高 3.9 米至 6 米的隧道，把 2 个多小时的山路变成了 15 分钟的坦途，如今还跑上了大卡车。

她就是邓迎香，贵州省罗甸县董架乡麻怀村翁井组的一个普通村民。

因为这条隧道，这个从外乡嫁过来的小村姑成长为远近闻名的"大能人"；

邓迎香带领村民 13 年挖山不止

因为这条隧道，外面的世界对于这个四面环山"天坑"里的村庄来说不再遥远；

因为这条隧道，村民们改变的不仅是生活，还有生活方式。

金秋时节，当记者开着越野车进入这条人工隧道时，平整的道路、宽阔的视野一次次震撼心灵。车行不远，忽见一束暖黄色的手电光在洞顶闪烁，一个带着安全帽的妇女走走停停，循着光线不时仰头张望——那正是邓迎香，在完成隧道顶加固工程前，她每天都要巡视数遍。

小小的手电光芒，将漆黑的隧洞照亮。

而邓迎香就像这束小小的光芒，将整个山村照亮。

"啃"洞，一锄一镐挖山

"沙—沙—沙"的沉重脚步声，在大山里回荡……

那是 1990 年出嫁那天，18 岁的邓迎香正翻山越岭赶往麻怀村的新郎家。从村口走到新郎袁端林家直线不过数百米，却因为大山的阻隔，邓迎香走了 2 个多小时。

那晚，还未通电的村子漆黑一片，周围的山峦墨色浓重，大山挡住了月亮。邓迎香望着这漆黑夜暗暗思忖：将来还会不会有她这样的山外人嫁到麻怀村？不久，儿子袁洪进出生，邓迎香问老家的小姐妹，将来要不要"打亲家"？小姐妹甩下一句"哪能嫁到你这干啥都得翻座山的村里呀？"

让邓迎香更郁闷的是，村里人每天起早贪黑，全因大山横亘事倍功半：清晨 4 点起来翻山越岭赶到集市，水灵灵的青菜开始蔫了，半价都无人问津；果子熟了，车进不来也无人愿意进山来收，只能烂在岩缝里；这里的日照才 2 小时，原本在娘家晒一天的稻米，在这儿得晒上好几天；要盖房子的人家，只能把一筐筐建筑材料挑进村……最苦的还是孩子，天蒙蒙亮，邓迎香就要唤醒一双儿女，带着睡眼惺忪的孩子翻过陡峭的山，再走上 3 公里到村级小学去念书。孩子每天上下学来回要徒步 4 个多小时，每天折腾在路上，哪还能用心读书？

面对这一切，邓迎香觉得麻怀村必须改变，可如何改变呢？她心中茫然。

终于等来了契机。1999 年，农村电网建设覆盖到董架乡，麻怀村终于要通电了。虽说从麻怀村到乡政府不过 7 公里，但因为四面皆山，山路险峻，工程进展十分艰难。为了把电线杆和变压器抬进村，居住在翁井组的村副主任李德龙几次组织村民探路。一次，从交通部门退休的老同志帅永昌去勘测路线，发现广山坡山腰有个四十多米的狭小溶洞，溶洞北端刚好连着麻怀村，他突发奇想：能不能打通溶洞，挖一条通往麻怀村的隧洞？说干就干。离山坡最近的翁井组 27 户人家全部出动，每户还缴纳 15 元钱用于买铁锤、洋镐和照明用的煤油、蜡烛。

邓迎香夫妇俩也加入了"挖洞大军"。挖洞比想象中困难得多。由于溶洞狭窄，邓迎香只能跪着甚至趴着，一镐一镐地凿岩石。凿一阵子，村民们再紧挨着盘坐在地，从内向外用双手把凿下的岩石、泥块递到洞外。用这样原始的方法挖洞，邓迎香常常累得直不起腰，走不动路，"回家连晚饭都没力气吃"。可每当身边一起挖洞的村民想休息，她又劝他们"宁可慢慢做也不要停，好歹有进展"。尽管进度很慢，但看着运出去的泥石越来越多，邓迎香心中有说不出的甘甜。

2001 年正月二十八那天傍晚，邓迎香正在凿石头，忽然听到轻微的敲击声，停下手头的活儿侧耳仔细辨听，发现竟是另一组挖掘队发出的敲击声！激动的村民高喊："今天就是'啃'，也要把这个洞'啃'穿！"

晚上，丈夫换下邓迎香继续"啃洞"。凌晨 2 点，一个村民刨着抠着，猛然间抓到了对方组员的手，两人不约而同地大叫："通了，通了！"兴奋的人们奔走相告，邓迎香给大家准备了宵夜，17 个打洞的村民一醉方休。

村民们又一鼓作气花了两周时间，从"挑水都没一脚好路"的岩山上，在隧洞前开出一条长 700 米的通组公路。电线拉进了山村，村民们过上了有电的生活。邓迎香看着原本漆黑的麻怀村亮起了点点灯光时，感叹这片"桃花源"终于和外面的世界连通了。

"人不出门身不贵。"带着对外面世界的憧憬，迫不及待的人们背起行囊，从这个隧洞走向了外部世界。尽管这条隧洞最窄的地方只能过一个人、一匹马，尽管最低处人只能"像狗一样爬"，但麻怀村还是迎来了迟到的外出打工潮。

2004 年，李德龙的大女儿李琼穿过隧洞，来到县城的中等职业学校念书。

2006 年，邓迎香穿过隧洞，去福建一家鞋厂打工。

……

只是她们当时并不知道，这看似平常的离开，竟改变了麻怀村人的将来。

拓洞，汽车开进"天坑"

"哗—哗—哗"的蹚水声，响彻隧洞……

那是 2009 年国庆，已经在苏州工作的李琼回麻怀村办喜事。

听说李琼嫁了个"苏州老板"，婚礼当天村里人都来看热闹。李琼没有穿家乡的民俗婚服，而是身着一袭洋气的白色婚纱，可她的出嫁路依然走得很艰难：隧洞狭小又渗水，李琼抱着婚纱在没过小腿的水中"步步惊心"，个高的新郎全程猫着腰，俩人始终一前一后无法并行，而且好几次差点跌跤。最辛苦的当属伴郎，他背着竹篓装着"特殊的嫁妆"——十几双拖鞋，让接亲队伍进洞换拖鞋，出洞再换皮鞋。

邓迎香的丈夫袁端林 2003 年不幸在煤矿事故中去世，3 年后，她和同样丧偶的李德龙重组了家庭。这一次，女儿女婿新婚颇为狼狈的景象让邓迎香感慨：隧洞虽通了，缩短了人们出行的距离和时间，但肩挑马驮的历史并没有改变！

送走了女儿，邓迎香对李德龙说：一定要把隧洞再打高、打宽，"像真正的隧道一样，能通汽车"。"你是痴人说梦吧？"李德龙被她的想法吓了一跳。她答道："不只是说，我还要做呢！"

邓迎香并非心血来潮。在闽浙打工那两年，邓迎香记住了一句话，"要想富，先修路"。2007 年回麻怀村过年的情景，她记忆犹新：那年，一起同回罗甸的老乡，一到县城就打电话让家人骑摩托车来接，或者搭中巴车回家，只有她带信，让家人背着竹篓来接她。麻怀村的落后深深刺激了邓迎香，她决意不再出去打工，留在村里"把隧洞搞搞好"。

可谈何容易，摆在她面前最现实的问题是——钱从哪儿来？邓迎香首先想到了在县城唯一认识的"大人物"、女儿在县职校读书时的老校长黄周立。再有，就是乡党委书记罗金才和乡长龙仲芳。

罗金才 2009 年上任，都说"新官上任三把火"，邓迎香期盼隧洞能烧出"一把火"。龙仲芳老乡长对乡里的大事小情都很熟悉。2007 年，邓迎香积极地入了党。2008 年，村委会聘任她当计生员。一开始她并不乐意这个"好像干不了什么"的职务，但很快她发现，有了这份工作"可以借去乡里定期汇报工作的机会，提提隧洞的事"。邓迎香还常出门走上 40 分钟到"信号好的地方"，给罗书记打手机"讲讲遇到的困难"，找龙乡长"问问筹钱的门道"。有一次她急了，竟然拨通了县委书记沙先贵的电话。

黄周立是女儿李琼的校长，正是他向苏州工厂定点推荐了女儿李琼那一届职校毕业生。几年后，当得知自己的学生和苏州公司的管理人员结婚，他特别高兴，受邀来到了麻怀村参加婚礼。邓迎香因此见过黄校长，得知一辈子干教育的他在罗甸县培养出了不少"能人"，甚至乡里的罗书记都是他的学生。

虽然她没上过学，但邓迎香明白，"老师说句话比啥都管用，何况他还是校长"。"修路的大事，一定得找黄校长！"她认准自己的"理"！

从此，她一次次从村里赶到县城，走进黄校长的家门。以后，又一次次走进县机关各大小单位的大门。

"我知道黄校长开始也不相信我们。但他走过那条山路、淌水爬过那个山洞后，他理解我们，就没当面回绝。"她说。

"拉赞助的见得多了，但像他们这样夫妻俩为了打山洞、为山里人谋福利，一个一个单位找赞助的，还真从来没见过！"黄周立不禁感叹。他为邓迎香的执着所感动，向时任县委书记和乡党委书记提起这个农妇的"梦想"。

2010年，邓迎香终于拿到了第一笔资助，县环保局给了3万元。邓迎香觉得，前途开始光明起来了。这时，有"了解行情"的村干部嘲讽她："3万元你就想打条隧道？这不是痴人说梦嘛！"邓迎香不服气："有3万，就敢做3万的活儿！"她和几个村民花7800元买来了拖拉机，又用余下的钱买了炸药，拓洞工程如箭在弦。

当然，邓迎香也知道3万元打不了隧洞，她为筹资继续四处奔走。女婿得知后捐了1万元。邓迎香一次又一次"厚着脸皮"，走进县局机关各单位、公司的大门。出去"拉赞助"的时候，邓迎香还不忘常带上当村干部的丈夫李德龙，"他是村干部，能代表村里人给人家表个态"。

功夫不负有心人。"愚公"举动终于感动了越来越多的人。

"县民政局赞助3万元、残联3000元、罗甸职校2000元、城建局6000元、县政府5000元，财政局给了4吨水泥、林业局10吨水泥、水利局20吨水泥……总共筹到了10万余元资金、80吨水泥和其他物资。"邓迎香如数家珍，"这些恩人都要写到'碑文'上去。

▼ 隧道通车了

　　"有钱出钱，有力出力。"当翁井组村民都被动员起来后，邓迎香又号召麻怀村其他组的村民加入这项工程。5 名在麻怀村附近工作的驾驶员也深受感动，主动提出无偿拉沙。

　　2010 年农历十一月十八是个黄道吉日，麻怀村举行了开工仪式。邓迎香和李德龙一人带一队，从隧洞两头"进攻"。村民们分成 3 组 3 班倒，不分白天黑夜地拓洞。

　　这次拓洞较之 11 年前挖洞，让邓迎香真切地感受到了社会的进步：村民们能挺直腰板干活，能用雷管而非烟头点燃炸药，能炸下大石块，能牵进骡马把碎石驮出洞，能用拖拉机运沙土……仅仅 14 天，隧洞变成了隧道：宽度增加到 3.9 至 5 米，高度增加到了 3.5 至 5 米。

　　隧道打成了！

　　隧道可以通汽车了！

　　世代封闭在深山天坑里的麻怀村人笑了，邓迎香的"痴人梦"成真！

扩洞，穷村迈向通衢

　　"嘟—嘟—嘟"的汽车喇叭声，在隧道里拉得悠长，被唤醒的四盏声控灯散着温暖的光……

　　这是 2011 年 12 月，邓迎香李德龙的义女李丽与同村男青年喜结连理。出嫁那天，看着一辆满载家用电器的卡车驶进隧道，邓迎香说李丽福气真好，不仅是家里第一个"不用走山路结婚的新娘"，还是第一个用汽车运送嫁妆的新娘。

　　一年前，正当村民沉浸在隧洞拓宽后的喜悦时，一辆大卡车堵在了洞口，车子比洞口高出了一截，换了几个角度都开不进来。见此，一心为麻怀村"思变"的邓迎香，立即让看热闹的村民把打洞机器再搬出来，拓展洞口高度。

　　岂料，村里出现了不少难听的闲话："一个妇道人家，怎么到处抛头露面？""她在外拉赞助，一定拿了不少好处！"有村干部甚至对她说："做好你的计生员工作就行了，村里的事不用你操心。"

　　较之资金短缺，人心不齐更可怕。而这并不是邓迎香第一次面对这样的流言蜚语。早在 2009 年拓洞前召开的 5 次讨论会，她已领教过多次。

在她记忆中，第一次开会是"50 个人的吵架大会，足足吵了 4 个小时"。由于隧洞打通后出现了打工潮，几年下来，村里的贫富差距渐渐拉开。会上闹得最凶的是"先富起来"的那一群，因为在隧道还是隧洞的时候，他们造房、卖牲畜"吃过很多苦"。而今拓洞，令后来人"大树底下好乘凉"。面对这些争议，邓迎香告诉村民，如果大卡车能开进村，山外人就可来收活的牲口，"每斤价格能比现在高5 角"；外面的人来收庄稼和农副产品，东西新鲜售价高不说，村民们还省时省力；如果谁家还想建房或装修，不仅运输成本可以降一半，东西还能拉到家门口……邓迎香苦口婆心讲得口干舌燥，会议最终以"同意"收场。可是好景不长，第二次开会一些村民又反悔了。没有"经验"的邓迎香心力憔悴，"吵了半天，最后说不同意"。因为这次会议，令她一度想放弃拓洞念头。

第三次会议，"痛定思痛"的她采取了会议签到制。在一份由乡政府起草拟定的隧道拓宽工程告知书上，她要求同意出工的村民"会写字的签名，不会写字的按指印"。为了争取更多村民的支持，急了，她还"威胁"说，"将来隧道完工后，要给隧道装扇大铁门，平时锁上，只给同意打洞的人家发钥匙"。第四、第五次会议后，终于所有人都同意了。

这一回，她等不了这么久了。邓迎香立即找来几户人家先干起来，按照"每户出一人"的原则，她出去谈资助的时候，就让念初中的女儿袁洪梅顶班干活。而丈夫李德龙的手掌上满是龟裂，手背上伤疤累累，指尖最让人不忍细看，那是挖洞留下的特殊印记。"有天打洞时，我就觉得手指好像特别疼，晚上在灯下一照，居然指甲都给打没了。"作为工程领头人，李德龙常帮着放炮。时间一长，他发现自己耳朵越来越不好使，"5 米开外，现在一点声音听不到"。后来，县残联鉴定他已达伤残等级。也是从那时起，邓迎香变成了大嗓门。

于是，中午只要她远远地喊上一嗓子，帮忙的邻村村民就放下手上的活儿，去邓迎香家吃她给大家做的免费午餐。这时，李德龙就带着放炮员抓紧时间去轰大石。

渐渐的，村民们的"怪话"听不到了。若是有人说三道四，就会有村民出来替她打抱不平："她去找钱，女儿顶她做工；为拓洞，她老公耳朵都炸聋了，指甲都没了，你说说她捞了啥好处？"越来越多村民自愿加入到了她的"扩洞大军"。

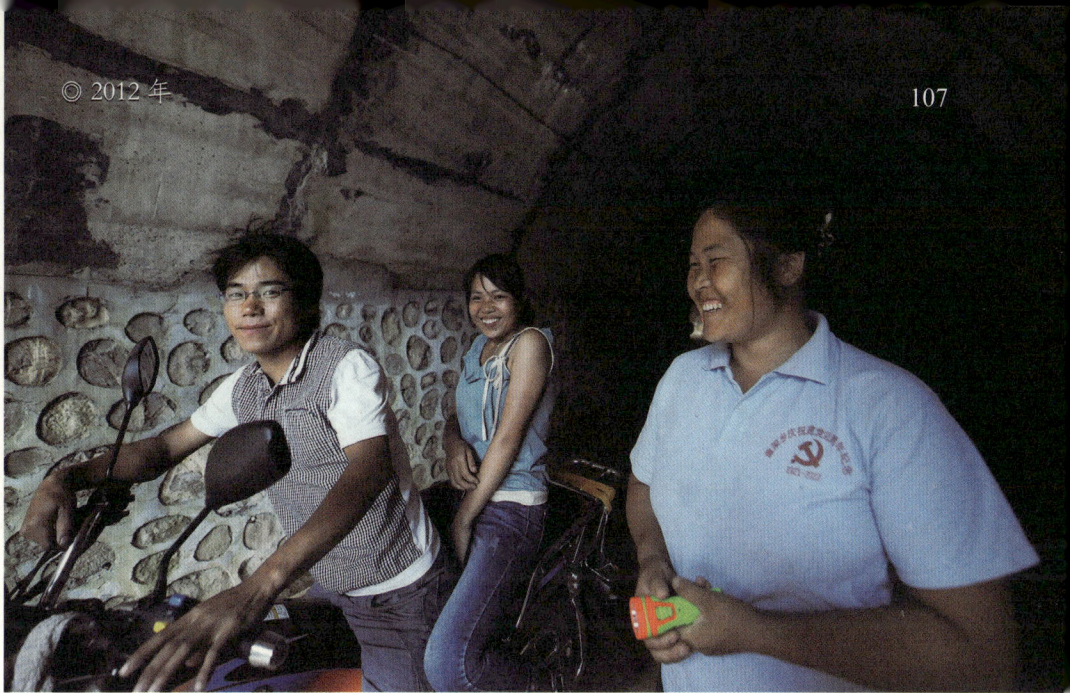

村民出山开摩托

2011 年 8 月 16 日，麻怀村举行了通车典礼。那天，隧道口拉着两条横幅，写着邓迎香最信奉、也是感触最深的两句话——"一等二靠三落空，一想二干三成功"。尽管这只是个小山村的活动，但时任县委书记沙先贵来了，他深知邓迎香和麻怀村人实现梦想的艰辛：隧道从开工以来，仅人工炮眼就打了八千五百余个，清运沙石五万余立方米，解决了麻怀村、田坝村等五百多人的出行问题！他对邓迎香说："你是个了不起的农家妇，好好干！"

……

而今，这条长 216 米、宽 3.5 米至 5 米、高 3.9 米至 6 米的隧道把"幸福"带到了麻怀村。一大早就有人进村卖面包、饮料、雪糕，"生活多了很多滋味"；村里原来荒芜的山地重新耕种了起来，人们开着大卡车一箱箱地运出早已预定的农副产品；很多人买了摩托车代步，现在几乎平均每两户人家有一部摩托车；彩电充实了村民们的闲暇生活，无线座机、手机不再是无用的奢侈品……

隧道，拉近了麻怀村与外面世界的距离，也拉近了村民与邓迎香的距离。如今，邓迎香的家务事有人帮着操心了：地里的庄稼来不及收，回家的时候发现已经在院子里码得整整齐齐；家里的饭来不及做，邻居们端着热腾腾的饭菜送上门；孩子只要在村里，少不得人们对他们关怀备至……邓迎香赢得了村民们的尊敬，叫她"李德龙老婆"的少了，喊她"邓大姐"的多了。

村民们还把她的事迹编成快板书，在乡间传唱："……共产党员邓迎香，巾帼英雄响当当。携手丈夫李德龙，誓叫大山把路让。发动全村齐动手，一锄一镐挖山忙。不等不靠不伸手，麻怀隧道连乡场。昔日愚公是传说，今日愚公在身旁……"

（本报记者单颖文合作采写）

政府项目 "营养午餐" 进行时

发表时间：2012 年 5 月 24 日

大山里的孩子们开始享受"农村义务教育学生营养改善计划"每天 3 元补助政府项目 "营养午餐" 进行时。

中午 12 点 10 分，下课铃声准时响起。

贵州省水城县营盘乡中心小学的同学们整齐地排在操场上。值日生们则排着队来到食堂的厨房，为班里的同学领取饭菜和餐具。

这一天的菜谱是：豆腐肉末、豆芽肉片。

在四年级 3 班的教室里，打好饭菜的同学们回到自己座位上，大口大口地吃得津津有味。这是大山里的孩子们享受"国家农村义务教育学生营养改善计划"的每天 3 元补助后，正式吃上的"营养午餐"。

吃上了国家供应的"营养午餐"

今年 3 月 6 日起，营盘乡中心小学 586 名学生正式吃上了"营养午餐"。目前，贵州全省已建成了 9961 个农村中小学食堂。

9 岁的李苑萌是个女孩，吃一碗饭就饱了。11 岁的胡兴吃完一碗后又添了半碗。"饭不够可以添，一定要让每个同学都吃饱。"负责打菜的班主任对记者说。

胡兴从家里到学校要走一个多小时的山路。过去在家吃完早饭后，就带几个土豆到学校当中饭吃，下午 4 点放学后走回家才能吃上晚饭。胡兴的不少同学甚至要走两三个小时才能到学校。长期以来，许多山里的孩子都只吃早晚两餐。

今年 3 月 6 日起，营盘乡中心小学 586 名学生全部开始享受"国家农村义务教育学生营养改善计划"的每天 3 元补助，正式吃上了"营养午餐"。校长李孔虎感慨地说："那天，大山里的孩子吃上了国家供应的'营养午餐'，他们就像过节一样开心！现在已经一个多月了，孩子们的脸色都好多了，学习也更加专心了。"

来到食堂，记者见到，厨房和储藏室是用原来的一间教室一分为二改建的。县里出资六百多万元，为全县近 300 所中小学建了食堂和厨房。从去年秋季开始，贵州全省已投入资金 6 亿元，建成了 9961 个农村中小学食堂。储藏室里，全新的冰箱、冰柜、消毒柜、不锈钢餐盘等一应俱全。大米等干货整齐地放在木架上。

"一个多月了，我们一直在摸索总结。"分管食堂的副校长黄龙说，"开始时经验不足，第一天结算下来只用了 1097.02 元，第二天也只用了 1000 元多一点，显然没有达到每人 3 元的标准。但现在，每天掌握在 1700—1800 元已经没问题了。"

记者了解到，食堂聘用了 3 个厨工，每人的月工资为 1000 元，按照县里的

▼ 同学们在教室就餐

统一标准发放，不占用学生就餐经费。按规定每天轮流陪餐的校领导，也必须付3元就餐费，其他在校就餐的老师也同样要付3元钱，任何人不得侵占学生的利益。

"前些日子听说云南、广西学生的'营养午餐'出了问题，我们都特别紧张。食品安全压力很大！"黄龙校长说。记者在墙上的公示栏见到了3个厨工的健康证，以及他们到县里参加"农村中小学食堂管理暨农村义务教育学生营养改善计划实施培训班"学习的结业证书。墙上还有和粮油、肉禽、菜等定点供应商签订的食品安全供应协议，还附上了这些厂商的工商卫生等资质文件的复印件。"首先要在制度上确保从'食品供应'到'烹饪加工'再到'学生餐桌'全过程的安全。"黄校长说。在冰箱里，记者见到了前两日的食品留样，上面标明了餐次、时间和厨师的姓名。

每笔账都要清清楚楚

严老师买了大葱、蒜苗，付好钱，请菜贩李二喜签名。李二喜不识字，孔老

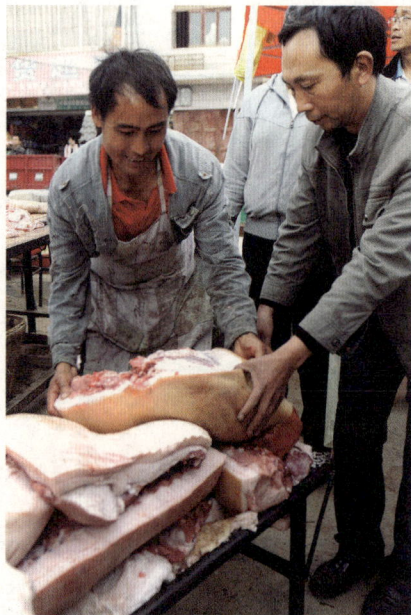

◀ 清早，乡中心小学的两位老师采购白菜和猪肉

师就在自己手上写好"喜"后，让她照着字的样子一笔一划地写。

周四是营盘乡最热闹的日子。

乡里人叫"赶场"，也就是我们说的"赶集"。

清晨 7 点不到，乡里唯一的大道上就早早地摆满了周边村寨的农民带来的农副产品。不一会儿，这里就成了一个农贸市场。

孔三河、严尔快两位老师早早地来到了这里。

"大白菜多少钱一斤？""2 块 5！"孔老师和严老师商量了一下，要了 100 斤。只见他俩一棵一棵地选着白菜，每一棵菜都要把老的菜叶皮剥掉，只留下白嫩的菜心。菜贩子叫杨万平，看到这一幕，脸上有些难看了。不知是因为记者在场，还是因为两位老师是老客户，碍于情面没有发作。"进价就要 2 块 3 毛 5 一斤。"他说。"这大白菜好，是从云南进来的，我们当地没这么好的白菜。"孔老师对记者说。

来到肉摊前，孔老师要了一大块腿肉，又挑了一些瘦肉，总共 81.6 斤。"14元一斤，都是老客户，天天都是一样的价。"摊主刘乔群是乡里经营猪肉的最大商户，是学校签约的肉食供应商。"80 斤肉可用两天，每天保证菜里不少于 40 斤猪肉。"孔老师说。

还需要一些大葱、蒜苗。两位老师来到一个菜摊前，摊主是一个叫李二喜的农妇，她告诉记者："这些菜是昨天晚上刚刚从家里菜地里收的。今天凌晨 2 点刚过，天还没亮，我就从兰花村出发，走了两个多小时，4 点半就到乡里来占了这个摊位！"

新鲜的蒜苗称了 7 斤，每斤 1.5 元；大葱称了 4 斤，每斤 1.25元。只见严老师付好钱后，又拿出一张打印好的凭据，填好金额后请李二喜签名。这下可叫这位 45 岁的农妇为难了。她先说不会写，好不容易写下"李二"这两个字，"喜"字就真的不会写了。孔老师接过笔，在自己手上写好后，让她照着字的样子一笔一划地写。营盘乡中心小学校长李登耀说，山寨里的农民因为贫穷，许多人从小读不起书。直到 2007 年全国各地开办乡村扫盲教育班，他们逐渐才学会了写自己的名字。

李二喜写好后，严老师又拿出一盒红印泥，请她再摁上自己的手印。"在农

▲ 农妇李二喜没有发票，在购菜字条上签名

◀ 购买回来的菜，经校长过磅验收、签字才入库

营盘中心小学2012年春季学期
营养午餐开餐情况公示

序号	日期	食品名称	食品消费总价
1	3月6日	白米饭、炒洋芋、烩白菜豆腐汤	1092.
2	3月7日	白米饭、炒白豆腐、烩白菜炒洋芋汤	1051.
3	3月8日	白米饭、炒白菜青豆腐、炖猪骨萝卜汤	1908.
4	3月9日	白米饭、瘦肉炒白豆腐、烩白菜豆腐汤	1905.
5	3月12日	白米饭、炒干豆腐渣、纯粹骨萝卜白菜汤	1627.
6	3月13日	白米饭、炒洋芋、炖萝卜豆米白菜汤	1190.
7	3月14日	白米饭、烩肉炒白豆腐、烩白菜汤	1905.
8	3月15日	白米饭、瘦肉炒豆腐皮、烩白菜豆腐汤	1908.
9	3月16日	白米饭、瘦肉炒白菜、烩得好豆米萝卜汤	1641.
		合计	141

民那里买菜，都没有发票的，所以按规定，我们必须这样做。不仅做到每一笔账目都清清楚楚，还要接受上级和家长的监督。如有质量问题，还可追根寻源。"严老师对记者说。

记者了解到，孔老师是会计，严老师是出纳。一周要买两次菜，每次都必须两人同行。严老师还兼任语文课老师和班主任，每次买菜都要把课时向后调整。全校近 600 个学生，食堂只有 3 个厨工，买菜的任务就由老师兼做，一是节约成本，同时也是为了严格管理。"国家对我们贫困山区教育这样关心，我们做具体工作的，多担待一些是应该的。"严老师说。

回到学校，孔老师将买回的白菜、猪肉等一一复秤，并交黄龙副校长过目签字，然后放进了储藏室。

村小有块小菜园

孩子们利用兰花村小学附近的小山坡种起了卷心菜，长势很好，一个多月后就可以吃了。

▲ 校长签字的出入库登记表，定期公示

▼ 兰花村小学到附近农民家采购新鲜蔬菜，自作山里人喜爱的酸菜

兰花村小学坐落在离乡政府 10 来公里远的大山中，全校 145 名学生来自附近的几个村寨。学校食堂也是由一间教室改建而成的，两个厨工穿着白色工作服，腰间佩戴着印有照片的上岗证。她俩正在切土豆。厨房里存放了一大堆土豆，有的已经有点发芽了。校长顾林向说："没关系的！削掉了皮，照样可以吃。"

"山里娃从小吃土豆，吃惯了，要是每顿饭没有了土豆，饭也吃不香！"李登耀在一旁说。

中午的菜除了土豆烧肉，还有酸汤豆腐。记者见到厨房墙边有几口大缸。"这就是我们自己腌制的酸菜。我们这里家家户户都有缸、都会腌。山里人一是离不开土豆，二是少不了酸菜。山里有句土话'一天不吃酸，双脚打串串'。不吃酸菜上山下山走路都不稳了！"顾校长说。

正巧负责采购的李老师背回来一袋新鲜的青菜："这就是腌制酸菜的青菜，刚从农民地里收上来的，才 5 毛钱一斤，一点污染都没有。"

来到小院的小山坡上，同学们利用这块空地种了卷心菜，长势很好，一个多月后就能吃了。

据悉，兰花村小学的厨工一个月工资只有 700 元，属"生均公用经费开支"，同样不占学生餐费。全校 9 名老师，全都在校吃中饭，以每人每天 3 元的标准，每学期交 260 元。

食堂承包方何时能搬走

按照要求，各中小学食堂实行自办自管，一律不得对外承包。如今，部分学校在收回食堂的过程中，与经营方发生了争议。

"他们终于松口了！"见到记者，营盘乡初级中学校长李登平高兴地说。

营盘乡初级中学全校学生 586 人，因为有 321 名寄宿生，多年前就开办了学生食堂。山区学校的经费有限，当时，食堂就外包给了当地一家比较有名的餐饮公司。

现在，按照国家"农村义务教育学生营养改善计划实施方案"要求各中小学食堂实行自办自管，按公益性、零利润的原则，一律不得对外承包。过去已承包出去的要尽快收回。然而，由于承包年限的合同制约、对方投入资金的回报核算

▲ 同学们在教室门口排队领取中餐

等因素，在食堂回收工作中，遇到的阻力难以想象。据了解，水城全县 35 个乡镇中有 30 所学校食堂外包给餐饮公司经营，其中绝大部分在今年 3 月初收回了，但也有一些学校和经营方争议很大，至今还没有谈妥。营盘乡初级中学就是其中之一。

"当初餐饮公司为争取到学校的食堂承包经营权，为学校基础设施建设出过力、投过资。他们如果正常协商，学校也愿意做一些力所能及的必要的补偿。"李校长说。但对方狮子大开口，要求赔偿八十多万元。这根本就谈不下去了，几个月过去了，一直拖到现在。"这两天，他们愿意再谈了，降到 50 来万元，但这个价我们还是承受不了。"省里对学生食堂建设有明确规定：村小和片区完小，

省财政每校补助 2 万元，充分利用闲置教室改建食堂；小学，省财政每校补助 10 万元，按每校不少于 100 平方米建食堂；初中，省财政每校补助 20 万元，按每校不少于 200 平方米建食堂。

"原来他们根本不愿坐下来谈，现在松口了，这是好事。我们再和他们进一步沟通。县里有关方面也在做工作。争取尽快和他们了断，真正把'营养午餐'搞起来。"李校长说。

记者在学校食堂见到，现在的餐桌还是用一张张旧课桌替代的。"他们退出后，我们将全部改成全新的排式餐桌，让学生有一个更好的就餐环境。"李校长早已有了下一步的规划。

10 年了，终于可以告别溜索

发表时间：2012 年 4 月 26 日

> 贵州水城县营盘乡红德村的孩子们，过去一直坐着溜索穿过峡谷去上学；4 月 16 日，为了安全，溜索正式关闭，取代它的是一座临时修建的"铁板桥"。年底，一座公路桥将建成——10 年了，终于可以告别溜索。

4 月 15 日是周日，那天下午，贵州省水城县营盘乡红德村 15 岁的初二学生王伦兵和他的伙伴们还是坐着溜索，穿过乌蒙大峡谷，到乡里的寄宿学校上学的。但从那天以后，他再也不用坐溜索了。全村一百多个中小学生告别了溜索，也告别了危险。

为了消除红德村孩子们和村民们出行的安全隐患，水城县安监部门日前再次对溜索进行安全评估，下决心关闭了溜索，并决定在溜索下方峡谷投资 190 万元建一座公路桥，解决村民和中小学生出行的困难。

然而，公路桥最快也要到年底才能建成。目前，学生们放学回家只能绕行，走另一条临时便桥——"铁板桥"。因此，孩子们放学回家要比原来多步行一个多小时。

4 月 20 日傍晚，记者和刚刚放学的王伦兵、徐红俊、吴雄虎等四十多名红德村的孩子们一起，第一次走上了没有了溜索的回家之路。

就为了节省 6.5 元

其实早在 1999 年，从学校所在地营盘乡到红德村就修通了公路——10 余公里的县级公路到哈青村，再加上 9.5 公里村道，总共大约 20 公里的距离。孩子们和村民们可以花 10 元钱乘坐"面的"到哈青村，然后再花 10 元钱坐车回家，或

者走一两个小时路回家。尽管全程坐车仅需一个多小时，但由于花费太大，孩子们和村民们几乎都不走这条路。

只有一些害怕溜索、家境又比较好的村民才走这条村级公路。39 岁的村民袁小美告诉记者，这些年来自己就只坐过一次溜索。"吓死了，眼睛都不敢睁开。一百多米深的悬崖，吊筐没有安全装置，身体全露在外面，晃得厉害。"她说。从那以后，她再也不敢坐溜索回家了，宁可花 10 元钱坐车到哈青村，再步行一个多小时回家。

袁小美在村里算是先富起来的人，她在乡里开了一家小店，卖生活用品。丈夫也有工作和固定收入，在她看来，坐车就是花钱买平安。然而对于村里大多数相对比较贫困的家庭来说就不一样了。山里人不缺时间，缺的是钱。十多年来，他们都习惯了花 1.5 元坐半个多小时火车，再花 2 元钱坐溜索，总共才 3.5 元，再走上一两个小时山路回家。"这样他们至少可省 6.5 元。6.5 元钱可买 2 包盐，一家人能吃一两个月呢！"袁小美算起账来，十分感慨，她十分理解村民们的做法。

现在，溜索封了。第一次可以不坐溜索回家了，许多孩子似乎还不太习惯。红德村有 19 个村民小组，978 户家庭，共 3459 人。全村有 162 个学生在乡里上学，其中小学生 33 人，中学生 129 人。那天，和记者一起坐火车回家的学生只有四十多人，比平常少了很多。初二学生李孔合、惠泽渊对记者说，有的同学不回家了，还有些离哈青村较近的同学坐"面的"去了。

走 2 公里远坐火车

上完周五的最后一节课，下午 4 点半左右，同学们就陆陆续续结伴朝火车站走去。营盘乡所在地的火车站名叫"三家寨"，离学校有两公里远。这是一个四等小站，每天仅有两趟方便村民出行的慢车往返停靠。孩子们的到来使寂静的小车站一下子热闹起来了。在候车的一段时间里，小小的站台成了孩子们的天地。

14 岁的吴雄虎个头矮小，才上初中预备班，家住红德村脱蜡嘎组。他背了一个李宁牌新背包，这是上学期到乡里读书时，妈妈才买给他的。包里装满了带回家换洗的厚衣服。吴虎雄说，他哥哥上完初中就辍学了，在家帮爸爸妈妈做农活，刚才打电话来说想喝雪碧，他就花了 2.5 元买了一罐，紧紧地包在衣服里。包里还有两个小小的甜橙，是他花 1 元钱买的，带给爸爸妈妈。背包沉甸甸的，背在他有些瘦削的肩上。

17 点 30 分，火车差不多准时停靠在站台上。记者这才明白，为什么学生们上车时都往前面的

放学后，孩子们陆续来到小车站

车厢走，原来，下车后，孩子们还要沿着铁路向前走，坐到前面可以方便些。

车厢里位置很空，记者和十多个孩子坐在一起。

王伦兵一路带着语文课本和作业本，"老师布置的作业没来得及做，我带回家去做。"他说。王伦兵没带书包，课本和作业本放在同学吴雄虎的背包里。记者翻看他的作业本，发现字迹很工整。他写的作文令人感叹："假如从我家到学校很累，不要害怕，不要心急！自己慢慢地走，需要平静！相信吧，这样就不会累了。"老师给他的作文打了一个大红的勾。虽然有的字句不太准确，但传递出孩子心中的真实情感。王伦兵家住红德村石头寨组，过溜索、走山路成了他童年生活重要的组成部分。他说："我的名字里有一个'兵'字，我长大后想当兵。"

攀过岩壁走"铁板桥"

18点10分，火车在茅草坪车站停下。孩子们陆续下了车，在车头铁道边集合，等火车开走后，大家再一起沿着铁路前行。

走在回家的路上，孩子们都很兴奋。几个走得快的同学竟忘了溜索已经封了，应提前从岔路下山，却一直走到了通往溜索的小路上，看见一块"索道封闭，禁止通行"的警示牌才回过神来。再往回走已不可能，大家只好将错就错，从边上

▶ 沿着铁路走回家

一条山路再绕回去。

　　溜索封闭了，但它毕竟陪伴红德村的孩子们和村民们走过了 10 个年头。

　　14 岁的徐红俊已上初二了。他家住在红德村最边缘的寨子，每次上学和回家都要比同村同学多走一个多小时。他回忆说："很小的时候，过年跟着大人走亲戚时坐溜索，非常害怕。但后来走多了，不知不觉地一点都不怕了，有时还觉得坐着好玩，看看风景！"但还是有几次险情令他难忘：有一次，过溜索遇到大风，天又冷，吊框滑到中间时，晃得特别厉害，就好像要翻下悬崖似的。他死死地抓住吊框，现在想起都还后怕。以前，每次出门爸爸妈妈都叮嘱他要小心。"现在溜索封了，心里轻松了，爸爸妈妈也不再担心了！到年底新桥就修好了！"

　　因为走错路了，孩子们多绕行了半个多小时。大多数同学都能在天黑前到家，徐红俊等几个边远村寨的同学就难说了。爬过陡峭的山崖、穿过茂密的竹林、跳过山涧小溪——记者跟着孩子们加快了步伐。

　　19 点过，孩子们攀过乌蒙大峡谷右岸的岩壁，终于来到了"铁板桥"头。

▲ 溜索封闭了

▼ 攀岩壁、进深涧

▲ 终于走上新建成的铁板桥。碍于记者面，桥主没有直接向学生收钱，而是记账

　　"铁板桥"是一座临时铁索吊桥，几根钢索上铺设了铁板做桥面，是村里的村民集资 12 余万元建造的。走在桥上有些摇晃，记者随孩子们小心翼翼地走过铁板桥，终于来到红德村。

　　过了桥便是村级公路，不少家长骑着摩托车来接孩子。

　　吴雄虎坐上爸爸的摩托车走了；

　　王伦兵和同组的同学结伴朝石头寨方向走了，他一个小时后可到家；

　　已经没有徐红俊的身影了，显然，过了桥他就加快了步伐，他要两个多小时后才能走到家。

1992 南海日记

发表时间：2012 年 8 月 1 日

在南海的华阳礁上，高高飘扬着五星红旗。

1992 年，我和羊城晚报、解放军报、人民海军报等军地记者到南海采访，有幸登上了我国在南沙群岛收复并控制的渚碧礁、南薰礁、赤瓜礁、东门礁、华阳礁、永暑礁，以及西沙群岛的中建岛、深航岛和永兴岛。

南海那片蔚蓝色的国土，是这般迷人。那星星点点如珍珠般撒落在蓝色玉盘上的岛礁，更是这般璀璨、晶莹。它是那么遥远，却又这般亲近。

记者思念那片蓝色的海，思念坚守在那蓝色的海之天涯的守礁官兵。连日来，翻出当年采拍的照片和采访本上的原始记录，心中时时激起涟漪，荡起浪花。

4月25日 晴 风6级 27—38℃

9：20乘小艇登渚碧礁，航程近 40 分钟，登礁人员 29 人，补给物资、蔬菜、肉禽蛋，并送达书报信件。

渚碧礁礁盘长 5.8 公里、宽 3.7 公里。涨潮时，整个礁盘全部被淹没在水下。1988 年 8 月建起"高脚屋"，1990 年后建起了永久性礁堡。

16：30，记者登上了南薰礁。风大浪高，小艇在海浪中前行；衣服湿了，相

▲ ▶
南海上的岛礁　　战士们坚守在南沙岛礁，保卫祖国神圣领土

南沙是我国领土
神圣不容侵犯

海军驱逐舰群

一九八八年立

机也沾上了海水。但小艇进入礁盘后，即刻风平浪静。深蓝的海水一下子变成了浅蓝、浅绿色，水清得近乎透明，可见到礁盘洁白的海底。解放军报记者卢天义不顾全身湿透下到海底，拣起了一个大贝壳。另一位战士也下潜到海底，采来一朵珊瑚花。

登上小礁，来自海军总医院和南海舰队 422 医院的医生护士忙着为战士们看病、巡诊、送药。来自海军医学研究所的上海专家王振林，上礁已有四个多月了。他向守礁战士传授无土栽培蔬菜技术，让长期驻守在小礁上的战士们常年能吃上自己栽培的新鲜蔬菜。南沙气候酷热，淡水缺乏，还常常有狂风恶浪袭击。老王说：试种蔬菜困难不小，无土栽培在南沙气候条件下的特殊规律还要做些探索。记者见到，一个大约两米多见方的小菜棚，用塑料篷布和黑色网布两层遮挡。塑料篷布厚实，防大风大浪；黑色网布稀薄，防太阳紫外线。棚里的蔬菜有的长势很好，惹人喜爱，有的则没长出几棵小菜苗来。补给船几个月才来一次，王教授这次也不能和我们一起下礁。"不试种成功，不教会战士，我是不会离开的。"他说。

守礁战士的生活用品全靠补给，新鲜蔬菜从大陆运到小礁要 10 来天，运到

▲ 无土栽培蔬菜，还在探索之中

时已不新鲜了，储存更不易。除了试种无土蔬菜，战士们还学会了自做豆腐、豆芽。做豆腐的小石磨就在炊事班，是战士探亲时千里迢迢带上礁的。守礁战士轮换上礁执勤，是哪一年、哪一班、哪个战士带来的？现在谁也说不清了。

守礁战士在礁堡大门上写下了"持钢枪伴国旗显男儿赤胆忠心，驻南薰护国门为华夏千秋功业"的对联，横批是"气贯南沙"。还有一幅对联是"海疆堪称南沙苦苦中有乐，礁堡最数南薰旧旧颜换新"，横批是"今非昔比"。

记者拍下了站岗战士的照片，采访本上记下了他的姓名：张良军，下士军衔。

4 月 26 日　晴　风 5—6 级　29—40℃

7：00，补给舰启航，离开南薰礁，前往赤瓜礁。

赤瓜礁是位于九章群礁西南端的一个珊瑚礁，因附近海域盛产赤瓜参而得名。

补给、巡诊、采访完毕后，登礁的记者组、医疗组和补给舰小艇组二十多人，与守礁官兵开了一个小小的联欢会。海军总医院医生董红独唱一首《英雄赞歌》，守礁战士小合唱《团结就是力量》，南海舰队 422 医院三位女护士合唱《我是一个兵》，615 号补给舰小艇官兵合唱《615 舰舰歌》，羊城晚报记者表演了一个军体拳，解放军报记者杨学泉朗诵了一首诗，深情赞美守礁官兵。这些全是即兴表演，事先没有做过一点准备。上礁的同志们完全是为了表达对守礁官兵的敬意和慰问之情。联欢会在《团结就是力量》的大合唱中结束。"这力量是铁，这力

守卫赤瓜礁

量是钢，比铁还硬，比钢还强……"高昂的旋律在南沙赤瓜礁盘上久久回荡。

4月27日 晴 风4—5级 28—39℃

13：00，登上东门礁。

在小礁上，我和站岗的战士聊了起来。他叫杜强，刚20岁，上礁才二十多天，四川人，从涪陵内燃机总厂子弟校高中毕业后就参军了。能到南沙执勤，他非常激动。上礁后的第一个星期还好，但新鲜感一过就特别想家。他一天写一封信，现在都累积了二十多封了。"我是4月4日上礁的，5日就给爸爸妈妈写了封信，明明知道寄不出去还写，我自己都有些奇怪。不光是我，好多战友都这样！正好你们补给舰来了，把这些信带到大陆去。"他笑了。

除了给父母亲写信，杜强还给在石油公司工作的哥哥写，让他多照顾家里老人。知道补给舰要来，今天一早还赶写了一封，给同时当兵的同学兼战友："他在当40火箭筒兵，在陆战旅。"

"有没有写给女朋友的信？"我问。

他笑了，有些羞涩，低下了头。

在小礁上我还了解到，战士们每次给家人写信都摘下一朵"礁花"，夹在信里。

"礁花"是南沙守礁战士命名的。

这其实是一种不起眼的草本小花，耐旱。有点像马齿苋，茎、叶呈半透明状，

▼

战士们守护着『礁花』——太阳花

▶ 海钓

厚厚的、有肉感。花朵很小，红、黄、粉、白，什么颜色都有。太阳越强，花开得越鲜艳，特别招人喜爱。战士们谁也没查过它的学名，只知道在大陆叫太阳花。

为什么选它为礁花？礁长说：建礁初期，大概是1990年前后，战士们就千辛万苦从大陆带来泥土，带来家乡的各色花草、蔬菜试种。可是，在南沙恶劣的自然气候下全都死了。只有太阳花，挺过来、活过来，越长越好，开出绚丽的花朵。

"礁花"摆满了战士们宿舍的门口和窗台，守礁战士每天用洗过脸的水轻轻地浇上去，刮大风时就把它们搬进屋来。记者有心数了一下，共有36盆。

夜泊安达礁。

补给舰机电长和锅炉班战士钓到一条七八斤重的红鱼和五六斤重的海鳗。那条黑黑的、像大圆盘一样的鱼，水兵们干脆叫它"锅盖鱼"，直径足有1.5米宽。记者见到，水兵战士在南海钓鱼，根本不用专业钓鱼竿和钩，长长的尼龙线拴在舰舷栏杆上，普通的硬铁丝弯成钩状，挂上点小鱼或肉块，放到海里就可钓鱼了。而且，还不用守着，隔段时间去看看、拉拉，说不定就有大鱼上钩。

4月28日 晴 风4—5级 28—39℃

锚泊五方礁，为两艘海测船补给油水、粮食、肉类、蔬菜等。医疗队上舰为两舰官兵巡诊。湖南籍战士张智平告诉记者，他3月18日出海到南沙，已有四十多天了。海测任务要到6月才能完成。台风季节到来前才撤回去。

17：00启航，去五方礁50海里外的仙宾礁，此礁离菲律宾本土仅百余海里。明天为另一艘海测船编队补给。

下午，部队方吕祥政委送来了4个无花果，说是湛江湖光岩热带植物研究所刚开发成功的新一代保健水果，维生素和营养价值极高。去皮品尝，肉质粗糙、不甜，口感一般。但在浩瀚的南海远航，能吃到蔬菜已很不易了，居然还能品尝到这样的水果补充维生素，实在庆幸，真要感谢部队的同志们。

晚上十点多，已经睡下的我被一阵敲门声惊醒。原来，补给舰连续航行，机舱出现故障。"老鬼",即机电长正带领战士们连夜抢修。于是,我穿好衣服来到机舱。好家伙,机舱足有四五层楼高。拉开舱门,一股热浪扑面袭来,由于连续航行,机舱里的温度高达 50℃以上。只见官兵们都光着膀子,汗流浃背,在酷热中抢修。有的战士在拆卸上百斤重的粗大管子,有的战士在烧电焊。"明天还有任务,今晚无论如何一定要抢修好!""老鬼"说。

回到宿舍已十一点多了。战士们还在抢修。

4 月 29 日 晴 风 3—4 级 29—39℃

船到仙宾礁海域。

仙宾礁,地形高而狭,为一礁脊,东南伸入海中 22 公里,浅湖在北部,水深 3.6—18 米。1987 年,我国南沙综合科考队对南海诸岛进行综合调查,在东北部 10 座珊瑚礁设置标识,在群岛全域设置 167 个观测地点。后来,部分标识遭到菲律宾的军队入侵破坏。

7:30,为南测 420、427 两舰补给。记者了解到:在南海上执行任务,最珍

▼
小艇载着补给物,靠近岛礁

▶ 补给

贵的还是水。海测船上的官兵每天分到四五斤水，只能刷个牙，擦把脸，擦擦身。由于不知道下次补给是什么时候，水一定要节约使用。只见海测兵们个个都剃了光头，只穿裤头和背心，脸膛和身躯黝黑发亮。这都是南海紫外线长时间照射的结果。这里是低纬度——8—10度，离赤道仅四百多海里。

海测部队担负着南海海洋测量的艰巨任务。每年 3—6 月是季风、台风最少的季节，因而是海测的最佳时间。官兵们在南沙每一片海域和岛礁间进行水文、水深、水流、海质、潮汐等综合测量，收集资料，并记录到海图上。到岛礁区测量时，大舰不能进入，只能放小艇进入礁盘，遇到退潮水浅时，官兵们就要下到水里，推着小艇前行。人走在礁盘上，稍不留神，锋利的珊瑚就会划伤战士的脚，海水刺激伤口，疼痛无比。但海测兵全然不顾，继续前进，继续测量。战士们就是在这样艰苦的条件下，为海防建设和开发南沙铺路架桥，开通航道。

官兵们知道，一点一线的误差，从海图到实际，有时往往相差十万八千里；哪怕是一个小小的疏漏，都将是一个隐患、一个陷阱。去年，为查清某岛礁海域情况，还剩两个航次时，台风提前袭来，战士们本应立即撤退，避免大风浪，可留下的两个隐患令大家不安。他们精益求精，硬是坚持抢在台风到来前消灭两个隐患点，测量完全部海域才返航。

12：30，两海测船补给完毕，解缆驶离补给舰，远远地驶向海测点。望着远去的战舰，心中的敬意难以描述。

补给舰全速前进。航程一百多海里，航时 15 个小时。目标：华阳礁。

4 月 30 日 晴 风 3—4 级 28—38℃

凌晨抵泊华阳礁。登礁记者组、海军医疗组、补给舰小艇组工作完毕后，二十多人竟不顾禁令，都跳到海里游泳！守礁战士坚守禁令，不许下海，在岸上为我们喝彩。

　　大海正要涨潮，礁盘附近的水深仅 1.5 米左右。小鱼小蟹随处可见，就游荡在身边，还有贝壳和珊瑚，大伙儿拣了一大堆。我也潜到海底，伸手去触摸洁白的礁盘。

　　此时的水温 27℃ 左右，比起在岸上那近 40℃ 的高温酷热，真是清爽极了。礁盘上生长的植物清晰可见，阳光照射在海底，由于波浪的轻轻起伏，海底呈现出五光十色，花色小鱼悠悠地游在其间，绚丽多姿。只可惜没有轻潜脚蹼和潜水镜，扎下去一会儿就不行了。

　　大伙儿在水里足足游了近一个小时，返航时间到了，这才依依不舍地上岸，大家全都穿着湿的长衣裤和鞋子。中午酷热，温度高达 40℃，半小时后身上的湿衣裤就干了。

　　中午 11 点过，离开华阳礁。守礁战士在岸边排成一排，与我们告别。

　　乘小艇返回补给舰后，立刻启航，向南沙群岛我军戍守的最大岛礁——永暑礁进发。

　　下午 3 点，到达永暑礁海域。晚上，补给舰官兵举行联欢晚会。记者组、海军医疗组应邀参加。

5月1日 晴 风 3—4级 28—39℃

　　清晨 7 点登上永暑礁，参加升旗仪式。守礁官兵、补给组、海军总医院、南海舰队 422 医院、记者组等全体人员参加。"敬礼！"随着一声长笛鸣响，鲜艳的五星红旗在两位手持钢枪的战士守卫下，徐徐升起在南海的上空，在朝霞中迎风飘扬。

　　两位站岗的战士手持冲锋枪，英武地站在

▼ 守礁官兵们在永暑礁上举行升旗仪式

"南沙是我国土，神圣不容侵犯"石碑前。一个叫刘峥、湖南岳阳人，另一个叫张继高，四川涪陵人。

在礁顶的海洋观测站，战士们操控着现代化的海洋观测仪器。他们定时向祖国大陆、向过往船只、向联合国海洋组织发出海洋监测数据，为南海的和平开发利用发出中国的声音。

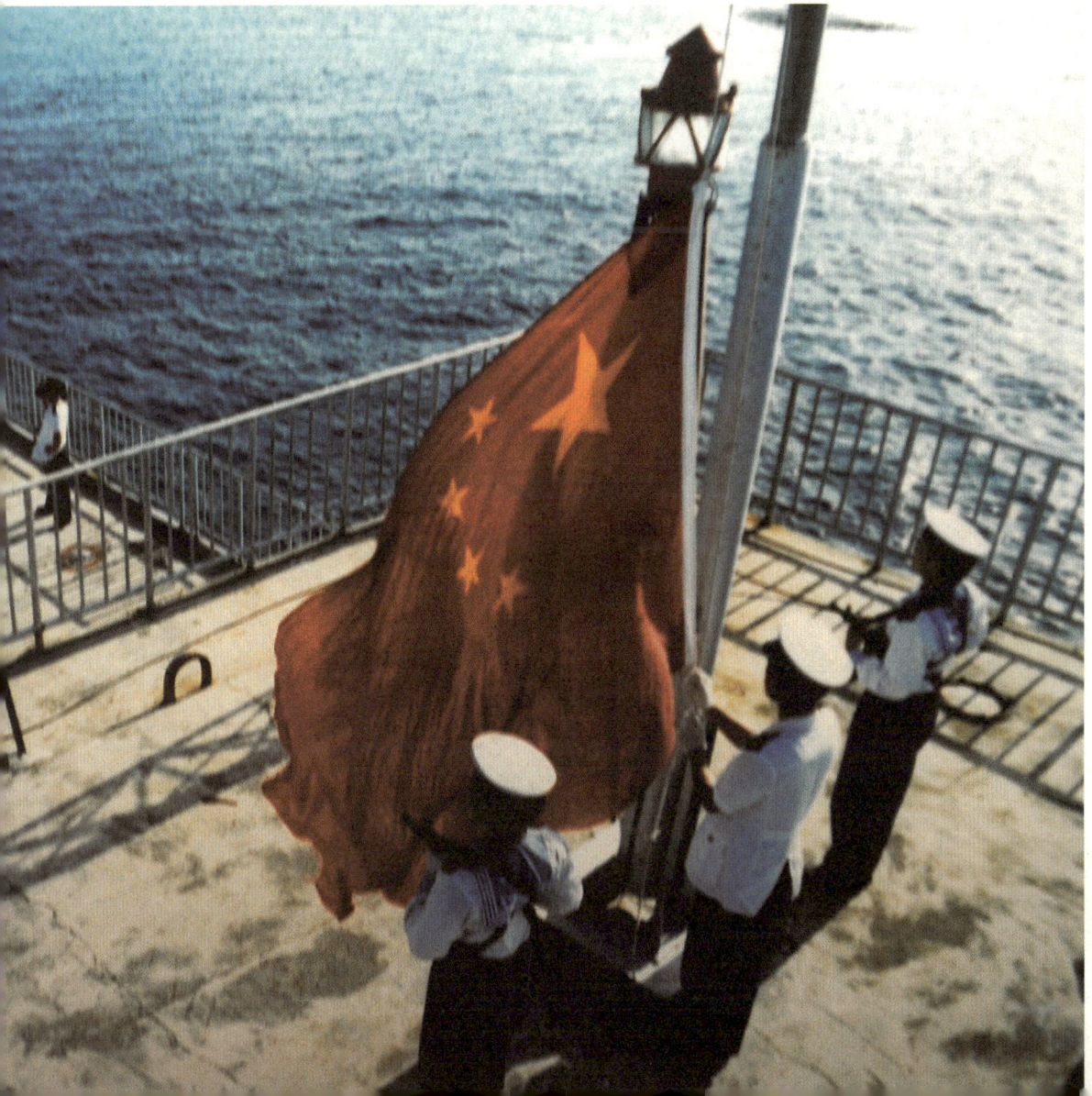

光伏发电，何时敲开家门

发表时间：2012 年 12 月 25 日

光伏发电，何时敲开家门。

国先生是一个普通市民，他有一个梦想：在自家屋顶装一个光伏太阳能发电站，利用绿色能源减少家庭用电的开支。赵春江是一位太阳能专家，他同样也有一个梦想：看到上海及我国所有的屋顶都能像国外一样建起光伏电站，让太阳能绿电走进千家万户。

　　国先生多年前就有这个想法，但因为成本太高等原因，迄今还未实现。而赵春江为了实现自己的梦想，付出了 10 年的努力，6 年前就已经在自家屋顶装起了上海乃至全国的"第一个家庭光伏电站"，最近又在自己新买的别墅上建起了"新一代家庭光伏电站"。他付出的艰辛难以言表。

▼ 赵春江在自家别墅屋顶建起新一代"家庭光伏电站"

最近，国家电网颁布了一系列对分布式光伏太阳能并网的优惠政策。12 月 20 日，国务院常务会议作出了"着力推进分布式光伏发电，鼓励单位、社区和家庭安装、使用光伏发电系统，有序推进光伏电站建设"的决定。他们又看到了希望。

中国可再生能源学会理事长、国务院参事石定寰说："赵春江研究员在研究、实践分布式光伏电站方面花费的精力之大、功夫之深我早有所闻，我认为他的努力没有白费，国家电网最近发出的《关于做好分布式光伏发电并网服务工作的意见（暂行）》和国务院的有关决定，在某种程度上是对赵春江们这些年在这个领域耕耘的高度支持。我们欢迎越来越多的普通民众，乘着这股东风，踊跃加入建设家庭分布式光伏电站的行列，把中国的光伏发电新能源应用推向新的阶段。"

连日来，记者跟随采访国先生走进物业、电力公司营业所的经历，以及赵春江实现光伏梦的故事，调查光伏发电与普通家庭的关系。

"你是我们碰到的第一个家庭用户"

今年 7 月，上海实行阶梯电价，国先生家的电费第二个月就突破了第二档，到 10 月份，第三档电量也用去了五百多度。这意味着每度电价从 0.6 元涨到了 0.97 元。盛夏时节，家里装有两台中央空调，一个月的电费就要一千多元。虽然他尝试了多种节电方式，比如早晨上班出门前将自动档调到 32 度，下班回家调到 26 度，晚上睡觉再调到 28 度等等，效果都不佳，电费一直保持在 4 位数上下。直到 11 月天凉了，空调停了，电费这才回到一百多元的水平。为此，他一直关注着家庭普及使用光伏发电的消息。他也曾去过多个国家，见到国外乡村与城市的很多家庭房顶都安装了太阳能发电装置，他很眼热。他家是复式楼房，住在小高层顶楼，屋顶完全可以利用起来。他渴望有一天在楼顶安装一台光伏发电装置，以减少家庭用电开支。

"这顶层面积不小啊！"上海公元太阳能公司的陈工程师一登上国先生家的楼顶就说。在内行眼中，"朝东向南，阳光照射最好，光伏发电效果也最佳"。

陈工程师告诉国先生："这里有一个梯口平台，高出层顶五六米，刚好避开前面那栋高楼，可以安装。只是面积小了些，大概可建2个千瓦的光伏发电装置。"

2个千瓦，意味着一年发电2000度，家里可省下大约2个月高峰时值的电量。

三天后，陈工程师拿出了设计方案。按照楼顶面积，可安装12块1.95瓦电池板，预计年发电量2400度，15年可发电3.6万度，建设报价为2.35万元。

精明的国先生算了一笔账。按照1度电1元钱计算，一年可节省2400元钱左右，约10年收回成本，但没有包括维修保养的费用。一套太阳能光伏发电装置一般能使用15年，这样，10年后收回投资，此后5年可节省1.2万元左右。

这样算来，如果不考虑社会效益，仅从投资回报来看，还是合算的。考虑到楼顶是小区公共部位，安装太阳能电池板，需征得物业同意，第二天，国先生把方案送到物业手中，希望得到支持。

"这样的事，我们还未碰到过，不好马上表态。一般来说在自己屋顶上建，只要不影响其他居民，应该没什么问题。"物业工作人员小沈了解情况后说，"你先把方案放在这里，我们研究后再给你答复。"

国先生是个急性子，接着就去了离小区较近的沪北电力公司营业所，想听听电力部门的意见。沪北营业所工作人员说："你是虹口的，要到九龙路办申请。"他到了九龙路营业所，工作人员却说，沪东、沪南、沪西全都集中到天山路办。在辗转了几家营业所后，国先生来到位于天山路上的沪西电力公司。一位工作人员听了国先生的陈述后，即刻拿起材料走进后台办公室。约5分钟后，她出来告知：你还要到发改委办一个"路条"，必须有他们的批文才行。

"我是个人用户，还需要发改委批吗？"

"是的，这是必须的！"

"发改委的为民服务窗口在哪？"国先生问。这下工作人员愣住了。此时，邻桌的一位男性工作人员走了过来，"办理个人业务不应该报发改委吧！"说着，他拿起电话进一步核实。"居民个人办理不用到发改委！"放下电话，他肯定地说。"我们是第一次碰到这项业务。"工作人员递上了《并网申请表》。

《并网申请表》上除了家庭地址、联系电话、建设规模等基本情况外，还有很重要的一项"发电量意向消纳方式"，上面有三种选择：1，全部自用；2，全部上网；3，自发自用余电上网。"你准备选择哪一种？"工作人员问。

　　"哪种合算选哪种。"国先生说。"目前收购绿电的电价都还没出来，但肯定会高于用电价格。用户选择不同消纳方式，对施工有不同的要求。不过，你只要报上来，一切费用都由我们承担，技术上的问题也由我们来解决。"工作人员解答。

　　据了解，江苏省已出台绿电国家收购价格：第一年每度 1.3 元，第二年每度 1.25元，第三年以后每度为 1.2 元。如果按国家收购每一度绿电价最低 1.2 元和上海居民阶梯使用电价第三档 0.97 元比较，将太阳能绿电卖给国家，每度可盈利至少0.23 元。欧美日等发达国家为鼓励扶植发展太阳能绿色能源，收购绿电价格也都高于居民用电价格。

　　从节约成本，享受国家及上海可能进一步出台的电价优惠政策考虑，国先生在第 2 项"全部上网"一栏打勾。

　　"你现在材料不齐。下次来，除了带身份证、房产证，还必须带一个物业盖章的证明。"工作人员叮嘱道。

　　可是，《并网申请表》"业主提供资料清单"一栏并没有"带物业证明"条款。

　　这些天，国先生三次到物业开证明都被拒绝了。理由是业委会规定"屋顶不能安装太阳能热水器"。国先生解释他要装的不是热水器，而是光伏太阳能装置。"热水器都不行，发电更不行了！"物业张经理说。

　　为安装事宜，国先生还在奔波……

　　据悉，这是国家电网 11 月 1 日实施《关于做好分布式光伏发电并网服务工作的意见（暂行）》以来，上海几家供电公司营业部遇到的第一例申请"分布式光伏发电建设并网项目"的家庭用户。此外，记者还了解到，浦东一家房地产开发公司申请利用楼顶 500 平方米空间，建设 40 千瓦光伏发电项目，上海电力学院提出申请 2000 千瓦光伏发电项目。这两个项目，浦东电力公司都已受理。

"一个人的发电厂"广受关注

　　上海电力学院太阳能研究所所长赵春江研究员是"家庭光伏发电第一人"。2000 年，从国外学习回来的赵春江在校园里建了一套 1.5 千瓦的光伏发电实验系统，取得成功。那时，他就想，实验虽然成功了，但应用才是目的。他最终决定在自家屋顶先进行试验。2006 年，他投资了大约 15 万元，从国内外采购材料，用了大半年的时间，在自家屋顶建了一套有实用功能的 3 千瓦光伏发电系统。

"家庭光伏电站"火过一阵

2007 年初，记者第一次走进赵春江家，那时他的家庭发电站刚落成发电不久。看着阳光下光伏转换为电能，电流表缓缓旋转时，赵春江的脸像阳光一样灿烂。当时他家只装一个电表，家庭用电网的电，电表要转，用自家光伏发出的电，电表同样要转，结果出现了免费向电网送出绿电还要多付钱的怪事。后来赵春江又加装了一个电表，分开计电量，再加装了一台蓄电池，将多余的电储蓄起来，解决了这个问题。本报率先报道了赵春江的"家庭光伏电站"后，参访他家的媒体蜂拥而至，赵春江也因此赢得了"家庭光伏发电第一人"的美誉，"一个人的发电厂"广受关注。

在此后的一段时间里，赵春江的"家庭光伏电站"更火了，不仅有媒体采访他，还有一些太阳能光伏潜在用户来咨询，更有不少厂商来洽谈合作。之后，中央电视台又把赵春江请到北京专门做了一期"小崔说事"，声名更是大噪。为了适应当时社会对家庭光伏发电站建设的热情，在一家太阳能企业的协助下，赵春江在自家附近开了一个"太阳能超市"门店，接待前来咨询的人们，力求建立一个集科研、设计、安装家庭光伏发电为一体的全新企业，把光伏发电推向千家万户。

"太阳能超市"开业那天，本报记者 再次采访了他。在这个面积仅有 100 平方米的超市里，"麻雀虽小五脏俱全"，陈列着从硅原料生产至发电系统等光伏发电五大程序的工业产品，从小至微瓦级的为孩子们设计的光伏汽车、光伏风灯，到兆瓦级的独立式光伏发电应用系统，一应俱全，而且所有工业生产程序和应用商品，均附有详细的介绍和代表性的产品或图片。它既是一家名副其实的光伏超级市场，又是一个典型的现代光伏知识的展示窗口、科普前沿阵地。

但是，赵春江的"太阳能超市"不久就倒闭了，因为没有市场，没有生意。那会儿赵春江家建设"家庭光伏电站"成本是 15 万元，一个千瓦就要 5 万元，这么高的投入，30 年都收不回成本。不合算，自然吓跑顾客。支撑了两年，那家太阳能企业也跑了。"这不能全怪那家太阳能企业，没有国家扶持发展的政策，再有热情，再有理念也维持不了多久。"他说。

建议一般家庭等普及后再装

虽然办"太阳能超市"受挫，但赵春江一直没有停止探索的脚步。

分布式光伏电站，绝不止是家用的三五千瓦的小系统，还包括学校、公园、厂房、加油站、体育场看台、停车棚、社区门棚、农业大棚、养殖池顶棚等，都是特别适合建设多性能多类型的分布式光伏电站的场所。赵春江这些年和公元太阳能公司合作，为上海人民公园、上海宜山中学建起了应用型光伏发电系统。为帮助房地产开发商在早期设计时将光伏发电应用到建筑中去，减少楼盘开发后再建光伏发电系统造成不必要的浪费，他们还合作开发出具有自主知识产权的"嵌入式光伏一体化屋顶"，这一成果线已应用到崇明度假村、上海电力学院等多地建筑中，受到了国内外同行赞誉。为了避免将来分布式光伏电站大规模发展起来后，光伏发电高峰和超高峰值时，对国家电网可能形成的影响，在上海市科委等单位支持下，赵春江又开始了两项新的研究课题——智能微电网和多种新能源交替使用技术。如今，赵春江又在自家新买的别墅楼顶再建了一套新一代的 3.7 千瓦的光伏系统。

近日，得知赵春江要到浙江考察太阳能产业，记者再次随车采访。"国家电网'意见'出台时我还在国外。回国那天，刚下飞机，就接到央视记者小彭的电话，说是第二天晚上有档节目，要我与国家电网发言人对话有关分布式光伏发电话题，我很高兴。"赵春江说，第二天，他就匆忙赶往北京。

在央视二套财经频道《对话》节目中，赵春江讲述了自家的案例和国外的扶持政策对绿色能源发展的推动作用。"我虽然等了 6 年，但这还是个很好的开端。"赵春江笑了。在节目中，国家电网发言人当着全国观众的面对赵春江说："赵老师请放心，今后您家光伏电站不论是并网还是卖电，要是遇到困难，只要拨打 95598，我们一定会为您提供最好的帮助！"

从北京回沪后，赵春江的电话又被打爆了。江苏有一商家找到他，说要投资建厂生产光伏构建。"现在欧美正在对我国光伏太阳能产业实行双反调查，仅长三角地区，太阳能光伏企业就占了全国的 50% 以上，整个太阳能光伏行业及产能已经过剩，你现在建厂风险太大。"赵春江打消了他盲目投资的想法。

杨浦区城建委找到他，说老工业区、老式住宅"平改坡"搞了多年，希望搞成第一代"平改阳"工程。"我得去实地考察调研做方案。"赵春江说，"2003 年上海交大崔容强教授就统计过，上海仅平层多层住宅'平改阳'就可达 1000 万平方米。杨浦做'平改阳'示范也不晚。"

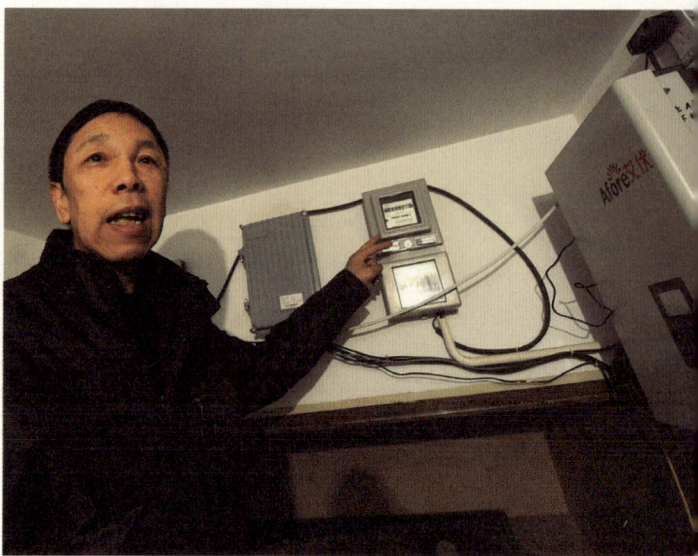

▲ 家庭光伏电站设备简单，便于普及

安徽一家现代养殖场要新建羊圈，也找到了赵春江，希望将整个养殖场房顶全部设计为光伏发电系统。在返回上海的车上，记者见到了他电脑上这一现代化养殖场光伏发电站的设计草图。在他的电脑里还有浙江嘉兴生态公园太阳能光伏廊桥草图等等。

赵春江说，还有一些普通市民也慕名前来他家参观。"普通市民关心这项事业，我不得不停下手中工作，为他们讲解。"他说，"'现在好装吗？'这是市民常问的一句话。我告诉他们，家庭条件好的可以先装，支持我国的生态文明建设。由于现在成本还较高，而且国家优惠政策、扶持力度还会加大，建议一般家庭等普及了以后再装。"

"我想把我的两套屋顶光伏电站都申请上网，全额卖给国家。虽然现在光伏发电站硬件建设成本已经降到大约 1 千瓦 1 万元左右，但绿电回购的价格没出来，分布式光伏系统成本就没法核算。我个人投入可以不计成本，因为这是我的科研实践，但对社会来讲就不一样了，成本太高不利于推动分布式光伏发电的发展。"赵春江说，"国家收购绿电目前暂定 1 元 / 度是偏低了。江苏是 1.2—1.3 元 / 度，广东专家建议 1.4—1.5 元 / 度，上海呢？再等等看！"

希望家家户户屋顶有绿电

　　赵春江常在国外考察，在他看来，近 20 年来，欧洲、日本等发达国家光伏应用迅速发展的最根本原因在于：一是科技，二是政策。德国 1991 年公布了两项法案和规划，《强制购电法案》明确规定所有绿色电力均必须强制入网，电力公司必须优先购买太阳能电力，规定所有绿色电力均享受高于普通电力的优惠电价；《千户屋顶发电计划》则明确公布了鼓励民众家庭利用自家屋顶参与绿色电力建设的各种优惠政策。后来德国之所以能够顺利地连续推行十万屋顶和百万屋顶计划，就在于政策得到居民支持。日本"3·11"大地震后，世界各国纷纷检讨核电安全问题时，德国率先作出全面停止核电建设计划，并将在 2020 年全面停止核电站运转。如此大动作的"底气"，在很大程度上也是来自民众对它的绿色电力计划的信心和坚决支持。除德国以外，日本、法国、西班牙、葡萄牙、意大利、印度、南非等许多国家，以及美国加州等二十多个州，也都纷纷推行了以鼓励民众家庭投入光伏发电计划的政策。日本于今年 7 月 1 日生效的法案明确公布，对民众家庭屋顶发电等分布式电站发送入网的电力，每瓦的收购价是 42 日元，比一般光伏电站价格高 2 日元，且 20 年不变。推行家庭光伏电站的国家，政府都会给补贴，个人只出整个建设费用的 4 成左右。

　　"我有个理想，国外人家屋顶都是太阳能绿电，我们国家家家户户屋顶上也要有！我们应该能做到，而且能做得好！"赵春江说。

　　为此，他又在考虑，要不要重新启动"太阳能超市"？

专家解答

将中国的新能源应用推向新阶段

记者： 发展太阳能光伏发电的意义何在？国际发展趋势如何？

赵春江：（上海电力学院太阳能研究所所长、研究员）常规能源在人们过度使用下已出现短缺现象，能源危机成为摆在世界各国面前的一个巨大难题；另一方面，世界环境继续恶化，温室效应和空气污染成为威胁人类生存的两大因素。为了实现能源和环境的可持续发展，世界各国都将光伏发电作为发展的重点。

根据日本新能源计划、欧盟可再生能源白皮书、美国光伏计划等推算，至2010年，全球光伏发电并网装机容量达到15GW，未来数年光伏行业的复合增长率将高达30%以上；至2030年，全球光伏发电装机容量将达到300GW；至2040年，光伏发电将达到全球发电总量的15%—20%。

记者： 我国太阳能光伏发电"十二五"有什么规划？

王斯成：（国家发改委能源研究所原副所长、研究员）2011年全国光伏发电装机同比增长700%，目前国家电网经营区域并网光伏发电已达271万千瓦。今年1—9月，国家电网收购光伏发电量25.2亿千瓦时，同比增加5.4倍；目前国家电网已同意并网、正在建设的光伏发电项目达126万千瓦。国家《太阳能发电发展"十二五"规划》要求，2015年太阳能发电发展目标从1000万千瓦大幅提高到2100万千瓦，届时我国将成为世界第一光伏发电大国。今明两年全国发展目标为1500万千瓦，每省规模约50万千瓦、分散接入近千个并网点，光伏发电发展的新阶段即将到来。

记者： 分布式光伏太阳能发电前景如何？

洪崇恩：（上海太阳能学会《太阳能光伏》杂志总编）太阳能资源的主要特点是分布广泛，有太阳照耀的地方就有太阳能资源，因此太阳能光伏发电的优势是分布式应用。应该是以与用户用电紧密结合的方式安装光伏系统，低电压接入配电网，实现就近开发就近利用。

近期，在用户侧建设分布式光伏发电系统更符合目前光伏发电的技术状况，应该给予重点支持。

记者： 怎样看待居民家庭建光伏"家庭电站"？

石定寰：（中国可再生能源学会理事长、国务院参事）赵春江研究员在研究、实践分布式光伏电站方面花费的精力之大、功夫之深我早有所闻；我认为他的努力没有白费，国家电网最近发步的关于做好分布式光伏发电并购服务的《意见》，在某种程度上是对赵春江们这些年来在这个领域探索的高度支持。我们欢迎越来越多的普通民众，借这股东风，加入建设家庭分布式光伏电站的行列，把中国的光伏发电新能源应用推向新的阶段。

小岛婚礼

采写时间：2013 年 1 月 6 日

清晨，天还没亮，她就登上了交通艇。

望着舷窗外飞溅的浪花，她的心早已飞到海的那边。海的那边，有一个小岛，岛上有她心爱的人。

她叫董鹏，在中国移动湖南某分公司工作。今天，她就要做新娘了！

2013 年 1 月 6 日，东海前哨海军某岛观通站，迎来 62 年来首位新娘。

新郎是该站雷达技师、海军首批大学生直招士官肖敏。他们相恋八年，有情人终成眷属。高中同班同学的他俩，在大学里经历了一场纯真恋情。而他参军到了海岛上，天各一方，最快的书信，也需一个月才能来回——海岛军事禁区，使用手机微信有着严格的限制。

一晃，他在岛上过了四年，而他们相聚的日子加起来不到 100 天。许多亲朋好友劝她，不要再傻了，女人的青春等不起啊！

前年五一前夕，相恋"七年之痒"，他决定休一个长假，好好陪陪她，还约定到深圳旅游、度假。结果，就在启程的前一天，部队打来电话："紧急任务，

近了，越来越近了，他穿上白色军装格外精神

速归队。"他很纠结，多问了一下站领导："必须回吗？"答案是肯定。

他劝她把车票退了，她却说："车票上有你的名字，带着它就感觉你还在我身边。"于是，带着两张火车票，她一个人去深圳。而他乘坐最晚的航班飞赴东海，赶在次日的补给船上岛。

"我已顺利上岛……"他发了一条信息，寥寥几个字，还有长长的省略号。或许无奈，或许愧疚……或许更是一种责任。

她回了一个信息："一个人的旅行也很美！"

其实，她心里明白：他爱岗敬业，早把岛当成家——他上岛一年后入了党，年年立功受奖，获得优秀士兵、三等功和集体二等功的荣誉。

2012 年国庆节，他们结束"爱情拉锯战"，修成正果，领证结婚。

她的内心就是有个心愿：婚礼一定要到那个常常让自己心中嫉妒的小岛举行，与他在岛上的领海基点界碑前拍一张婚纱照。她说，当我想你的时候，就看看照片，你在为祖国守卫海疆，我在守护我们的爱情。

他把妻子的心愿告诉了站领导。站领导把这个故事告诉了全岛官兵。

于是，一场"孤岛婚礼"紧锣密鼓地筹备着！

近了，近了……她来到甲板上眺望着：小岛渐渐清晰可见，那么孤独，镶嵌在茫茫的大海上、那海天一线间。随行的教导员徐刚向她介绍：这个离大陆 40 海里，面积仅有 0.088 平方公里的孤岛，无水、无电、无居民，一切生活用品均靠大陆补给，岛上自然环境恶劣，常年受风、雨、雾困扰，就这样的工作环境，他与他的战友们却以苦为乐，以岛为家，用青春和热血默默奉献在祖国的海防线上。

码头上，锣鼓喧天，官兵们身穿礼服列队欢迎海岛新娘的到来。突然，大伙齐喊："董鹏，

终于牵上他的手，他的手臂是那么有力！任何海浪也无所畏惧

新娘的心早已飞向海的那边　三个多小时的航行，小岛越来越近了。

© 2013 年

143

我爱您！肖敏被官兵们拥簇过来。他手里捧着一束小黄花——那是今晨在小岛的岩石中亲自采摘的。

他伸过去，一把将她拉上岸——他的手臂是这般有力！

新郎抱着新娘幸福地旋转！官兵们欢呼雀跃，鞭炮随即响彻海天……

他俩在岛上亲手植下一棵"爱情树"。

她在牌子上写下："爱在小岛！"

下左：在他日夜坚守的界碑前接受他的求婚，她心中的爱在升华

下右：她感动得哭了，为了这份心灵的坚守、这份来之不易的爱！

新县城　第一春

采写时间：2013 年春节

这是共和国土地上最年轻的县城之一。

金沙江畔的云南省绥江县。

去年 10 月 1 日，向家坝水电站开始蓄水。到 16 日，水电站蓄水至 385 米，绥江这座有着三百多年历史的老城缓缓沉入江底。全县约 6 万人全都搬到了新县城。

如今，作为云南省唯一一个因水电站建设整体搬迁的县城，全县百姓在新县城迎来了第一个春节。

在喜迎 2013 年新春佳节的日子里，记者来到这座位于祖国大西南崇山峻岭中的、刚刚建设起来的绥江新县城。

　　25 岁的杨林背着 8 个月大的孩子行走在新县城 D 区的高坡上。桥那边，新县城还在建设中。远处，白色的雾霾萦绕在深绿色的大山间。她那背孩子大红色的背带很漂亮，格外显眼，带着春的色彩。她说"自己手绣的！"山下，昔日浑浊金黄色的金沙江水已变成淡绿色。河床明显加宽了，金沙江在险滩中奔腾不羁的景象被高峡出平湖的美丽景色取代。老县城已被淹没在江底。那里有她昔日的家！

　　"我们去年初就开始准备搬家了，直到五六月间才全部搬完。一家人分了120 平方米的新公寓房，住了大半年了！"她说着，脸上难掩喜悦之情。她刚背孩子去县医院看病回来，医生说没事，她这才放心回家。背上的小家伙瞪着大眼睛，看着记者的镜头嫣然一笑，一点都不怕生。

　　"新县城沿金沙江从上游往下，分 A、B、C、D 四个区，差不多有四五公里。

杨林行走在新县城
D 区的高坡上

新城比老城大多啦，也漂亮了！"谈起自己的新县城、新家园，这位普通的市民也能如数家珍，说来头头是道，"原来的老城只有 1.7 平方公里，现在新城变成了 5 平方公里啦！"

　　走进新县城，是宽阔整洁的街道。依山而建的街道上上下下分好几层。光是跨越 A、B 区的连接大桥就有上下 3 座，在江边大道往上看去蔚为壮观。崭新的楼房和住宅小区、还有商店矗立在两边。迎春的大红灯笼高悬在街道两旁的电线杆上，平添几分新春气息。农贸集市上，腊肉香肠、新衣新鞋、各类蔬菜、鸡鸭鱼蛋、包谷粑猪儿粑、以及山珍菌菇等土特产，应有尽有。记者穿行其间，和背篼竹篮磨肩，深切地感受到川滇地界喜迎新春、欢度新年那浓浓的乡情，真纯的民风。家住新滩镇的李老伯买了一幅毛泽东、邓小平、江泽民、胡锦涛、习近平等国家领导人的新年画，高高兴兴地带回家。

▼ 新县城 A 区一角

▲
清理即将淹没的库区

　　走进"兴晨超市"，只见买年货的顾客穿行在货架间，挑选喜爱的物品，真红火。这是原绥江老县城一家老字号的超市，地处老城凤池新区黄金路段，超市商品种类齐全，质量过硬，价格实惠，生意十分火爆。每到逢年过节，常常是人满为患，商品抢购一空。"刚搬到新县城时，市政设施不健全，到处乱糟糟的，门面少价格又高得离谱，加之新县城面积比老县城大几倍，市民居住分散了，开超市肯定是赔个底朝天啊。"兴晨超市李老板说，那个时候真的是茫然无助，装修新房把积蓄都用得差不多了，一家五六口人要生活，今后的日子咋过啊，做其它生意自己又没有什么经验，只好闲耍着，走一步算一步。去年9月份，全县移民搬迁安置都基本结束了，新县城二三期门面也分配下来了，门面多了价格也就便宜些。当时一咬牙，就在新县城C区租了一间一百多平方米的门面，还是把原来的超市生意继续做起来。"几个月营业下来，虽然生意比原来差了好大一截，但维持一家人的生活还是没有问题的。如今，春节到了，生意又好起来了。相信随着市政设施、人居环境的不断健全完善，新县城会越来越漂亮，那时到绥江游玩的人会多起来，流动人口多了，生意自然而然就更好了！"新春到了，李老板对未来充满信心。

　　沿着江岸大道，记者下到蓄水正在慢慢上涨的江边。A区对面的小山已被上涨的江水围成了一个孤岛。将要被江水淹没的江岸上，大型工程车正在将剩余的较高的房屋建筑捣毁，以免影响将来湖中的航道。水中还露出一些断壁残墙。几棵树梢漂浮在水面，十多只野鸭和水鸟游戏其间。记者登上将要拆倒的一幢小楼，主人早已搬走，门上残留的对联早已褪色，但字迹清楚。"高朋贵友贺良缘，华堂美酒迎新人"横批是"天作之合"看得出，主人是办完婚庆大典之后才搬迁的。可以想见，婚礼那热闹欢庆、高朋满席、美酒飘香的场景何等气派！驻足这里，空气中似乎还能闻到喜庆炮竹的硝烟味儿！祖祖辈辈生活在这里的主人，对旧居的依恋，对移民新生活的向往，这情怀，永久地萦留在了这即将逝去的残破的小楼间。二楼新房的窗帘还在随微风飘动，窗外远眺是新县城那一幢幢新建起来的楼房——这里已不属于他们了！岸边还有一座孤坟。安保老徐说"那

是人家的百年祖坟，早就迁移了。还消了毒的。"面对正在慢慢上涨起来的江水，背对身后山坡上已经崛起的新城，绥江正经历着沧桑巨变。

　　46岁的老周骑着摩托车来了。他的家虽然没有被淹，但新城建设规划用地，也要拆迁移民。如今在B区分到了120平米左右的新房。平时他在新县城工地打工，作为移民每月还可领到一百多元的生活补助，日子还过得去。过年了，放长假，没活干了，这不，有空就骑着摩托到江边来，找废墟里的钢筋。安保老徐一边做江边安保工作，一边和老伴也在废墟里清理些残墙的砖块。"我们都是农民出身，总想找点活干，找点钱赚！有一点是一点！以后水再涨起来，这里也要被淹的。"老周说。

　　农村移民魏自强家住中城镇华峰村，原来一家人主要靠种地和在江边船运码头上装卸煤炭、沙石维持生计，收入虽然不高，但日子过得还算平稳。向家坝水电站建设蓄水后，他们家的土地大部分被淹了，码头也没入江底，装卸的活计也自然"消失"。在选择移民安置方式上，魏自强家选择了农村复合安置，他们利用移民补助款加上自家多年的积蓄，在绥水二级公路边建起了一座两层楼的砖混楼房，一楼靠近公路边，作门面，二楼当住家。"虽然建新房子把家里老底本都花光了，但觉得还是划算值得。原来居住的房子四面漏风，冬冷夏热，一到雨季，

▲ 开着摩托拣废钢筋的老周

筹办婚宴

还担惊受怕涨山水把房子冲垮了，觉也睡不安稳。"魏自强高兴地说道，"现在好了，就是再大的雨也不担心，一觉睡到大天亮。"谈到搬迁后的生活和今后的生计问题时，魏自强显得十分乐观，他说，目前，一楼的门面已经租给别人开铝合金门窗店，一年房租几千元，自己买了辆电三轮车在县城跑生意，加上政府每个月每人还发放一百多元的生活补助，没有被淹没的土地可以种些蔬菜瓜果什么的，日子肯定是比以前好过多了。魏自强说，现在交通方便了，公路也好了，明年他还准备买辆货车跑运输。

在新滩镇鲢鱼村，移民老黄家门前摆了二十多桌，准备办喜事盛宴。25岁的女儿黄志忠就要出嫁了，夫家明天来迎亲。提前一天，娘家的亲朋好友、乡亲近邻前来祝贺聚会，准备了两百多人的盛宴，好不热闹！记者向老黄祝贺，他兴奋地说："高兴啊！女儿出嫁了，嫁了个好人家，是'上班的'。今年又是移民后的第一个春节。双喜临门！"他们家原来住在江边上，如今全被淹没了。新家是一栋3层高的小楼，就在高坡公路边。小楼还有一半只建到了两层，裸露出预留房柱的钢筋。站在新家的高坡上还能隐约看到老家后上的几棵树。亲友们坐在高坡的房前屋后，有的打牌，有的聊天，还有的洗菜、切肉、做饭。记者见到，光是蒸饭的巨大木蒸笼就有两座。金沙江盛产鲢鱼，这里也因此而得名——鲢鱼村叫了上百年的历史。记者见到，帮厨的亲友清洗一条条大鲢鱼，每条都有五六斤重。他们遗憾地告诉记者，鱼是开车到四川宜宾去买的！现在是"禁渔期"，金沙江打不到大鱼了，涨水了，江水变缓了！将来蓄水完成，水电站全部建成，水库搞起渔业养殖业，看能不能还有大鲢鱼？！

新春走进新绥江县城，一座崭新的城市在西部山区矗立起来，令人振奋。

走近新绥江县城的几位老百姓。从他们的言谈话语中，记者亲身感受到这里的人民淳朴、勤劳、勇敢、智慧，在经历了移民种种的困惑后，正一步步走向新生活。

新城带来新的向往，新春带来新的希望。

1953 年，长江舰的难忘航行

发表时间：2013 年 2 月 20 日

60 年前的今天、1953 年 2 月 19 日，毛泽东主席登上"长江舰"，首次视察人民海军舰艇部队，在长江舰上和水兵们一起生活了四天三夜，写下了"为了反对帝国主义的侵略，我们一定要建立强大的海军"的题词。

60 年后的今天、2013 年 2 月 19 日，刘松、刘兴文、林平汉等十多位长江军舰的老舰员来到吴淞军港。站在我国新型导弹护卫舰舰舷远眺：一艘艘新型战舰整齐地停靠在军港，舰艏高昂。
眼前的一切，令他们思绪万千。

刘松，这位如今 87 岁的老人、当年长江舰的政委，率领身边的这些老人、当年曾是意气风发的年轻水兵，从吴淞军港出发，经历了人民海军史上的一次难忘航程。

60 年啦！那一幕幕，仿佛就在昨天。

2013 年 2 月，新春时节，本报记者走近这群有着特殊经历的老人。

长江舰第一任党代表

徐世平，现年 88 岁、长江舰第一任党代表回忆道：

"1950 年 3 月我被任命为江防舰'长江'号党代表，该舰原系清末民初我国'江南造船厂'建造的。为国民党江防舰队旗舰'民权'号。排水量六百多吨，蒸汽往复机、烧煤，最大航速 12 节，40 毫米主炮一门。1949 年 4 月，我百万大军突破长江天险解放南京后，该舰队从武汉逃到重庆。11 月，重庆解放时，在国民党江防舰队司令叶裕和海军少将和江防舰队旗舰'民权'号舰长程法侃海军上校率领下起义，同时起义的还有'英山''英德'号……"

1950 年 4 月，徐世平到重庆接收起义军舰。到重庆后，徐世平深入到官兵中去，每天找舰员谈心，团结教育昨天还是国民党官兵的舰员。由于战乱，许多军官舰员家属小孩都还住在军舰上。他将家属小孩全部安排住在后舱，让他们在军舰上和亲人一起就餐。他还有序组织他们上岸购买生活用品。"记得我在涪陵买的两坛榨菜，原本带回上海的，在舰上也拿出来给家属小孩吃光了。"他笑着说。

点点滴滴，细心入微。稳定了军心，保证了军舰经三峡顺利出川，安全抵达上海吴淞军港。

当时，正在重庆拍摄"中国人民的胜利"纪录片的苏联记者组也随舰到南京。苏联记者在舰上，拍下了长江两岸美丽景色，万县解放后渔民捕鱼的新生活，也记录了这艘新加入人民海军、以长江——中国人民的母亲河命名的军舰那段历史的片段。

"民权舰"重新命名为"长江舰"正式加入到新组建的人民海军舰艇部队。

从 1949 年 2 月 12 日，国民党海军"起义第一舰"——"黄安舰"到 1950 年 5 月"民权舰"（即长江舰）起义后回到上海吴淞军港，初建的人民海军舰艇部队开始了远航。当时，这支舰艇部队十分难堪，全是由国民党海军起义、或缴获舰艇组成，还有几艘是买商船改建的。伤痕累累、既小又破，排水量上千吨的

排水量 540 吨（资料图片）

▲ 长江舰长 52 米、宽 9 米，标准排水量 460 吨，满载

炮舰只有 2 艘，其余全是几百吨以下的小舰、小艇。长江舰是其中之一，而它当时 464 吨的标准排水量还不及清朝邓世昌济远舰的五分之一。

大年初一 紧急出航

那是一个初春。1953 年的 2 月。

刘松回忆道：

"1953 年 2 月 14 日，正值大年初一。凌晨 5 时，大队部通知我立即去接受任务。我匆匆赶到海军淞沪基地第一巡逻艇大队部。大队首长对我说：'接华东军区海军司令部的命令，你们长江舰立即去武汉执行任务，洛阳舰护航，王德祥大队长任编队指挥。'

执行什么任务？大队首长没讲，只是要我们立即准备起航，挺急的。当时，我是长江舰政委，舰上没有舰长。我回到舰上向副舰长王内修等同志做了简短布置，大家便分头去准备了。

六时五十分，我舰和洛阳舰先后起航……

当年的报务兵、81 岁的陈明庚回忆道：

"当时，我从上海川沙入伍两年了，一直在南京解放军第三通信学校学习，毕业分配到长江舰当报务兵半年多，还一直穿着陆军军装。原本首长批准我春节放假回家看看母亲，离家两年这是第一次回家啊，可想心情是何等期盼！紧急出航的命令来了，我迅速回到自己的战斗岗位"。

当年的枪炮兵、80 岁的林平汉老人回忆道：

"紧急出航是常事，那会儿国民党飞机还常来骚扰，浙江沿海岛屿还没完全解放。春节加强战备无可非议。然而，出了吴淞口，我们军舰没有像往常一样向东、向大海，而是折向长江上游驶去。当时我还是个小兵，执行什么任务？我们都在暗暗猜测。"

夜航。天空飘起了雪花，江风越刮越大，视距变得迷茫起来，连航道也很难看清。这样恶劣的天气在长江夜航，两位经验丰富的领水员都很难遇到。他们全神贯注。不幸，军舰还是搁浅了！官兵们都急出了一身汗！好在长江下游岸段、沙洲大都是沙泥底质，无大碍，军舰迅速脱离，有惊无险。

编队冒着风雪、逆江而上、日夜兼程——必须在预定时间赶到目的地。

毛主席来到军舰上

经过三天三夜的航行，长江舰、洛阳舰编队终于抵达汉口。

"我记得，是 2 月 17 日凌晨 4 点，停靠在江汉关 4 号码头。"刘松回忆道，"当天上午，公安部罗瑞卿部长和军委海军政治部保卫部杨怀珠副部长来到长江舰，召集马冠三、王德祥和我们两舰的主要领导开会。"

罗瑞卿布置了"毛主席要到军舰上来，乘坐你们军舰视察"的任务。

2 月 19 日一早，工作人员从岸上搬来两条长凳、一块 4 尺宽 6 尺长的木床板、一把木架帆布椅子、一捆火车上用的卧具，其中有条薄棉垫、一条白床单、一床白里绿面的被子、还有条普通的毛毯。

当时舰上的政治协理员、84 岁的于学斌回忆道："那会儿的安保级别还是

▼ 长江舰前主炮（资料图片）
1953 年 2 月 19 日，毛主席视察

很高的，一般舰员未经批准是不能到后舱来的。我是政治协理员，配合政委刘松工作。我协助他们将床铺安置在军官会议舱右侧一角。"

江汉关的大钟敲了十一下。

毛主席身穿黄绿色呢大衣，头戴黄绿色的解放帽，在杨尚昆、罗瑞卿等陪同下来到趸船。

随着一声长笛，全舰官兵立正、敬礼。副舰长王内修跑步上前、敬礼、报告："报告主席，长江舰干部20名、战士93名，全舰准备完毕，请主席检阅。海军淞沪基地长江舰副舰长王内修。"

毛主席挥手答礼，微笑着从右舷登上长江舰。

"太平洋还不太平！"

第一次乘坐自己海军的军舰，毛主席很兴奋。他顾不上休息，很快再次来到前甲板。

军舰航行，江风凛冽。毛主席围上一条咖啡色带格子的围巾。

"这是么子炮？"毛主席问。

"这是日本造的88式高射炮，是陆军用的，后来改装到军舰上。"枪炮长贾荣轩回答。

当毛主席了解到"这门炮的平衡钢丝断了，不能用了"时，又问："不能用，怎么还放这里？"贾荣轩："缺零件，一时修不好，是放在这里摆样子的。"

"噢，原来是摆样子的！"毛主席笑着重复一句，周围的水兵都笑了。正在一旁的马冠三参谋长愧疚地说："我们回去就换！"

毛主席对大家说："现在是我们最困难的时候，再过五年，就好了，我们就可以装上自己工厂造的大炮了。"

毛主席指着驾驶台问："我能到那里去看看么？"

▲ 1953 年 2 月 19 日，毛主席在长江舰后甲板向群众致意（资料图片）

刘松政委陪同毛主席从右舷登上驾驶台。

当时的航海长、83 岁的刘兴文回忆道："我正在观测航标，见到主席上来了，赶紧敬礼。当毛主席听说我是从四野 40 军调来的，就问：'40 军不是到朝鲜去了吗？'我说，我是去朝鲜前就调海军了。"

刘兴文向主席汇报，自己刚刚从大连海军学校毕业分配到舰上不久。毛主席说："听你们肖司令说，有些陆军同志不大安心干海军，你愿意干海军吗？"

刘兴文回答"我们愿意干海军！"

毛主席微笑着说："应该安心干。过去帝国主义侵略我们，大都从海上来的。现在太平洋不太平，我看我们建设它个百八十万海军，太平洋就太平了！"

和水兵合影，照了 8 次

从毛主席登上我们军舰第一天起，全舰官兵就希望能和毛主席一起照张相，为我舰题词。舰党支部根据大家的强烈愿望，以全体舰员的名义给毛主席写了报告。

21 日，军舰停靠在安庆码头。天空晴朗。杨尚昆向主席请示是不是今天照相。毛主席高兴的同意了。江风吹拂，天气还有些冷。有人建议长江、洛阳两舰各照一张就行了。毛主席坚持说："多照几张！"毛主席先到靠在我舰外舷的洛阳舰照相，照了四张。然后回到长江舰照相。

当年的轮机副班长、79 岁的梅明亮回忆道："第一批是和轮机部门照，毛主席从洛阳舰回来时，我们早已站好队，中间留了一个位置。第二批是枪炮部门，第三批是舰务部门。当我们第一批照好，第二批排队时，我们全都往驾驶台上面跑，有的还爬上最高舰桅的信号台。虽然太远、太高，都看不清了，但大家还是想多和毛主席照张相。"

当年的轮机兵、80 岁的孟振林回忆道："我还在机舱里值更，第一批照好后班长回来换我，已经轮到舰务部门照相了。我急忙跑上前甲板，大家都连声喊还有一个，还有一个。毛主席向摄影师摆摆手，示意停一会儿。刘松政委赶紧拉了我一把，一下子我就站到舰领导站的第一排！"说起当时的情景，老人不无感慨。

刘松回忆道：最后，毛主席还要身边工作人员和长江舰干部合影了一张。一

共照了 4 次。有战士对主席说能不能给我们一张。毛主席还十分风趣地指着新华社摄影记者齐观山说："他要是不给，你们就来北京找我！"

回到上海不久，我们就收到北京送来的照片，每人一张。只可惜中央办公厅只批准公开部分照片。直到前些年才陆续看到许多毛主席，还有杨尚昆等同志在我们长江舰上不同角度的照片。

当年的舰文化教员、81 岁的张树平说："1990 年代的一天，干休所组织到上海茂名路毛主席旧居陈列室参观，十分意外，毛主席和我们水兵合影的照片竟然陈列在这里，毛主席左边第二个就是我！第二天，我高兴地把妻子、儿子拉着去又看了一遍。"

同样的题词，写了六份

当年的舰书记、80 岁的姚思煜、于学斌回忆道："毛主席题词用的笔纸、墨砚都是我们俩准备的。"

"毛主席题词是 20 日深夜、21 日凌晨。"刘松回忆道，"毛主席工作习惯是深夜到凌晨。军舰停靠在安庆码头。安庆港务局的局长是老红军。他在趸船上值班，看到毛主席住舱亮着灯光怕穿皮鞋走路影响毛主席工作，就只穿着袜子在甲板上巡逻。"

写什么！毛主席在住舱里来回度步，点燃了一支烟。

几天来，他看到：长江舰只有六百多吨（满载），洛阳舰稍大一些，也还不到 1000 吨。

他对水兵说：将来我们海军要有大舰！帝国主义侵略我们大都从海上来的。现在太平洋上还不太平。我们建设百、八十万海军太平洋就太平了！

他还对水兵说：第一个五年计划开始了，几年后我们就将有自己造的炮了！过去我们有陆军和炮兵，现在有了空军和海军。我们的国防力量一天比一天强大起来。我们现在海军还不大，要靠我们大家一起努力干！

他乘坐洛阳舰经过彭泽县的小孤山时，回忆起 32 年前，即 1921 年 6 月，和何叔衡秘密乘船去上海参加中共成立会议，经过小孤山的情形十分感慨。他说：

"32 年前，我从这里经过，这个岛子还在这边（右舷），现在变到那边去了，过去水道也很窄，现在变宽了。自然界在变，世界也在变化啊！"

……

为了反对帝国主义的侵略，我们一定要建立强大的海军

毛泽东

一九五三年二月二十一日

毛主席挥笔写下了这一题词。

刘松回忆道：这一夜，毛主席在我们长江舰上一共写了三幅题词，开始写的一幅"海军"前面有"人民"两个字，主席不满意，揉成一团放到一边。沉思一会儿，才又写下了如今内容的两幅。写有"人民"的这一幅，主席的秘书整理好带回了北京。

（备注：受历史条件的限制，刘松政委的这一回忆可能有误?!直到现在，网络信息如此发达的今天，中央档案馆披露的毛主席为长江舰题词手稿，依然没有见到"海军"前面写有"人民"这一幅题词。却另有一幅没有"一定"两个字的题词，公开发表。现在看来，不是记忆有误，就是当时传达就有误。因为毛主席秘书收藏起来，没有其他人见到题词原件。）

21 日编队航行，经芜湖，军舰抛锚江心，放小艇将地方同志接上舰谈话。

夜航，22 日凌晨 3 点，到达南京下关码头。

刘松再次回忆道：陈毅司令员，张爱萍参谋长、陶勇司令员等领导到码头上迎接毛主席。他特地委

▼ 毛主席为长江舰题词（资料图片）

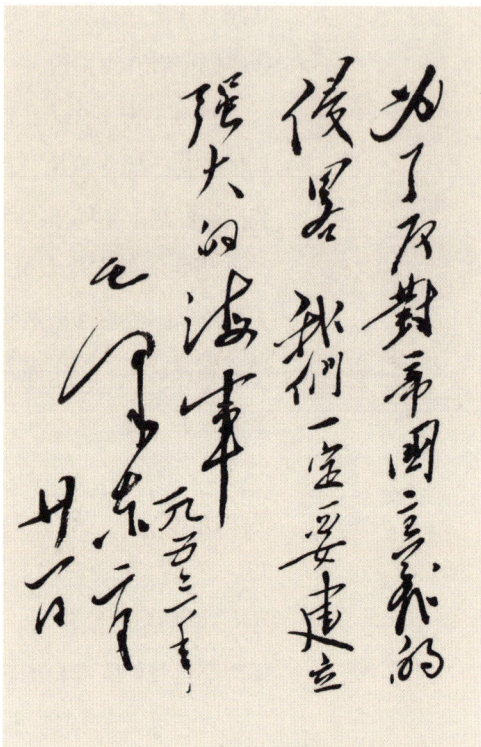

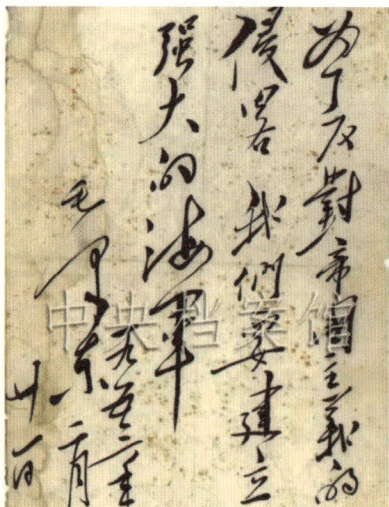

▲ 毛主席为长江舰题的词中没有"一定"两个字

托罗瑞卿转告我说："同志们辛苦了，谢谢大家！我们上去了，以后有时间再来看望你们。"罗部长再三交代，要我一定要把毛主席的话传达到每一个同志。

罗部长最后还才告诉我，主席为你们题的词搁在办公桌玻璃板上。

我带着刘兴文、朱松、贾荣轩、刘桂田等几个人赶紧来到主席住舱。

一式两份，摆在桌上。

两份题词内容一样，明显不同之处是，一张"为"字的一勾横划笔是断的，"军"字的末笔出头，另外一张没有这样明显特征。我们留下了这张"军"出头的。另一张给了洛阳舰。

回到上海不久，华东海军打电话来要题词。我们不肯给。又要了好多次，还保证说拿到北京用一下再还给你们，这才交上去。

姚思煜回忆道：过了两个多月，催了好多次，才叫我到华东海军司令部去拿题词。拿回来一看，刘松就说了，这不是我们那张，这张"军"字没出头。我从吴淞又跑到水电路去换，可人家说，那张送北京了，都是主席写的，都一样嘛。

向水兵讲传统

▼ 刘松老政委率长江舰老舰员

只好拿回来交给刘松政委。

以后新华社正式发表了毛主席的题词，就是我们送上去"军"字出头的那张。说明词是：毛主席为长江舰题词。

后来，有学者考证说，当年毛主席视察长江舰并非是为海军而来的。而是因为第一个五年计划刚刚实施，专程来考察调研经济工作的，还一说是为筹备建设长江三峡水库和南水北调工程而来的。有据可查的是，在乘坐长江舰的四天三夜航途中，毛泽东带上了长江水利专家林一山。到黄石、到九江、到安庆、到芜湖，他不是下舰去视察，就是请当地负责人上舰谈话。

当时，浙江沿海岛屿还没完全解放，美国第七舰队进驻台湾，抗美援朝战争打打停停。

无疑，在长江舰这不平凡的四天三夜，他对海军引起了强烈关注！过了两天。1953 年的 2 月 24 日，毛主席调集华东海军"旗舰"南昌舰、以及广州舰——当时海军仅此上千吨的两艘炮舰、还有黄河舰和两条鱼雷快艇到南京长江水面，在陈毅、张爱萍、陶勇陪同下检阅了那个年代我国最强大的海军舰艇。他在南昌舰、这艘仅有 1350 吨的"旗舰"上，再次写下了同样内容的三张题词，只是落款时间为"二十四日"。

他回到北京后不久，人民海军向苏联购买战舰的计划就得到批准。不久，人民海军第一次有了驱逐舰——"鞍山舰""抚顺舰"等"四大金刚"曾威镇中国海疆。

60 年过去了。毛泽东的这一题词，一直是人民海军建设发展的方针。

长江舰走出了四个将军

徐世平、刘兴文、王玉峰、张广东等先后在长江舰上工作过的同志成长为将军。

刘松、王德祥、林平汉、梅明亮、刘家耀、孟振林、于学斌、张树平、姚思煜等同志成长为我军高中级指挥员。

如今，他们中大多健在，生活在干休所，安度晚年。

王德祥去年走了，享年 98 岁。2009 年 5 月，他子女在本报"笔会"刊发回忆文章。那是那年 4 月 23 日纪念人民海军成立 60 周年时，老人重病在华东医院病床上仍坚持收看胡锦涛总书记在青岛检阅海军舰艇部队电视。人民海军现代化舰艇编队出现在屏幕上，老人动情了。

他当年率领长江、洛阳舰编队送毛主席到南京后不久，8 月，我人民海军第一批新装备、由江南造船厂试制的 50 吨快艇建造成功，他奉命到福建前线组建海军第 31 快艇大队、任大队长。他率领 8 艘新快艇到了厦门，后来他成长为温州水警区司令员。他成功指挥过福建前线"乌丘屿海战"，用几艘小炮艇击沉敌人"利达"号军舰，同时击伤另一艘军舰"海珠"号……他指挥的快艇部队在浙江、福建前线屡建战功。

他子女回忆道：他临走前最为牵挂的是人民海军的强大；最为自豪的就是 1953 年 2 月、那个初春、那次难忘的航行。

刘松后来成为淞沪水警区副政委，他指挥的部队从 50 吨小炮艇、到 75 吨、125 吨、再到四百多吨的猎潜艇、两千多吨的新型导弹护卫舰。他亲眼看到了人民海军的发展、壮大。

"有生之年还能看到我们有了航空母舰，这是我最大的欣慰！"老人对记者说。

辽宁舰的试航、交付海军、舰载飞机试飞成功……老人无时不在关注。

新型导弹护卫舰
▼
刘松、刘兴文、于学斌参观

后 记

期盼——新的航母叫"长江舰"

　　1971 年，记者有幸成为长江军舰的一员。从此，这艘军舰的历史和光荣成为记者人生经历的一部分。

　　记得刚上舰的那年底，黄浦江上出现了一艘新型导弹护卫舰，当时舷号是 222，是我国沪东造船厂建造的 053 型导弹护卫舰的首制舰，两千多吨。修长的舰型，双 100 自动舰炮，两座三联装海鹰导弹发射管——我海军舰艇第一次装上那会儿还特别神秘的导弹。太威武了，太羡慕了！

　　后来不久，黄浦江上又出现了江南厂建造的新型导弹驱逐舰，051 型，三千多吨。

　　而此时的长江舰，只能长期停靠在吴淞军港 6 号码头，偶尔出航到长江口巡逻。被兄弟舰艇蔑称为"江军"，即只能在长江、黄浦江里呆着的海军。冬季，虽然也穿着舰艇部队一样的呢制服，但伙食标准却是 1.2 元一天的"江灶"，而人家"海灶"标准每天是 2 元。

　　这时的长江舰已快走到历史的尽头了。

　　它从 1930 年江南造船厂下水，已近 50 年的历史。经历了抗日战争，曾在长江上阻击日本海军进犯。有资料揭示：1938 年 4 月 11 日，因日军飞机轰炸，车叶故障被迫进入洞庭湖修理的民权舰，面对日军飞机的再次轰炸，全舰官兵同仇敌忾，组织有效的火力网，成功地击落一架从日本海"神威号"水上飞机母舰上起飞的轰炸机。

　　抗日战争中，中国军舰大多被日军炸沉，民权舰竟成为当时中国海军第二大舰，十分侥幸地渡过一次次劫难，在长江上游迎来抗战胜利。

　　后来经历内战，再后来光荣起义。

　　在人民海军序列中，它参加了长江口扫雷、解放佘山岛等战斗。

　　1950、60 年代作为人民海军比较好的战舰参加护渔、护航、巡逻、警戒任务。

　　在它的光荣中，还有彭德怀、叶剑英、邓小平等登舰视察。

　　要不是毛主席 1953 年初春的那次难忘航程，它也许早就报废了。1970 年代初中期，比长江舰更大更好的原国民党起义的老式炮舰已作为导弹靶船，演习中被击沉在东海。

大约在 1974 年初，记者冒昧给海军苏振华政委写了一封信，大意是：长江舰老了、破了，应该退役了。盼重新命名一条叫"长江舰"的新型导弹护卫舰、或驱逐舰，让新的长江舰延续它过去的光荣，实现毛主席建立强大海军愿景。其实，记者当时作为年轻水兵也有私心：不想再当"江军"，想上威武的导弹护卫舰、驱逐舰，当真正的海军水兵。

没想到一个小小水兵的信竟然引起海军高层的重视。不久，海军政治部主任刘友法来到长江舰上，召集官兵开座谈会，征询意见。记得他说：长江舰不能因为毛主席视察过就不可以退役，但退役后可以不报废。我到苏联学习过，那艘标志十月革命胜利的"阿芙乐尔"巡洋舰就停靠在涅瓦河畔，长期保留，供人们参观、纪念。

我们都很高兴，更期盼能重新命名一条新的长江舰。

不久，洛阳舰退役了，报废了。全体舰员去接了一条新型导弹护卫舰。开始也还叫洛阳舰。后来就不叫了。1984 年海军舰艇部队以祖国山河、城市重新统一命名时，改叫了"镇江舰"。

接新的长江舰的事儿再没音讯了！

后来，长江舰真的进了纪念馆。长江舰从此退出了人民海军序列。

再后来长江舰又从纪念馆中拉出去炼钢了。

这几年来，随着我国第一艘航空母舰的改造成功，国人对新航母舰名的关注异乎寻常。网上有建议叫"施琅号"、还有建议叫"北京""上海""毛泽东""朱德"号的。

长江舰老舰员们一致建议叫"长江号"！

"后来虽航母正式命名'辽宁号'，心有遗憾，但还是特别高兴，那毕竟是我们的航母第一舰！"刘松对记者说，"我们肯定还会有第二艘、第三艘、更多的航母，到时候一定会有一条叫长江号的！"

87 岁的老政委，拄着拐杖，目光慈祥、坚定。

"双反" 阴影下光伏企业

发表时间：2013 年 3 月 8 日

欧盟启动反倾销、反补贴调查半年来，失去最大出口市场的国内光伏企业面临生产缩水等困境。今天，9 家中国光伏企业参加在欧洲举行的光伏产业听证会，并对产业损害问题进行积极抗辩 " 双反 " 阴影下的光伏企业

2 月 28 日，欧盟委员会发布公告称，基于欧盟光伏玻璃协会的申诉，对原产于中国的光伏玻璃发起反倾销调查。这是继去年欧盟对华光伏电池及组件展开 "双反"（反倾销、反补贴）调查后，又增加的一个新的产品系列。

去年 9 月 6 日，欧委会宣布对从中国进口的所有光伏组件启动反倾销调查。11 月 8 日，欧委会再次发布公告，宣布对从中国光伏企业进口的太阳能硅片、电池、组件启动反补贴调查。至此，欧盟也步美国后尘，对中国光伏产品进行 "双反"调查。预计在今年 5 月，将公布 "双反" 的初裁结果，12 月，欧盟委员会将对 "双反" 作出最终税率裁定。

而在此之前，去年 11 月 7 日，美国国际贸易委员会（ITC）做出终裁，开始对中国光伏电池及组件征收最高达 249.96% 的惩罚性关税。

"双反" 制裁的利剑高悬在中国光伏企业的头顶。根据欧盟的统计，2011 年中国向欧盟出口了总价值 210 亿欧元的光伏太阳能组件，占中国光伏制造业总产量的 70%。欧盟的进口规模是美国市场的 10 倍，如果欧盟开征与美国相同税率的反倾销税，中国光伏企业可能面临 "灭顶之灾"。

◎ 2013 年

▶ 自动化流水线生产，改为手工定量生产

厂区里冷冷清清

3 月 8 日，天合能源、英利、无锡尚德、晶澳等 9 家中国光伏企业，在商务部机电商会的率领下，参加在欧洲举行的光伏产业听证会，并对欧盟提出的产业损害问题进行积极抗辩。

"双反"阴影下，中国光伏企业的生存现状究竟如何？本报记者来到了位于浙江台州的一家大型光伏企业——公元太阳能股份有限公司，希望借此了解这一新能源产业在"外患"之下的真实状况。

生产缩水，企业欲邀欧盟议员共谋双赢

来自湖北的叶桂芝，是公元太阳能股份有限公司包装车间的一名清洁工。每天，她将生产好的光伏太阳能电池板一片片地进行最后清洁，然后装箱打包。

偌大的车间原本有 3 条从德国进口的清洁打包流水线，如今只剩下 1 条在作业，还有 2 条在几个月前就停产了。"过去每个班头都干得腰酸背痛，别看只是擦擦电池板上的灰，其实一刻都不能停！流水线上的电池板一片接一片地来，前一片清洁慢了，后一片就跟上来了，所以精神高度紧张。现在是做做停停、停停做做。"她并没有因此而感到高兴，"干得少挣得就少啊！出来打工就是要挣钱的。"

叶桂芝夫妇两人都在这家厂里打工，月薪都在 2500 元左右，家里还有一个在上小学的孩子，生活压力不小。但叶桂芝觉得自己"还算好的"："虽然生产线停了，但我人还留在这里，好多老乡都下岗找别的活去了。"正常生产情况下，这个车间有一百多人，如今只剩下十几个人了。

硅片车间的厂房里，24 岁的刘霞和两个姐妹一起，通过巨型反光仪，检测硅电池片在安装过程中内部是否有瑕疵，进行质量把关。这道工序完成后，

清洁员叶桂枝

电池板就能固定成型了。

硅片车间有上千平方米的面积，只有一台检测机在工作，远远望去，和这巨大的空间很不协调。闲置器材在车间里散落着，进口的硅片焊接线没有开机，静静地停在那里。大约五六十米长的生产线上，七八个工人用电烙铁通过手工将硅片焊接起来。

仓库大门前停着一辆安徽牌照的货车，几个工人正在装货发车。司机小马说："过去我几乎是这个厂的专用货运车司机，一趟跑完接着下一趟，连着运输。现在呢，都一个多月了才来拉这一车。"大概是装完货没什么事了，仓库铲车司机也没精打采地坐在车上。

"过去我们每天都要发运四五辆大集卡，现在一个星期最多也就发运一辆。"公司总经理苏乘风告诉记者，"过去85%以上的光伏组件产品是出口到欧洲的，现在全部停下来了，国内市场的量又不大。整个行业都在观望和等待。"

目前，国内大多数生产和制造光伏组件的中小企业已经停产、倒闭，大中型企业大幅减产，许多企业纷纷开始裁员，而何时开工生产还很难说。

"欧美要征我们反倾销税，制裁我们，太不公平了。"该企业上海分公司

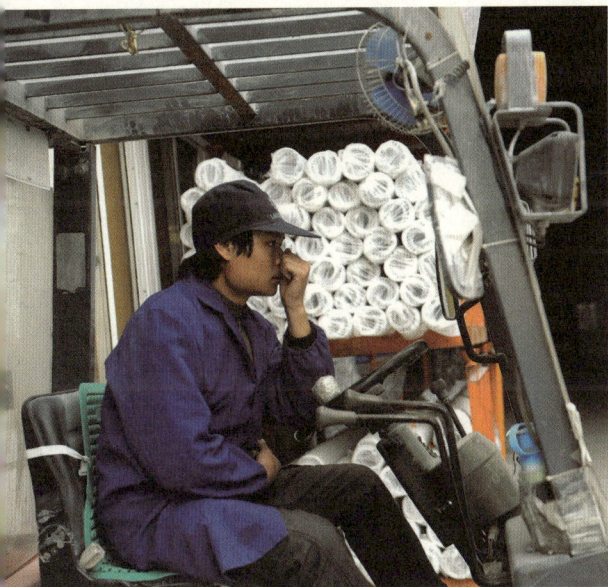

▲ 提货卡车仅有一辆

的洪经理说。现在，国内生产光伏产品的企业，其实大多还是劳动密集型的，因为真正高科技的核心环节——硅晶提纯技术还在国外。这就意味着，中国的光伏企业首先要花高价进口他们的产品。而国内企业主要对光伏组件进行加工，技术含量不高，碳排放量却比较高。"他们发达国家先通过出口硅晶，赚足了中国人的钱，再把碳排放留在中国，最后还低价拿去了绿色环保产品，反过来还要高额征收我们的反倾销税，这真的有失公允。"洪经理说。

"这其实是发达国家的一贯做法。过去转嫁碳排放给发展中国家，现在经济不好了，国际贸易保护主义就抬头了，又把内部问题转移到国外。"一同采访的央视二套经济频道记者彭宇说，"其实，现在停止和中国的业务往来，对欧洲公司也是损失。"

"我们真诚地邀请欧盟议员到中国来看一看，到我们厂里来走一走，听听中国企业家的声音。大家坐下来沟通协商，也许能找到一种双赢办法。"洪经理把"双赢"两个字又重复了一遍。这或许代表了大多数中国光伏企业的心声。

产品创新，国内市场将打开另一扇窗

"好大的太阳能屋顶，足有一个足球场那么大！"登上工厂厂房的屋顶，可以看到光伏太阳能电池板整齐排列，连成一片，记者不由感叹它的壮观。阳光透过薄雾，轻柔地洒在蓝色的硅电池片上，巨型光伏屋顶更显得晶莹剔透。

这个厂房的屋顶面积达 6000 平方米，共安装了 3900 块光伏电池板，总发电量 650 千瓦。2010 年建成至今，已发光伏太阳能绿电约 150 万度。记者了解到，这个光伏太阳能屋顶还获得过浙江省科技进步奖。

"你看，我们这个透明的屋顶，其实就是光伏太阳能电池板！"厂长蔡卫兵说。

屋顶的秘密不仅仅是面积巨大，真正的含金量是"光伏屋顶一体化"

　　用光伏太阳能电池板代替原来的水泥钢筋屋顶，既减少了建材消耗，又能发电自用，一举双得，有广泛的应用前景。

　　接下来，记者又来到太阳能灯具车间，这里有小动物造型的太阳能草坪灯和

▼ 在工厂示范光伏车间顶层，央视记者采访

各式各样的太阳能路灯、路牌等产品，共有近千个品种。"这是一款我们最新设计的产品。"蔡卫兵笑着拿起一款光伏太阳能小充电器。这是由一块大约 10 厘米见方的小光伏太阳能电池板、蓄电池和几个不同规格的插口组成的小电器，它能在室外阳光下随时为笔记本电脑、iPad、iPhone 等电器充电，非常方便。

这一款设计精巧的光伏太阳能创意产品让记者爱不释手。"你们放心，很快就会推向市场了，在网上数码商城和所有的电脑广场都能买到。而且还不贵，160元到180元一个。"蔡卫兵说。

虽然整个光伏组件生产形势不好，但太阳能灯具却是个亮点，连过春节都没有停产，工人们加班生产，保障市场需求。"虽然太阳能灯具产品只占公司产值的8%，但这告诉我们市场潜在空间还是很大的。目前的困难只是暂时的，绿色能源发展的总需求趋势将不断加大，光伏产业仍然是'朝阳产业'。"洪经理很自信。

欧盟、美国的"双反"调查对国内的光伏企业来说也不一定是坏事，它反过来能够促使国内市场的开拓，促进我国光伏太阳能科技的进步和创新，促进我国生态绿色能源的开发利用。

苏乘风告诉记者，在当地政府协调下，周边厂区几十家企业厂房屋顶改建光伏太阳能发电项目已经开始规划，规模达150兆瓦。过去，我国光伏太阳能发电产业由于受到建造成本高、光伏绿电不能并网两大瓶颈制约，发展很慢，落后发达国家许多年。去年年底，国家电网颁布了加强分布式光伏太阳能并网的意见，推出了许多优惠政策，鼓励发展光伏太阳能发电，这是个好的开端。"别看我们厂现在好像不景气的样子，只要国内市场一起来，我们很快就会是生产繁忙的景象！"他说，"欧美'双反'调查给我们进入欧美市场筑起了一堵墙，但国内光伏太阳能的发展，将为我们打开又一扇窗。"

政策利好，"美丽中国"鼓励发展环保产业

在2012国际太阳能研讨会上，中国光伏产业联盟秘书长王勃华介绍说，自美国对我光伏产品启动"双反"调查后，我国对美国光伏产品的出口总额从2012年1月的3.87亿美元减少到8月的0.85亿美元，下降八成。加上欧盟也启动"双反"调查，我国光伏产品出口形势不容乐观。而以欧盟为主的欧美市场是我国光伏产品出口的主要目的地。

面对欧盟对我国太阳能企业的"双反"调查，中国也已不甘示弱。2012年

11 月 1 日，中国商务部宣布对欧盟太阳能级多晶硅料进行"双反"调查。11 月5 日，我国商务部就欧盟部分成员国的光伏补贴措施，提出与欧盟及其相关成员国在世贸组织争端解决机制下进行磋商，正式启动世贸争端解决程序。

另一方面，国家频繁出台光伏行业利好政策。2012 年 9 月 12 日，国家能源局发布《太阳能发电发展"十二五"规划》，提出"到 2015 年底，太阳能发电装机容量达到 2100 万千瓦以上，年发电量达到 250 亿千瓦时"。国务院常务会议也作出了"支持自给式太阳能等新能源产品进入公共设施和家庭"的决定。国内光伏市场悄然打开。

"长远来看，中国的光伏企业产能并不算过剩。目前，全球的光伏市场需求在 25G 瓦上下，但仅仅中国市场的光伏产能就高达 30G 瓦以上，这一数字已超过了全球光伏电站能承受的出货量，确实过剩了。但如果我们将目光转向 2025 年的话，全球的安装量可能会达到 300G 瓦，市场比现在扩大十倍以上，现在的 30G 瓦产能就不过剩了。目前中国光伏产业无论是在技术还是市场规模方面，都已在全球占据了主导地位，这是积极的一面。"国内太阳能专家方朋说。一些太阳能行业从业者也表示，2012 年 12 月召开的中央经济工作会议指出，要充分利用国际金融危机形成的倒逼机制，把化解产能过剩矛盾作为工作重点。党的十八大把"生态文明"纳入"五位一体"总体布局，建设生态文明的"美丽中国"成为建成小康社会总目标。光伏太阳能等绿色经济的环保产业定将得到更快的发展。

"政府帮着担风险，我们领情了"

——禽流感疫情发生后，本报记者走访沪郊家禽养殖户

发表时间：2013 年 4 月 24 日

禽流感疫情发生后，本报记者走访沪郊家禽养殖户——

在饲养大棚里，工人正在给小鸡做第一次防疫处理，左手捉起两只小鸡，右手持疫苗小瓶，给每只小鸡嘴里、眼里各点一滴疫苗。

3 月底，H7N9 型禽流感在上海、安徽等地被发现。4 月 12 日，上海市启动"保护收购和集中屠宰"的紧急措施，以减少地产家禽养殖场（户）的损失。

记者走访了位于青浦区的一家大型民营养鸡场。受禽流感影响，鸡场亏损巨大，每天积压几千只活鸡，上万只小鸡遭到扑杀。

禽流感疫情发生后，养鸡场成立了专门的疫情监测小组，每天从各养殖车间随机抽取样本进行血清检测，时刻监控疫情。

一个不祥的电话

面
对
困
境
，
唐
建
国
心
急
如
焚

深夜 11 点电话铃响，准不是好事。他接起电话，心中的不祥感果真灵验。

"明天 2000 只鸡不要送了！"对方说。

"什么？"他不相信自己的耳朵，"区农委不是下午刚和你们签了协议吗！"

"是暂时不要送，什么时候送等通知。"

之后，没有任何解释，电话就挂断了。

他还没有反应过来，足足愣了好几分钟，直到点上一支烟，狠狠地抽了两口，才缓过神来。他好久没有抽烟了，平时口袋里放包烟都是为应酬准备的。

他叫唐建国，是上海唐氏禽业专业合作社社长，经营着沪郊一家大型民营养鸡场。

4 月 13 日下午，当记者在上海青浦区和浙江嘉善县交界的鸡禽养殖场见到唐建国时，一脸疲倦的老唐忍不住抱怨："那么多鸡积压在鸡场，天天睡不好。昨天跑了一天，到嘉定区一个政府定点肉禽收购宰杀点签了协议，说好今天先发运 2000 只肉鸡。没想到高兴劲还没过一个晚上，情况又变了。"

前一天晚上 6 点才回到家的唐建国，安排完次日早晨的检疫、装车、运输等事宜，正想好好睡一觉，这个突如其来的电话再次让他辗转难安。

尽管对方让他取消发运，但唐建国还是一早就赶到养殖场做好了准备。"万一通知来了，就可尽快装车发运了。"他说。

那天，老唐不知打了多少电话："今天不行，那明天呢？总该有个准信儿吧？"他在焦虑中等了一天，可是，直到记者傍晚离开，唐建国还是没有等到何时可以发运的通知。

记者在他的办公桌上见到了这份青浦区农委和一家名叫上海贵昂副食品有限公司签订的"本市家禽定点保护价收购协议书"，协议书的格式文本是上海市农委统一制定的。

4 月 12 日，上海市启动"保护价收购和集中屠宰"的紧急措施。而在此前出台的《上海市人民政府关于对在本市防控 H7N9 禽流感中受到影响的家禽养殖场（户）给予财政补贴的通知》，决定对在本市防控 H7N9 禽流感中受到影响的

家禽养殖场（户）给予财政补贴，以减少地产家禽养殖场（户）的损失，保持家禽行业的生产稳定。

此前，上海市政府已经关闭了全市的活禽交易市场，禁止所有菜市场进行活禽宰杀交易。《通知》还规定，在地产家禽养殖阶段，相关部门要进行抽检；家禽出栏时，要经过产地检疫，合格后才能送宰；在家禽定点屠宰时还要进行屠宰检疫，合格后产品才能上市。

"唐氏禽业"是青浦区唯一的大型民营家禽养殖企业，青浦区农委第一时间向唐建国告知了文件精神，还帮他联系了位于嘉定的政府定点收购鸡禽宰杀公司，区农委畜牧办负责人和他一起赶到那里签定了协议。"这个协议是农委作为甲方出面和对方签的，盖的是区农委的章。既要防禽流感，又不能让禽业生产遭到大的损失，区农委帮我们承担了甲方的义务和风险，我们领情了。"唐建国说。

他告诉记者，受 H7N9 禽流感影响，这些天来大量肉鸡积压。为了减少损失，唐建国曾向农委提出了自行组织宰杀的想法。农委不仅马上表示了支持，还答应将邻近练塘镇中空置的茭白冷冻仓库交予他使用，用来冰冻储藏新宰杀的肉鸡。"好在没过多久，市政府就出台了补贴政策，指定保护价定点收购。否则，你今天来，可能会看到我们新建的宰杀车间了。"他说。

"一个星期多没人买鸡了，全市各个养殖场都积压了。现在政策来了，全市11 个政府定点的禽类宰杀场全部开足马力行动起来，但还是来不及收购。"虽然有些无奈，但唐建国还是表示理解，"只好再等等吧。"

卖一只亏一只

"政府保护收购价肉鸡 4.5 元一斤，养鸡成本一斤要 6 元。卖一只亏一只！"老唐对记者说。

老唐养了近 30 年的鸡。1987 年，当了 4 年坦克班长的他复员回乡，用结婚后余下的 2000 来元存款投资养鸡。从最开始的家庭散户养殖模式，发展到现在的农业合作社模式，养殖量增长了 100 倍。现在，鸡场的养殖规模最多时达到二十万多只，其中自养十五多万只，农户签约散养 10 万只。曾被评为上海市劳模的唐建国，因早年曾在部队当过兵，被称为"鸡司令"。两年前，他还到柬埔寨金边投资 100 万美元，开办了同等规模的禽业公司，发展得很好。4 月 4 日，上海通报发现禽流感的时候，老唐正在金边出差，得知消息后马上飞回了上海。

唐建国为记者算了一笔账：过去，养鸡场每天平均出栏 3000 只，高峰时一天最多出栏 6000 只。禽流感来了这一个多星期，只卖出去一千来只鸡，还都是托了老关系来买的。这相当于栏里每天要多积压几千只鸡，一个多星期下来，光是饲料费，就使成本剧增。

"现在养一只鸡要亏多少真的不好算，因为还要加上免疫、防疫、卫生监控等增加的成本。"他说。

此时，孵化车间里，陈师傅正在将一只只鸡蛋放进孵化箱，车间里共有 13 只孵化箱，一个孵化箱可放 11400 只鸡蛋，每次出两箱，以出壳率 90% 来计算，21 天后，就将又有 2 万来只小鸡孵化出来。按照原来的生产流程，这批小鸡将卖掉一部分、自养一部分。但 H7N9 来袭后，原来的订单几乎全部取消了，即使小鸡价格从 2.2 元降到了 0.5 元一只，也无人问津。唐建国说，肉鸡已经积压了，再加上小鸡的养殖成本，实在承受不起了。前一批两万多只小鸡刚孵出来就全部扑杀了。

▼ 孵化新苗还不能停止

"装进塑料编织袋，口一封，一会儿就死了。随后统一送到指定地点做无害化处理。"他淡淡地说。

"这一批呢？"记者问。

"这一批到 21 天以后再说，主要看市场上有没有人要。"唐建国说，"这次市政府出台的补贴措施中有一条是特别针对种鸡和小鸡的：种禽每只补贴 15 元、禽苗每羽补贴 0.5 元。这一条特别重要，因为种禽是鸡场存活的根本。2004 年那次禽流感，我们扑杀了十万多肉鸡，但种鸡一只都没有扑杀。"

没有一个员工得禽流感

老唐的养鸡场建在上海浙江交界处的一个界湖边，湖面上张着片片渔网，空中有白鹭徘徊低飞。另一边是急速流淌的太浦河。这里空气清新，春风扑面。养殖场区的湖里养了两只黑天鹅，刚刚孵化出的 3 只小黑天鹅荡游在父母身边。

养鸡场的选址十分重要。按照一般要求，周围 3 公里内不能有大型化工厂、矿厂等，以避免化学和噪声污染，距离干线公路、村镇居民点至少 1 公里以上。养鸡场要尽量远离水禽、野生鸟类栖息的河道、湖泊等，周围一公里内不能饲养鸭、鹅等家禽，以避免疫病传播。

"黑天鹅是我们自己养的，主要是想美化环境，全都按照禽鸟防疫标准做过规范处理，不会带来禽流感的。"老唐说，"靠湖虽有不利的一面，但空间开阔，通风条件好——这是防禽流感最好的天然条件。"

"大湖里的野生白鹭、水鸟会不会过来？有报道说，H7N9 禽流感可能是东亚飞禽传播的。"记者问道。

"大湖里全是嘉善那边的养鱼专业户养的鱼，还有螃蟹、虾。鸟的食物丰富得很，一般都不会飞过来。"老唐解释说，"加之我们还有一道道严格的卫生消

▶ 在饲养大棚里，工人正在给小鸡做第一次防疫处理，左手捉起两只小鸡，右手持疫苗小瓶，给每只小鸡嘴里、眼里各点一滴疫苗

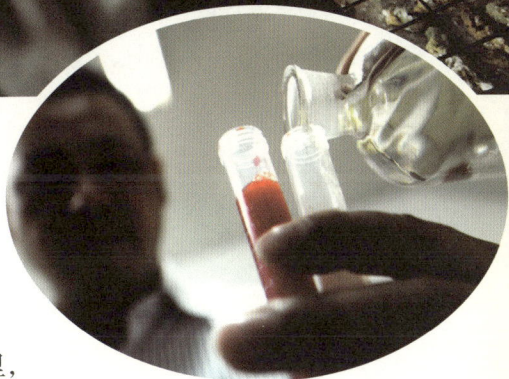

群血样，严防死守

▲ ▶ 对成鸡进行定时抽样检查，抽取鸡

毒措施，做到万无一失。"

面对来势汹汹的 H7N9 禽流感，所有禽业养殖人员高度警惕，严格执行各项卫生防疫规程。目前，老唐的养鸡场里，还没有一个员工得禽流感。

饲养小鸡的大棚里，两名工人正在给它们做第一次防疫处理。只见工人每次用左手捉起两只小鸡，右手持疫苗小瓶，给每只小鸡嘴里、眼里各点一滴疫苗，手疾眼快、无一遗漏。

据介绍，小鸡孵出来的第一周要种"新城疫苗"，这种"新城疫"俗称亚洲鸡瘟，1926 年时先后在印度尼西亚和英国新城发现的一病毒，是鸡禽易得的常见疫钟。第二周，种"法氏囊疫苗"，18 天—20 天还要种"新城加强疫苗"和"H5 高致病性禽流感疫苗"。H5 是 2004 年我国新发现禽流感病毒，大多数人还对它记忆犹新。

"这次新发现的 H7N9 禽流感病毒，疫苗还没出来。"老唐说，"等研制出来后会第一时间送到我们这里的。"

　　老唐说，刚才这几项是最常规的防疫处理，如果是种鸡，还要多种将近 20 种疫苗。养殖区的入口处有消毒池，人员车辆必须经过严格的消毒才能通行。每个养殖区还要定期进行清洁消毒。过去是工人背着消毒瓶，手持喷雾枪，人工进行消毒，现在全部车间都建立了自动喷淋装置。为保障鸡禽的安全，养殖场自己建立了一套完整的检疫体系，定期自查、自检，还要接受区畜牧兽医站、畜牧防疫站的定期检查。禽流感疫情发生后，这里成立了专门的疫情监测小组，每天要从各养殖车间随机抽取样本进行血清检测，时刻监控疫情。

　　来到化验室，老唐开始处理刚刚从车间采集来的 17 份血样。他将 16 份分别从两种鸡龄的鸡身上采集的血样放进恒温箱，剩下的一份血样放进离心机，需分 3 次、每次 3 分钟进行离心处理，最后再将这些血清进行一一对比化验。"10 年前的那次禽流感扑杀了那么多肉鸡、苗鸡，损失加起来有四百多万元，这次可不敢大意！"老唐对记者说。

　　"上海交大农学院动物科学系教授是我们的特聘顾问，他们会定期来帮助我们。这两天，吴祖立教授要来帮我们进行新病毒检测，他几乎就是我们的常年专职顾问了。"老唐说，"养了几十年鸡，我也算养鸡专家了，但在他们面前，就只能算半个。现代化集约化的养殖，没有专家指导、不讲科学、不讲检疫防疫是不行的。"

"职业吃鸡人"

　　"老唐，你吃鸡吗？吃不吃自己养的鸡？"记者问。

　　"怎么不吃？虽不是顿顿吃，但隔三差五不会断，就吃自己养的鸡。"老唐说，"今天早餐就吃了咸菜烧鸡。我们青浦金泽乡的乡下，几乎家家都腌制咸菜，用来烧鸡，很香很香。"

　　这次 H7N9 禽流感疫情发生后，上海人爱吃的"三黄鸡"卖不动了，南京的盐水鸭销量也下降了 30% 以上。据中国畜牧业协会初步测算，截至本月 15 日，肉鸡鸡苗直接损失超过 37 亿元，活鸡及鸡肉产品销售损失超过 130 亿元。为此，武汉一百多名鸡禽养殖户摆起了"百鸡宴"，把香酥鸡、白斩鸡、红烧鸡、宫爆鸡丁、土鸡汤放在一起吃给大家看，场面十分"悲壮"。同时，一些地方官员，

大量成鸡卖不出去

也在电视里带头食用鸡鸭，打消市民顾虑，为地方经济护驾，可谓用心良苦。

4 月 8 日，世界卫生组织在关于人感染 H7N9 禽流感知识答问中指出，吃正常处理和烹调的肉是安全的，流感病毒在足够高温的情况下会灭活，食物的整体达到 70℃将杀死病毒。世卫组织还提醒说，食用生肉及未烹调的以血为原料的菜品是高危行为，不提倡食用生蛋或者半熟蛋。

4 月 16 日，新华社权威发布："近期，全国各级畜牧兽医部门特别是上海、浙江、江苏、安徽、北京、河南等省市，对各种养禽场进行疫情排查，未发现动物出现临床异常情况。"

但不少消费者依然认为，虽然煮熟的鸡肉等禽产品是安全的，但"能不吃就不吃"或者"最近一段时间暂时不要吃"。

"积压这么多鸡，靠我自己吃，怎么也吃不完。现在全国积压这么多鸡，要全社会都来吃还差不多。但在这关键时刻，不能强求大家。"老唐说。在养殖鸡禽的近 30 年中，他经历过甲肝、非典、H1、H5 高致病性禽流感等鸡禽养殖的困难时期，但都挺过来了，事业还发展得越来越大。

作为"职业吃鸡人"，唐建国每到一个地方，都会留心当地的鸡禽产品。两年前，他和朋友到柬埔寨旅游时，发现当地的鸡没有皮下脂肪、太硬、没有香味。唐建国因此萌发了到柬埔寨投资养鸡的念头。在之后的近一年里，他 6 次到柬埔寨考察、调研，筹备养鸡场的投资事宜。如今，他在柬埔寨建起了一个和上海同等规模的养鸡场，全部生产、养殖中国的优质鸡种"草三黄"，还建起了配套的饲料厂，用当地玉米生产加工精饲料。他的鸡很受柬埔寨当地市场的欢迎，国内卖 9 元钱一斤的鸡肉，在那里可以卖到 18 元一斤，还供不应求。

"那边催着我快过去，这边又走不开！"他说，"现在只好一边遥控指挥，一边处理好国内禽流感的情况，反正尽量把损失减小到最低限度。"

映秀今昔　生活如此不同

发表时间：2013 年 5 月 12 日

映秀，一个美丽的名字！
映秀，一个令人无限遐想的地方。
她曾深藏在深山里，几乎无人知晓。

2008 年 5 月 12 日，8 级强烈地震几乎摧毁了这里的一切。作为震中，当世界的目光聚焦这里的时候，她已满目疮痍，一万多人的小镇，超过 6000 人遇难。那时，记者的镜头里，全是废墟、帐篷和人们无助的目光。
5 年后的今天，一个崭新的映秀又回来了！就像她美丽的名字一样：一个具有藏羌民族风韵的小山村，又坐落在奔腾不息的岷江畔，辉映在苍茫葱郁的大山间。登高远眺全镇，只见，云雾缭绕，灰瓦白墙、山青水美，更显得十分秀丽。

再访映秀，回到映秀，记者不禁为今日映秀之美惊叹，更为映秀人在巨大灾难面前之不屈、创建更加美好生活之精神感动。

▼ 映秀镇鱼子溪村远眺

◀ 被地震断裂的庙子坪特大桥

◀ 2013年修复后通车的庙子坪大桥远眺

渔子溪村俯瞰映秀

　　从成都驱车，经都江堰进入都汶高速公路，穿过4106米长的紫平铺隧道，跨越1436米长的庙子坪特大桥，又穿过两个隧洞，不到半个小时就到了映秀镇。真快啊！五年前，穿越紫平铺水库大塌方区的险境、步步惊心、仍历历在目，不能释怀。那时记者的镜头中，正在建设中的庙子坪大桥在地震中断裂，10片50米长的T梁掉入一百多米高的桥墩下，沉入五十多米深的水库。大桥成了一座危桥、险桥。经过建设者抢修，大桥在震后的第二年"5.12"就修复通车。全国各地的救援物资畅通无阻进入映秀灾区，保证了重建任务的圆满完成。2012年，连接汶川灾区的生命大通道——都汶高速公路映秀—汶川段全线建成通车。

渔子溪村在映秀镇的高山上，这里可俯瞰全镇。

5 年前，记者在这里拍下的照片，清晰可见，整个映秀都在废墟中。地震中幸存的人们，瘫坐在高坡上，看着自己昔日的家园，思念失去的亲人，饱含热泪，无比悲痛。

"小家伙叫什么名字？几岁啦？" 49 岁的渔子溪村民干玉莲正带着小侄儿在观景台玩耍，记者上前询问。

"叫陈阳朗，3 岁。" 她回答。她感慨，"他们这一代太幸福了！" 观景台

▶ 2008 年 "5.12" 地震后，鱼子溪村民瘫坐在高坡上，看着自己昔日的家园被毁，思念亲人

▶ 2013 年 5 月，3 岁的鱼子溪村小村民陈阳朗，在鱼子溪村观景台尽情玩耍

下正是今日映秀全镇美景最佳观赏处，和当年记者拍摄废墟是一个角度。小阳朗天真地在观景台上爬来爬去，好不尽兴！记者了解到，小阳朗的姐姐在地震中走了，他爸爸妈妈震后两年才又生了他。又有了孩子，全家才有了希望、有了未来！

　　走进渔子溪新村，全村 261 户、748 人全都住进了以抗 8 级烈度地震设防建设的 63 栋轻钢结构的藏羌联排小楼。村边有三个小亭子。村里有篮球场、健身活动中心。还有取名"渔家大院"的农家乐。

　　记者走进 73 岁老党员胡建国的家。5 年前，映秀遇难同胞墓地选址在渔子溪村的半山坡上。他和另一位老党员马福洋自觉担负起守护墓地的工作。他们不计报酬、冒酷暑严寒守护墓地、安抚前来祭扫的人们，受到赞誉。记者镜头里，留下了他们在墓地工作的身影。

　　2009 年底，"'5.12'汶川特大地震震中纪念馆"和"'5.12'汶川特大地震遇难者公墓"建立，有了专门的工作人员建设管理，他们二位就退下来了。如今他们作为失地农民，享受社保，每个月可领到七百多元的社保金。

　　"这不是陈忠兰吗？这个是蒋永富！"看着记者拿出的照片，村民们都一一认出来。5 年前，在这一片帐篷里。记者有意无意拍下了几位村民的形象。虽然遭受了灾难，但陈秀兰面对镜头，揉着白面，脸上露出笑容，"这都是全国人民支援的！"她当时说。蒋永富则捧着大碗吃饭，津津有味。

▼
映秀鱼子溪村一角

李光成 女 生于一九五四年 三月十六日

毛章芳 女 生于一九六九年 十二月十六日

勾晨 女 生于二〇〇三年 四月十六日

王思琦 女 生于二〇〇一年 八月二十日

张瑶 女 生于二〇〇〇年

张莹 女 生于一九九九年 九月十九日

程霞 女 生于一九七五年 六月六日

陈霞 女 生于一九七八年 五月二十二日

张玉秀 女 生于一九六三年 八月

曹含秀 女 生于一九五七年 十月十五日

胡良英 女 生于一九七五年 一月

周明娟 女

赵天秀 女

张萌 女

▼ 映秀镇鱼子溪村村民陈忠兰

▲ 2013 年 5 月，修建在鱼子溪村半坡上的「5.12」特大地震遇难者公墓

在山下旅游街当中的一个摊位，记者找到了正在做生意的陈忠兰。她告诉记者去年生意好，盈利 2 万元。今年五一这些天游客少多了，雅安地震影响旅游，今年收入可能要受影响了。这里旅游纪念品摊位排成了一个小巷，有土特产的、有藏羌民族特色的各种饰品，琳琅满目，色彩艳丽，十分惹人喜爱。记者了解到，她今年 53 岁，是藏族。一家 6 口震后分了 150 平米的住房。住房款还没有交。村里的党员、干部都带头交了。每平米 770 元，家庭无公职人员收入的、每户补助 1.9 万元，还可贷款 2 万元，自己还要交好几万元钱。真希望游客多起来、生意好起来！

从幼儿园接孙子回家的蒋永富见到记者带来的 5 年前的照片，更是笑得合不拢嘴来。开心，由衷而发，这般畅快！

寻找新的中滩堡村村委会颇费一番周折。5 年前，那面党旗、那块中滩堡村村委会的牌子高高的屹立在刚刚震后的废墟上，和几顶小帐篷相衬在大山间，几分苍凉、几分悲壮！山风微微吹动着小小的旗帜，点点鲜红，更像星星之火，燃烧在幸存者的心中。见到它，希望油然升起，不禁热泪盈眶！记者以为，新建的村委会一定很气派，新牌子会醒目的挂在大街门前。问了好几个村民，才在一个新建农贸市场二楼见到那块村委会牌子。它静静地挂在这个极不显眼的楼道边，伴着楼下喧闹杂乱的农贸市场。正在值班的村妇女主任吴泽慧告诉记者，地震摧毁了全村，一百五十多人遇难，但我们全村幸存的二十多名党员很快聚集起来，带领群众战胜困难，在全国人民的帮助下度过了那段最困难的时期。如今，348户、九百多村民全都住进了新房。

"我们映秀人活下去，需要更大的勇气！"

刘丹，37岁的藏族妇女、露露小卖部的主人。"露露"是以在地震中幸存的女儿荣雨露名字命名的。

"当年学前班全班62个学生，地震后仅有3名同学活下来。另两位还受了伤。那会儿映秀小学还没改建，是老房，两百多师生遇难。我们露露一点伤都没有，算是大幸！。"大多起了藏汉双名的刘丹谈起当年的一幕幕惨烈景象依然动情。

"5.12"那天，刘丹带着有点感冒的露露正好到都江堰看病，乘中巴返回映秀的途中，强烈地震发生了。山在摇动，地在摇动，巨大山石坠落下来。全车人被震惊了，不知发生了是什么。惶恐中的人们不知所措，唯一的信念是回家！在一些青壮年人的带动下，大家冒着余震风险向家的方向——映秀走去。

路被巨石截断了，刘丹竟不惧险阻随胆大的人背着露露爬山。下午爬到傍晚，路实在太险，余震不断，根本不能前行了，大家这才意识到回不了家了！天色暗下来，又下起了雨，人们这才开始害怕起来。她背着孩子随大流又往回走，不知走了多久，才回到还未破损的汽车里。一路上受到惊吓、才4岁的露露在懵懂中竟对妈妈说："妈妈，看石头在跳舞。"刘丹吓坏了，该不是地震惊吓和发烧，让女儿脑子变坏了！？"那会儿，同是受灾的乡亲、互不相识的人们都无不团结。残破的中巴，让老人、妇女儿童上，年轻的全都挤在车下山崖的凹处，用几块旧塑料布相互撑着挡雨。就这样度过震后第一晚"刘丹很感慨。一位好心的大叔，见到坚强的母亲和病中的孩子，拿出了自己仅剩的一个苹果，还有一位老人给了她们母女6粒枇杷。

第二天，她们随出山的人流，结伴向都江堰方向走。一路上不时见到翻山越岭开进的部队和医护人员，还有被抬出的伤员。"那会儿不知是什么力量感动着

露露小卖部女主人刘丹和女儿荣雨露

我。虽然自己还在受难，还不知道能不能坚持走出去。但见到一位抬出的重伤员经过自己身边时，我不由自主的献上身上仅存的一瓶矿泉水！"。她说。

返回都江堰的路同样艰辛。不知翻过多少塌方区，又绕道水磨那边，走了3天3夜才终于走到都江堰。这一走，她瘦了9斤，小露露瘦了7斤。

那会儿，丈夫到黑水谈生意，没有音讯。安顿好女儿，她又天天到路口打听消息。见到进山、出山的人，不管认识不认识，一一托人转告口信。9天后丈夫也走出险境，来到都江堰，一家三口才团聚了，住进了灾民帐篷。

后来得知，85岁的老母亲，在地震中遇难。

劫后方知生活之美好！

为了让女儿尽快消除心灵的阴影，只有初中文化水平的她，把自己和丈夫身上仅有的1800元钱，几乎全用在女儿身上。她坚持把女儿送进都江堰最好的一所幼儿园，一下就用去1300元。"现在想起来，那时的确有些冲动。但我一点都不后悔，在震后特殊时期，为孩子创造一个好的环境，是值得的。"她说。

丈夫是做火锅生意的行家。他们在朋友的帮助下，在灾民点附近租了两百多平米小房，开起了火锅店。那会儿，灾民聚集、外来支援建设者也很多，活下来的人都很庆幸。火锅店价格低廉、贴近灾民、人们常来欢聚，生意还好。

随着重建工程的完成，灾民陆续回到新房。火锅店就关门了。丈夫留在都江堰为别人的火锅店炒料。她回到映秀刚分到的新房，利用街边底楼开起了小卖部，楼上办起有3个房间、5个床位的小旅馆。记者采访当晚就住进了她家小旅馆。整洁房间、卧具、卫生间，电视机、网线俱全。寂静的山村，雅致的客房，映秀之夜，记者睡得十分香甜。

如今，女儿露露是她生活最大的希望。

她坚持把女儿留在都江堰上学，上最好的学校。每周五接回来，周日下午又送进校。宁可每年多花两三万元。她让露露像城里孩子一样，学钢琴、学拉丁舞、上英语补习班。"每上一堂课，就是 100 元钱。我们不省这点钱，哪怕大人艰苦些。我们活着就是为了她！"刘丹倔强的说，"我们映秀人活下去，需要更大的勇气！"这话她在和记者交流中，竟讲了三次。

她是藏族，本可以再生。但她坚持说："生活不容易，露露活下来不容易。我们只想把露露带好！"

这是个周日，清晨 7 点小露露就起床了，在妈妈的小店里做作业。

"好句：路边住宅的楼上亮起了闪闪烁烁的灯光。"

"好句：有多少人的意志强大到可以忽略外界的一切噪音，从而获得心灵的沉静。"这是 4 月 1 日，她的语文作业本上抄录的两段"好句"。

在一篇老师打着优加的作文"冬天的颜色"里，她写道："……院子里的小雪花漫天飞舞，这一朵朵洁白的小雪花仿佛是一个个小仙女们优雅的飞到陆地上，好像陆地爷爷的衣服，这件衣服啊雪白的像天空一样白。小溪不在歌唱，变成了雪白无比的冰，那冬季一定是白色的对吗？也有一点道理，不过不全对，再想想。……"

除了几个错别字和标点，整篇作文流利清新，想象丰富、形象动人、感情纯真。记者看到了一个曾闪着惊恐目光的小姑娘，5 年后，像一朵小雪花般优雅的飞在空中，雪白似冰，轻盈地融入明天。她眼里看到冬天的颜色，不仅有白色、还有红色、绿色，"冬天也是多彩的、美丽的！"

"我们映秀人最知道感恩！"

"尹四饭店"就在映秀镇口公路边，招牌十分醒目，还印上手机号码。

"我刚从雅安宝兴灾区回来！"老板尹四，叫尹华忠。今年 48 岁。

"4.20"雅安地震了！同样经历过地震灾害的映秀人不时牵挂着雅安灾区。

这是震后第三天，一个由 22 辆大卡车组成的运送救灾物资车队经过映秀，前往宝兴县灾区。傍晚，当车队停车在他的尹四饭店吃饭时，他得知这是四川省民政部门发往灾区的物资，有帐篷、沙琪玛、方便面、棉衣被等。由于成雅公路阻塞，车队只好绕道卧龙，经夹金山从反方向进入宝兴县。由于车队太长，常有

► 不忘感恩的映秀人，尹四饭店老板尹华忠

掉队车辆，内地司机进山，面临道路不熟等困难。他二话没说，宣布救灾车队吃饭一律免单。他即刻打点行装随车队上路。一路上他当起了向导。走得匆忙，没想到，到了海拔 4800 米的夹金山竟是白雪茫茫，气温零下 10 度还低，冻得厉害。他全然不顾，带领车队顺利到达重灾区宝兴县城。"遗憾的是，还是有几辆车掉队了，路不熟，多绕行了三百多公里。"他说。

到了宝兴县他又当起志愿者，帮助车队卸车、搬运物资。

这一去来回就是 5 天。饭店的生意只好交给妻子和儿子打理。

"我是死过一回的人了！我是被人从废墟里扒出来的。妻子受了重伤，被送到杭州治疗了三个多月才康复的。我们都是幸存者。我们幸存的映秀人最知道感恩。"他说。

自发赶到雅安芦山灾区救援的映秀人何止尹四老板。

据悉，4 月 20 日，得知地震发生在雅安，映秀镇党委、镇政府第一时间发起动员，受过抗震救灾专业训练的 23 名民兵和 23 名志愿者带着物资和挖机、吊车等抢险机具，迅速赶赴芦山。映秀救援队卸下了一百多吨救援物资、帮助村民

清除危房隐患。4 月 22 日，队员们只用了不到一个小时，为古城村受灾群众搭建起 30 顶帐篷。

20 岁的刘航，是映秀救援队最年轻的队员之一。"5.12"地震发生时，他还是漩口中学初三的学生，地震中，爷爷不幸去世，母亲受了重伤。地震后，刘航在郫县上了三年高中，如今，他是阿坝师专的大二学生。作为汶川地震的幸存者，他来到雅安灾区，希望以自身的经历激励雅安灾区同学们："带着希望，向前！"。

据悉，去年云南彝良地震灾区也有映秀人的身影。

2012 年 9 月 7 日云南和贵州交界处发生地震后，映秀镇渔子溪的 13 名村民情系彝良，千里驰援。村民怀着一颗感恩的心，连夜开着 4 辆小车，经过八个多小时就赶到达灾区。他们走访了灾情最严重的洛泽河镇 5 个村子，跟村里的干部、群众交流，对他们进行心理疏导。

他们离开灾区，临行前，13 名村民把身上带的钱全部筹集一起买了价值一万多的大米、食用油和矿泉水送到了村民手中。

汶川县还向云南彝良地震灾区划拨了 30 万救灾款。

东滩湿地 "围剿" 互花米草

发表时间：2013 年 12 月 4 日

因为一次偶然的航拍机会，记者走进上海崇明东滩鸟类国家级自然保护区，关注人与互花米草的较量。

互花米草原生地在北美海滩。漂洋过海被移植到我国沿海后，短短 10 年间便 "疯长" 起来，从当初的 "宝贝" 变成了 "草害"，严重破坏了原有生态。2003 年，它被列为我国首批外来入侵物种。

互花米草林
围堰北区成片的
▼

我国是外来物种入侵受害最严重的国家之一，10 月下旬刚刚闭幕的 "第二届国际生物入侵大会" 透露：目前已确认入侵中国的外来生物 544 种，其中大面积发生、危害严重的达一百多种。同时，在国际自然保护联盟公布的全球 100 种最具威胁的外来物种中，入侵中国的就有 50 余种。

这些入侵物种已导致当地严重的经济损失。据初步估计,13 种主要农林入侵物种每年对我国造成 574 亿元的直接经济损失。2000 年,外来有害生物对湿地和森林生态系统造成的间接经济损失分别达 693.4 亿元和 154.4 亿元人民币。

我国防范外来生物入侵的形势严峻。

上海崇明东滩在国际上也是重要的湿地,是国家级鸟类自然保护区,在维护全球生物多样性和长江流域生态系统健康等领域有着重要的意义。同时,它也为上海国际大都市提供巨大的生态服务功能。因此,保护好崇明东滩湿地不但是上海市政府履行国际公约的义务,也是确保上海生态安全的责任。

一张照片起疑惑

照片中,葱绿的东滩湿地仿佛被突兀地"开"出了一片荒地,绿草被割去了,袒露出大片荒滩土。飞掠长江口,鸟瞰崇明东滩。白云下,湿地芳草萋萋;落日下,潮沟和港汊涨满了水,金光潋滟——崇明生态岛的美丽图景映入眼帘。美哉,东滩湿地!美哉,鸟类国家级自然保护区!记者不禁连连按下快门。

然而,整理航拍照片时,一张放大了数倍的湿地局部细节图却让记者心生疑惑:葱绿的东滩湿地仿佛被突兀地"开"出了一片荒地,绿草被割去了,袒露出

▶ 绿草被割去了,袒露出大片荒滩土,且面积还不小

大片荒滩土。

东滩湿地怎么了？

崇明东滩国际重要湿地位于上海崇明岛最东段，是一片因长江口泥沙淤积形成的滩涂湿地，约占上海湿地面积的 10%。湿地内芦苇带及滩涂植被繁茂，底栖动物丰富，是亚太地区候鸟迁徙路线上重要的停歇地和越冬地，也是世界上为数不多的野生鸟类集居栖息地之一。

相关资料显示：崇明东滩共记录到鸟类 290 种，其中列入《中国濒危动物红皮书》的鸟类有 20 种。目前，崇明东滩鸟类国家级自然保护区面积为 241.55 平方公里，划分为核心区、缓冲区和实验区，其中核心区面积为 148.42 平方公里。核心区域是条红线，任何人不得在里面生产活动，更不用说"垦荒"了。

经多次辨认和比对，照片中的"荒地"正位于核心区内。眼下正值初冬，正是越冬候鸟大规模迁徙的时节，如此"垦荒"，怎不让刚刚迁徙到此越冬的鸟类受到惊扰？

谁在"破坏"东滩湿地？

都是互花米草惹的祸

十多年间，"外来物种"互花米草在东滩的侵蚀范围已达二十多平方公里，占整个保护区滩涂植被总面积的一半左右，严重威胁到鸟类的生存。

带着疑惑，记者又来到了崇明东滩鸟类国家级自然保护区实地对照查实。记者的到来，让东滩保护区管理处主任汤臣栋"紧张"了。作为崇明东滩鸟类国家级自然保护区第一责任人，他在先前的电话沟通中已接到记者的"举报"。

看过照片，又仔细对照了东滩实控地图后，汤臣栋笑了。"可真把我们吓了一跳！"他说，"不怪你们，其实都是互花米草惹的祸！"

互花米草，为禾本科米草属、多年生草本植物，原产于北美洲大西洋沿岸和墨西哥湾，生长在潮间带的滩涂。由于植株密集，地下根茎发达，能促进泥沙快速沉降和淤积，因此在 20 世纪初被许多国家引进栽种，用于保滩护堤、促淤造陆。我国最早在 1979 年引入种植，互花米草在固沙护滩和增加耕地面积等

领域作用明显。

　　天下万物皆有利弊。虽然互花米草对海滩固沙有着显著作用，但作为外来物种，它在潮滩湿地的繁殖力超强，严重威胁着入侵地的土著物种和原有的生态系统。由于我国沿海没有它的"天敌"，互花米草很快就在湿地滩涂"疯长"起来。数年间，这种外来"奇草"便从"宝贝"变成了草害。2003 年，原国家环保局公布了首批入侵我国的 16 种外来入侵物种名单，互花米草作为唯一的海滨盐沼植物名列其中。

　　记者随汤臣栋来到气象局设立在保护站内的国际大气成分观测站，在高高的屋顶上察看"灾情"：一望无际的黄绿色"大草原"上竟然全是大片的互花米草，

互花米草正在蚕食本地芦苇

土著植物芦苇已被互花米草包围、分割，仅剩下为数不多的几小片。

"如不治理，明年你再来看，这几片孤独的芦苇丛也将被全部蚕食掉。"汤臣栋说着摘下一片互花米草叶子，上面沾满了白色的盐花，"互花米草吸附排解盐的能力特别强，因此在长江入海口淡咸水交互处的崇明东滩生长速度极快。我在北美见到的互花米草只有几十厘米高，在这里竟长到一米多，甚至两米高。"

密集的草丛也遮蔽了滩涂湿地的空间。"这草丛泥滩下面原有的螃蟹、泥螺、螃蜞、弹涂鱼等底栖动物全都没了立足之地，水禽涉禽喜爱吃的海三棱藨（音：biāo）草已全军覆灭。没有了食物，草又太密，鸟类无法穿行，各种鸟类也不再飞到这里来了，这片区域原有的生态系统被破坏了。"汤臣栋惋惜地说。

从 1995 年崇明东滩发现互花米草起，十多年来，互花米草侵蚀的范围在东滩地区就已达到二十多平方公里，占整个保护区滩涂植被总面积的一半左右，严重威胁到鸟类的生存，也导致整个保护区内的湿地生态系统严重退化。

每年到东滩越冬的国家一级保护动物白头鹤的栖息地，就受到了互花米草的"挤压"。近几年，白头鹤只能栖息在互花米草没有侵蚀到的核心区南部，甚至有近三分之一的时间飞离核心区，到 98 大堤内侧的稻田、鱼塘和蟹塘觅食。这令保护区工作人员十分担心："只有核心区是全封闭管理的，鸟类生存相对比较安全。核心区外，监控一旦不到位，鸟类就可能被不法分子违法毒杀。"如今，保护区的执法和科研部门每天都派人到农家地头巡视，以监控鸟类生活、觅食、飞行和栖息的规律，工作量增加一倍多。

由上海市绿化与市容管理局发布的 2010 年上海水鸟资源监测结果显示：上海水鸟数量从 2006 年度的二十多万只次，下降到 2010 年的不足 15 万只次。专家指出，冬季候鸟的种类数量减少最为明显，在崇明东滩，外来物种互花米草的扩张是影响这一地区鸟类栖息地质量的重要原因。

建设中的"新家园"

在互花米草的治理区内，芦苇连片繁茂、看不到边，众多水鸟又回到了这片湿地"新家园"。

"照片中的'荒地'，是'崇明东滩互花米草治理生态修复项目第三期工程'的区域。"汤臣栋说，"治理互花米草有三种方案：一是物理方法，二是化学方法，三是生态方法。我们采取的是'物理 + 生态综合治理'方法，用'围、割、淹、晒、种、调'等系列措施进行生态系统重建。目前处于'围'的阶段，因此空中拍到的照片就呈现了类似'垦荒'的景象。"汤臣栋解释道。

来到现场，果真如此。

只见一条高 3 米的围堰呈环形状，将互花米草治理示范区域隔离开来。堤内侧还有一条约 10 米宽的潮沟，涨潮时，潮水能被潮沟引入治理区内调节水位和盐度的高低。围堰工程完成后，通过蓄水、割草、水淹等作业，经过多次循环，最终将区域内的互花米草"斩尽杀绝"，再栽种土著植物芦苇、海三棱藨草等，达到修复湿地的目标。

目前，东滩保护区已完成互花米草治理示范项目二期工程，围堰内区域共3000亩，现在进行的是三期工程，治理面积两千两百多亩。在已经治理好的一、二期工程湿地中，芦苇丛足有两米多高，枝叶已泛出初冬时节的黄绿色，连片繁茂，一望无际，互花米草在这里已见不到踪迹。不时传来野鸭的鸣叫声，清脆悠扬，在寂静的滩涂上显得格外悦耳动听。在这里，可以见到齐齐排列的野鸭、白鹭、鸳鸯……不时有水鸟展翅起飞，在芦苇叶梢间掠过，飞上蓝天。

众多水鸟重新回到了这片湿地"新家园"。

崇明东滩保护区的生态修复效果是显著的。2011年6月，一千多亩的修复区内，互花米草被清除了，适宜鸟类栖息的湿地面貌逐渐恢复。当年秋季，鸻鹬类、雁鸭类等迁徙鸟类陆续飞到这里停歇，8年未见的水雉也回来了。截至当年12月底，修复区内已记录到三十多种水鸟，单次记录的最大水鸟数量接近5000只。第二期治理了2000亩，2012年8月就发现十多种候鸟在修复区内繁殖，仅用肉眼就观察到产下一百多只小鸟。黑水鸡、黑翅长脚鹬、环颈鸻等十多种本来应该在东北繁殖后代的鸟类，这年夏天首次选择在保护区新修复的湿地里繁殖。这是十分令人欣喜的景象。

艰难的治理之路

对互花米草危害的认识，学界、媒体都经历了一个艰难的过程，争论甚至持续到今天。

面对互花米草这一外来物种对我国沿海湿地造成的影响，早期中国科学界的许多专家认识并不一致，争论甚至持续到今天。

早在本世纪初，面对互花米草入侵中国海滨湿地的弊端初现时，有专家就指出这将给中国海滨湿地带来巨大威胁；而有的专家则认为应全面看待互花米草，利用好互花米草。

1997年上海浦东机场建设时，为了保护珍贵的耕地资源，机场选址向长江入海口以东海岸外延 718 米。这样做虽然节约了土地，却对南汇东滩湿地的鸟类栖息地造成影响。为此工程指挥部又在机场东面长江口的九段沙开展了"种青促淤引鸟"工程，期望在那里建一个新的鸟类栖息地。这一方案受到喝彩，也引起国际生态学界的关注。不久，九段沙种下了 0.4 平方公里苇苗和 0.5 平方公里互花米草。

2000 年，记者曾随专家来到九段沙考察，换乘小舟顺潮沟进入沙岛腹地后，再赤脚涉水走入草丛深处。当时，两三米高的芦苇和互花米草、一米多高的苔草、较矮的海三棱藨草和差不多已匍匐在地的藨草组成了一道道结实的绿色屏篱，挡住了汹涌的海浪，留下随潮而来的泥沙和生物，为鳗、蟹、泥螺等鱼类、软体动

物和甲壳动物创造了极好的生存环境。而大量底栖、浮游生物的存在，又为鸟类提供了丰富的食物，使它们"近悦远来"。

当时，互花米草积淤造陆功效明显，因而得到了广泛的赞扬。但是，数年之后，令人忧虑的状况就出现了：长势旺盛的互花米草很快扩散到九段沙的中沙和下沙，覆盖了当地的海三菱藨草和藨草，并威胁到尚未入侵的"净土"上沙，使上海九段沙湿地呈现出了"亚健康"。

对互花米草危害的认识，学界、媒体都经历了一个艰难的过程。

从 2004 年起，复旦大学、华东师大等高校的生态专家和崇明东滩鸟类国家级自然保护区的科技人员，联手成立专项课题组，开始探索治理互花米草，修复

▼
水鸟栖息在新修复后的芦苇塘边

湿地。探索治理是艰辛的，最初，课题组同时采用国际治理外来有害物种的基本方法，"化学、生态、物理"三管齐下，在崇明东滩划出多片被互花米草侵害严重的湿地进行试验。

前两种方法很快碰了壁。化学方法是喷洒化学药剂，剂量低了无法除草，剂量大了会污染土地，首先遭遇了挫折。生态方法的试验绝非短期能完成，且寻找抑制互花米草生长的物种，又怕导致新的外来物种入侵。要进行如此大面积的治理，比较现实的还是"物理＋生态"的方法，经过反复试验，课题组摸索出了一套行之有效的"组合拳"：先将互花米草群落用围堰包围起来，水淹至40公分以上，割掉水上部分，淹死水下部分，经过充分曝晒之后，种上一定密度的芦苇等植物，再调节这块地的水分、盐度和水位，让它成为适合芦苇成长、不适合互花米草"卷土重来"的区域。这样就可从互花米草手中夺回滩涂，逐渐培育起新的生态植被，建成具有循环水系的粗放养殖塘，最终将其修复为适宜各种鸟类栖息的滩涂湿地。

2007年，上海科委正式立项，开始启动一系列控制互花米草和恢复鸟类栖息地的重大项目，崇明东滩保护区互花米草生态治理从2010年开始进行，到今年开始的第三期，都是采取这一"物理＋生态"综合治理方法进行的。

"崇明东滩生态修复工程开始后，我们感到压力很大。"汤臣栋说。第三期工程刚刚起步，工程量巨大，投资10个亿，3年后才能完成。围堰北堤外成片成片的互花米草群汪洋恣肆，触目惊心。要在三年多时间里完成治理，谁都会感到肩上的压力沉重。好在东滩的"治草"工程还有不少同盟军——美国华盛顿等地正在进行"引入光蝉野外释放生物防治互花米草"试验；广东、福建科研人员则正在种植来自孟加拉国的无瓣海桑和我国的海桑，试图籍此克制互花米草的生长。东滩会与他们经常沟通信息，取长补短，争取把互花米草之害早日清除干净、且无复发之虞，还鸟类一个惬意栖息的湿地环境。

肖德万　将军西沙情

发表时间：2014 年 1 月 19 日

40 年前，他是一名舰长。当南越海军入侵我西沙群岛时，他率领 389 舰，和兄弟舰艇 396 舰、271 艇、281 艇协同作战，一举击沉南越海军一艘护航舰、重创三艘驱逐舰，配合我陆军、民兵收复了甘泉、金银等岛屿，取得了西沙海战的胜利。

22 年前，他成为一名将军。他多次率领大型混合舰艇编队驰骋在西太平洋上，捍卫我国的海洋权益。

12 年前，他从将军岗位上退休，仍念念不忘那些长眠在西沙群岛琛航岛的 18 位战友和兄弟。他带着全家人再次回到西沙，看望那些当年和自己一起出生入死、不幸献出年轻生命的水兵。

40 年后的今天，他依然注视着南海，时刻关注着西沙群岛那片美丽的蔚蓝。

▲ 追忆 40 年前西沙海战的胜利，肖德万将军感慨万千

　　他叫肖德万。在 40 年前那场著名的"西沙之战"中，他荣立一等功，389 舰荣立集体一等功。那年，他年仅 31 岁，当舰长才 1 年。

　　今年元旦刚过，记者走近这位传奇式的海军英雄，和 40 年前那场惊心动魄的海战。

一张作战海图

"开始只记了我们 389 舰的战斗航迹，后来又把兄弟舰艇的加上去了，还有南越舰艇逃跑、最后沉没的航迹。这样整个海战经过就全了。"

1974 年 1 月 19 日，这是一个令肖德万永远难忘的日子。

40 年来，每到这一天，无论是在海上巡航，还是在战备值班；不论是在家中，还是在军营，他都要驻足在作战海图前，默默地点上一支烟。他久久地凝望着地图上的南海，凝望着西沙。这张图上用红色和蓝色分别标明了海战中敌我双方的航迹和战斗经过。40 年过去了，图上的一切都深深地印在将军的脑海。

如今退休了，他依然保持着这个习惯。他的书房里，珍藏着一张西沙海战作战图。

"西沙海战胜利后，从总参到海军、舰队、基地各级都要进行战斗总结。我们从千疮百孔的战舰上找到了还散发着硝烟味的航海日志。日志上，战斗前的记录很完整，战斗打响后就没法记录了，都是后来靠着回忆一点一点地记下来，再把战斗航迹画出来。后来我自己就收藏了这幅海战图。"肖将军介绍说，"开始只记了我们 389 舰的战斗航迹，后来又把兄弟舰艇的加上去了，还有南越舰艇逃跑、最后沉没的航迹。这样整个海战经过就全了。"

展开海图，40 年前那场海战清晰地展现在眼前。将军思索着、诉说着——389 舰是一艘扫雷舰，排水量仅 570 吨。当敌人用水雷封锁港口和航道时，它要首先进入雷区，为作战舰艇排雷，扫清前进的航道，因此被誉为"海上敢死队"。虽然个头小、

1974 年，西沙海战后，肖德万舰长（右二）和 389 舰官兵进行战斗总结。（资料照片）

火力差，但数千吨的导弹驱逐舰、护卫舰和扫雷舰相遇时，都要首先向它敬礼。

1974 年 1 月 15 日深夜十一点多，肖德万接到命令：立即率舰到榆林基地和 396 舰汇合，一起为西沙守岛民兵运送粮食、淡水、手榴弹等战备物资。当时 389 舰正在广州厂修，主机虽已试航，舰炮还没试炮，新兵训练还不系统，不少老兵正准备退役。17 日，两舰编队起航。考虑到要放小艇上岛为民兵运送物资，航渡中的 389 舰临时组建了"登岛战斗小组"，装备了冲锋枪、手榴弹等轻武器，进行了跳船训练。

当时，他们根本没想到南越海军竟然会挑起一场惊天海战，更没想到扫雷舰竟然成为和南越海军大吨位战舰对抗作战的主力。

当时的国际形势是美国深陷越战泥潭多年，于 1973 年开始从南越撤军。为拖住美军，南越蓄意挑起了中国和美国、中国和北越之间的矛盾，并于当年 7 月派兵侵占我南沙 6 个岛礁，宣布我南沙群岛南威岛、太平岛等 11 个岛屿划归南越福绥省管辖，又派舰艇北上，不断骚扰我国西沙群岛渔民的渔业生产，撞坏渔船、抓捕渔民，进一步扩大事端。1974 年 1 月 17 日上午，南越军队侵占了我西沙群岛的金银岛，下午又侵占了甘泉岛。

面对挑衅，17 日，我国海军派出两艘猎潜艇。

18 日，南越海军将军舰数量增加到 4 艘，妄图进一步侵占琛航岛等岛屿。这晚，389、396 扫雷舰正好到达琛航岛海域，和 271 编队会合。"面对严峻的敌情，我们进行了紧急战备动员。"肖将军说，"这情形，根本来不及上岛为民兵补给。"

19 日，西沙海域形成了敌我双方各 4 艘舰艇对峙的战场形势。

一场实力悬殊的战役

"他们打的第一发炮弹就落在我们中甲板了，当时我们就牺牲了一位湖南兵，叫周友芳，他是 1968 年的兵，已经退伍了，还没走，还没离开军舰。"

4 比 4，二者绝非数量上的简单等同。敌人有 3 艘驱逐舰、1 艘护航舰，最大的一千七百多吨，总吨位为六千多吨，舰上火力有 127 毫米等各种火炮 50 门。而我军 4 艘舰艇的总吨位为 1760 吨，还没有敌人一艘指挥舰大，4 舰总共仅 16

门炮，最大口径为 85 毫米。

双方实力悬殊太大，实属罕见。

"我军一直信守'人不犯我，我不犯人'、'不打第一枪的'的战场纪律。"肖将军说，"我们不打第一枪，但绝不能不战备。我们严密监视敌人动向，做好战斗准备，坚决还击来犯之敌。"

10 点 21 分，敌舰拉开距离，炮口全部瞄向我舰。我军同时发出战斗警报，坚决迎敌。271、274 艇迎战敌 4 号和 5 号舰，389、396 舰迎战敌 16 号和 10 号舰。

10 点 22 分，敌舰首先开炮。

在敌舰炮口闪出火光的那一瞬间，我军还击的炮火同时打响。顿时，火光冲天，震耳欲聋。"我下达开火的命令的声音也同时湮没在轰隆的炮声中。"肖将军说。

肖将军收藏有一份 389 舰官兵接受采访的回忆记录稿。官兵们回忆道——

"红彤彤的，好像火烧红的铜水一样红，打到我们舰，整个舰震动了一下。"（陈柏松，389 舰军需）

"他们打的第一发炮弹就落在我们中甲板了，当时我们就牺牲了一位湖南兵，叫周友芳，他是 1968 年的兵，已经退伍了，还没走，还没离开军舰。"（杨宝和，389 舰八五炮装弹手）

"当时有敌人的炮弹在我们甲板上爆炸的声音，也有我们自己开炮的声音，所以光听响声根本就分不出。"（梁庄，389 舰水雷兵）

"真打起来就不管他了，你死不死也没地方走，对不对啊。这个也不管了，也不可能老想。"（夏铁生，389 舰帆缆班长）

"你硬我比你还硬，你楞我比你还楞，就是硬的怕楞的，楞的怕不要命的，反正比你硬！这是我们的领土啊！"（孙善友 389 舰测距班长）

"海上拼刺刀"

舰尾辅机舱开始进水，正在舱里弹药库运弹的战士郭玉东脱下呢制军装包裹着木塞堵漏，并用身体死死抵住涌入的海水，直到生命的最后一刻。他被誉为"海上黄继光"。

"敌人的火炮口径大、射程远，只有近战才能发挥我们火力的优势。我命令向敌舰靠近了打。"肖将军说。

就这样，389 舰一直从 1000 米外，边打边冲，一直逼近到敌舰几十米近。舰上装有的 37 炮、25 炮、14.7 高射机枪，都是高速自动火炮，连发射击，发挥了越来越大的火力优势，将敌人的 10 号舰打得千疮百孔，而他们的 127 大炮全部陷入射击死角。

这时，连敌舰甲板上敌人的面孔都能看清，肖德万命令扔手榴弹，有的战士还抄起冲锋枪向敌人扫射。

"近战夜战、海上拼刺刀，是那个年代我人民海军在和国民党海军海战中总结的战法，是那个年代我军将装备劣势转变为优势的最好战术。在这次海战中，我们就运用了这样的战术。"肖将军说。

389 舰在近战攻击中，对敌 10 号舰给予沉重打击。85 炮直接命中指挥台，10 号舰舰长当场毙命，打得敌舰指挥台坍塌下来。

由于敌人误将 389 舰当作指挥舰，集中火力攻击，经过半个多小时的激烈战斗，389 舰中甲板、后甲板被击中起火，伤亡严重。这时，舰尾辅机舱开始进水，正在舱里弹药库运弹的战士郭玉东脱下呢制军装包裹着木塞堵漏，并用身体死死抵住涌入的海水，直到生命的最后一刻。战后他荣立一等功，被誉为"海上黄继光"。

此时，389 舰到了十分危急的时刻，战舰开始下沉。肖德万立即命令全速向离得最近的琛航岛浅滩驶去——战舰靠着人力舵和两部仍在运转的主机，拖着浓烟冲上海滩，使战舰免于沉没。肖德万指挥舰员抢救伤员，弃舰登岛。

看着坐摊在琛航岛上仍冒着浓烟的英雄战舰，肖德万心如刀绞无比沉痛。

就在 389 舰和敌 10 号舰激烈战斗的时候，兄弟舰 396 舰同时对敌人 16 号舰进行了反击，把 16 号舰打得丢下受重伤的 10 号舰独自逃跑。而 271、274 猎潜艇编队顽强抗击比自己大得多的敌 4 号、5 号舰，274 艇在政委和副艇长不幸牺牲的情况下，重创了敌 4 号舰，还打伤了敌指挥舰 5 号舰的上校指挥官。

上午 11 点 20 分，我海军 281、282 猎潜艇编队的两艘快艇赶到战区。看到增援舰抵达，敌军丧失了斗志，各自逃跑，把奄奄一息的 10 号舰远远地丢在后面。281、282 两艇将愤怒的炮弹射向敌舰，两轮攻击，就把敌人 10 号舰打得葬身海底。

▲ 1974年5月，西沙海战后，幸存的389舰官兵在军舰前甲板合影。（资料照片）

"敌10号舰沉没在羚羊礁南，偏东2.5公里。"肖将军说。

第二天，在毛主席和中央军委的指挥下，我军乘胜追击，收复了西沙群岛被南越军队占领的珊瑚、甘泉、金银三岛。

敌军5号舰上校指挥官何文锷晚年在回忆录中写道：当自己所在的舰艇被击中后，指挥中心全体人员都躲到桌子下面，看到舱内起了火，他就拿起灭火器去灭火，结果被海图桌绊倒了，把腿扭伤了。他写道："身边全是一帮贪生怕死之徒！"这次海战，南越海军阵亡一共75人，其中10号舰有63人。

西沙海战胜利的最大收获，是我国收复了西沙群岛全部岛礁，为我国进一步收复南沙群岛创造有利条件，其战略意义无与伦比。如今看着作战海图上西沙群岛每个岛礁都标明了五星红旗，肖将军甚感欣慰。

心系万里海疆

在两次海战后，肖德万多次率领现代化舰艇编队到南沙、西沙巡航。看到海图上还有不少岛礁标注着外国国旗，肖将军眉头紧锁："保卫祖国海洋权益斗争任重道远！"

肖将军的书房里还珍藏着不少宝贝。40 年来，有关西沙海战的书籍、资料、回忆文章、影视作品，他都尽可能地收藏起来。

他还收藏着另一张作战海图，那是 1988 年 3 月 14 日，我海军在南沙群岛赤瓜礁海战的作战海图，上面同样用红蓝两色标明了双方战斗航迹和作战经过。

当时，肖德万正在国防大学学习，虽然没有参加战斗，但他依然牵挂着这场意义同样重大的海战，并及时进行战斗总结，在国防大学交流。

1974 年的西沙海战胜利后，肖德万作为当时熟悉南海斗争、参加过海战的一线指挥员的优秀代表选调到了海军司令部，担任作战部副部长、部长。在这期间，他不但认真总结了西沙海战的战斗经验，还参加国防大学的学习，学习了战役学、战略学，研学了中外海军历史和当代海战的经典战役等。从此，他把目光从西沙投向南沙、东海，投向祖国的万里海疆。

1988 年初，受联合国委托，我国在南沙群岛永暑礁建设国际海洋观测站。而统一后的越南宣布南沙群岛为越南领土，公然破坏海洋观测站的建设。为保护海洋观测站建设，我海军编队进驻南沙。

3 月 14 日，赤瓜礁海战打响，我国海军编队一举击沉越舰两艘，重创一艘，并趁势一举收复南沙永暑礁、华阳礁、东门礁、南薰礁、渚碧礁、赤瓜礁共 6 个岛礁。不久后，永暑礁海洋观测站顺利建成，为我国 1992 年提出的"主权归我、

1980 年代，肖德万任海军作战部副部长、部长，率舰巡航大洋，在国旗前留影。（资料照片）

搁置争议、共同开发"的南沙领土争端解决方针提供了现实依据。

在两次海战后，肖德万多次率领现代化舰艇编队到南沙、西沙巡航，看望驻守在南沙、西沙岛礁的官兵。

看到海图上还有不少岛礁标注着外国国旗，肖将军眉头紧锁："保卫祖国海洋权益斗争任重道远！"

重返琛航岛

肖德万，1942 年 8 月出生在湖南省宁乡县大屯营乡。"我从小就放牛，家中贫苦，只读到初中，刚满 18 岁就报名参军了。"他说。参军后，他刻苦训练、从严要求，很快入团、入党，从报务兵成长起来，仅 11 年就当上了舰长。1990 年，他被授予少将军衔，担任某基地司令。

西沙海战使他一战成名，战后两个月，肖德万被提拔为扫雷舰大队副大队长，很快又到北京担任海军作战部副部长、部长，一下子从副团职跳级到副师职，他自己都没想到。在基层，他操纵战舰得心应手，和水兵们在一起其乐融融。而到了高级指挥机关，只有30岁出头的他，面临着更多新的考验。

肖将军书房里有一张海军作战部历任部长的照片。"我是第8任部长，前面7任都是解放战争时期和更早参加革命的老八路、老战士。我虚心向他们学习请教。"他看着照片回忆道。

在老前辈们的帮助下，肖德万在实践中不断进步，逐渐成长为我人民海军高级作战指挥员。

1980年代，我国第一颗远程战略导弹即将发射试验。而当时弹着点的大洋洲某海区，我国海洋数据资料还不全，需调查补充。他以海军作战部副部长身份担任海洋调查副总指挥，跨越太平洋，深入大洋洲，顶着台风巨浪前行，在海上连续作业96天，圆满完成任务，保证了我国第一颗远程战略导弹发射成功。这也创造了他自己出海时间最长的新纪录。之后，他还有过率领指挥舰艇编队出海长达86天的纪录。

2002年8月，将军花甲将至，在军旅生涯的最后岁月，他蓦然回首，心境难平。此时，他最牵挂的是那些长眠在西沙琛航岛的18位战友。

回西沙，看战友，这是将军退休前做的最重要的一件事。

肖将军动情地说："这次我特地带上了老伴、儿子、媳妇和小孙女等8人。我想让我最亲近的人去看看那些和我一起出生入死的战友，他们是我最怀念的人，是我的战友、部下和兄弟，我还活着，而他们已经牺牲了。"

8月的西沙，烈日酷暑，地表温度达40℃。将军全然不顾，飞机一到永兴岛，没有片刻停留，马上换乘快艇直接去琛航岛。

踏上琛航岛的那一刻，将军就万分激动。他带着老伴和孩子们首先来到烈士陵园，祭扫烈士墓，向每一位烈士致敬。18位烈士的姓名、年龄、籍贯，他太熟悉了，这么多年过去了还一点都没忘记，并一一向老伴儿和孩子们诉说。

接着，将军又带着家人来到389舰抢滩的岛边。在白色的沙滩上，看着一簇簇羊角树和高高的椰林，当年的战场一一展现在眼前。"是的，弃舰上岛后我

就是在这里提着手枪，指挥大家抢救伤
员。后来民兵开来渔船接我们，大家就
从这边涉水上的船，去了永兴岛，从此
离开了这里。当时战斗那么激烈、离去
时又很匆忙，还没有好好看看周围的一
切，这个美丽的琛航岛，是官兵们用鲜
血和生命换来的小岛。"将军触景生情。

　　如今，这里已经变了，一个现代码
头已经建成。驻岛官兵以岛为家，从大
陆带来家乡泥土，种植蔬菜，把这里建
设得像自己的家乡一样。官兵们还每天
派一名执勤战士，为烈士陵园清扫散落
的树叶和沙尘。

　　祭扫进行了两个多小时，驻岛部队
首长原本安排他们当晚回到永兴岛住宿，
那里生活条件好些。但将军坚持就住琛
航岛："让我一个人静静地和战友们多呆一会儿！"他还交代，谁都不要过来陪。

　　天黑了，夜静了。将军一人来到烈士陵园，在每一个战友的墓前轮流坐着，
他抽着烟，回忆着那一张张年轻稚气的面容——

　　冯松柏、周锡通、曾端阳、王成芳、姜广有、王再雄、林汉超、文金云、黄有春、
李开支、郭顺福、郭玉东、杨松林、罗华胜、周友芳、曾明贵、何德金、石造。

　　离去时，将军落泪了。他知道，这一去不知道什么时候才能再回来。但他知道，
自己的心还在这里。在永兴岛，他和全家在"将军林"种下了一棵椰子树。

　　他对记者说，自己多想回一次南海。"南边太忙、辽宁舰前些天还在那儿，
试验获得了成功！"他自言自语，眼中闪着泪花。

▲ 海军官兵们在琛航岛，向安息着18位烈士的墓前宣誓

大山包的护鹤员

发表时间：2014 年 2 月 18 日

曾被预言将在中国消失的黑颈鹤，在云南大山包中翱翔。

"再过 10 年，黑颈鹤将会在中国消失。" 1998 年，世界野生动物基金会曾这样预言。在我国唯一的国家级黑颈鹤保护区——云南大山包地区，1992 年的统计显示，黑颈鹤数量仅存 350 只。1995 年，濒危动物国际贸易公约将黑颈鹤列为一类保护物种。

黑颈鹤是我国特有的世界性珍稀鹤类，是目前世界上 15 种鹤类中最后发现的种类，也是世界鹤类中唯一在高原繁殖越冬的鹤类。

预言 10 年后的 2008 年，大山包黑颈鹤据统计达 1235 只。

这个冬季的统计数量显示，黑颈鹤为 1113 只。

▲

大山包黑颈鹤国家级自然保护区

世界野生动物基金会的预言落空，是因为人的抗争和努力。

2014年新春，记者走进远在大西南山区的"大山包黑颈鹤国家级自然保护区"，走近常年在此生活工作的护鹤员。

无论是初一深夜勘查山火直到次日傍晚，在山林中崴了脚的保护区派出所朱勇所长，还是新春值班的冯家林警官，抑或是到保护区工作才3个月的南京林业大学研究生吴太平，以及文中提及和未提及的一线护鹤员，他们都太忙了！

是他们的辛勤劳动，筑起了我国野生动物保护、生态文明建设的第一道防线。

是他们的辛勤劳动，使祖国的山河、湿地更加美丽。

他们仍在为此努力，因为高原湿地的生态依然很脆弱，那"预言"不啻大自然的警告，仍像达摩克利斯之剑一般高悬在空中。

刘朝海：清晨的值守

忽然，刘朝海发现在大海子对面山坡上有手电的光亮，在黑色的山间一闪一闪，还隐约传来说话声。他心头一紧，准是有人闯入了海子禁区！

醒来，竟然 6 点还不到。原本每天 6 点准时起床几乎分秒不差的他，自觉奇怪。这些天，前来观鹤的游人有五六千之多，惊扰了黑颈鹤，鹤群从节前的三百多只，下降到两百多只。他寝食不安。

刘朝海，67 岁，云南省大山包黑颈鹤国家级自然保护区护鹤员。今年 2 月 2 日，马年初三，他开始了这天的巡海观测。这里管湖叫海，每天清晨，在黑颈鹤起飞觅食前，他必须记下昨晚在海边栖息的鹤群数量。25 年来，他几乎一天不落。

刘朝海出门，披上一件有年头的绿色军大衣，挂上胸牌，带上望远镜、纸和笔。也许心急走得匆忙，这天他忘了戴上特别看重的红袖标。

他的观测点在离家约 2 公里外的高坡上，向下俯瞰，黑颈鹤栖息地尽收眼底。走在漆黑的山路上，他从不打手电，生怕扰了黑颈鹤的梦。

忽然，他发现在大海子对面山坡上有手电的光亮，在黑色的山间一闪一闪，还隐约传来说话声。他心头一紧，准是有人闯入了海子禁区！

没有丝毫犹豫，他跳下高坡向海子边的湿地走去。去海子那边，要绕七八里路，需个把小时。沼泽地里没有路，好在冬日里湿地表层结了冰，脚踩在稍高的埂土上就不会陷下去。偶尔能从沼泽水面晨曦的反光中看到他的身影在晃动。

东边的山梁上，天空开始露出曙色，黑红、深红、橘红，慢慢变成橙红、橙黄。这期间，他劝走了 8 个闯入黑颈鹤生活地区的游人。看到老人的到来，游人自觉惭愧。

　　"咕——嘎，咕——嘎"，黑颈鹤的叫声从海子那边传来，此起彼伏，悠扬清脆。
新的一天到来，黑颈鹤家族就要起飞了！他来不及返回观测点了，就地观察记录。

　　"216 只。2014 年 2 月 2 日。"他在记录本上写下观测到的数据。

　　"6 只。2013 年 11 月 5 日。"这是今冬黑颈鹤迁徙至此第一天记录的数据，
此后的最高纪录是"835 只。2013 年 11 月 20 日。"

　　农历过年前后，在这里栖息的黑颈鹤数量明显减少。

　　"黑颈鹤不仅是国家一级保护动物，更是中华民族的吉祥鸟，我们当地的神鸟。游人的心情可以理解，但一定要遵守规定，惊扰了黑颈鹤，它将来有一天真要是不来了，那就是犯罪了。"老刘说，他讲的话和电视上讲的差不多，但却是发自内心的声音。

　　除了游人太多，村里社里过年要放火炮，也是他的一块心病。"有的放起了冲天炮，那么高、那么响，不惊扰黑颈鹤才怪！"他说，"老的乡间民俗什么时候能改改？"

　　在回家的路上，老刘发现海边一块草地被人用火烧过了。一打听，原来是邻村小孩放羊时不小心点着了火，过火草地足有两亩。正在保护区管理局山上执勤的冯家林警官赶来，老刘陪他来到现场，拍照测量，直到十点多才回了家。

　　两个洋芋（土豆），一碟辣椒腌制的咸菜，一碗水，这就是老人的早餐。

▲ 上午10点半，67岁的刘朝海才吃上早餐——两个洋芋

陈光会：从100米到3米

　　在那个年代，每逢严冬大雪封山，黑颈鹤觅食困难，老两口都不顾自己温饱，用玉米、荞麦、土豆喂养它们。

　　这些天，陈光会忙坏了。

　　29岁的她，是大山包大海子村村民。大海子是大山包地区黑颈鹤聚集最多的海子，是游人上山观鹤最佳的观测点。

　　陈光会也是黑颈鹤保护区聘任的护鹤员。这几天，忙着家里开办的农家乐餐饮生意，本该她在景区维持秩序、观鸟的工作，就由做赤脚医生的丈夫代替了。

　　其实，陈光会的家是护鹤员之家。丈夫平时心疼妻子每天起早观测，常常帮着分担。公婆更是从1980年代起就爱鹤、护鹤，是大山包地区最早向黑颈鹤投

放食物的家庭。在那个年代，每逢严冬大雪封山，黑颈鹤觅食困难，老两口都不顾自己温饱，用玉米、荞麦、土豆喂养它们。在他们的爱心带动下，山民主动在地里留些庄稼给鹤群，已成了当地的乡间民风。

在所有的护鹤工作中，唯有一件事谁都替不了陈光会——每天下午1点，给黑颈鹤喂食。这不仅是她与黑颈鹤、与大自然亲密接触的约定，也是受游人欢迎的一道景观。

中午12点一过，清晨飞出去觅食的黑颈鹤陆续返回。下午1点不到，观测点里已经聚集了五十多只黑颈鹤。

"嘀——嘀——"伴着一声声口哨，陈光会挎着背篓来了，鹤群向她聚拢过来。只见她将一把把玉米撒向鹤群，黑颈鹤在她身边忽前忽后、忽左忽右，像极了一幅人与自然和谐相处的天然油画。

游人太多，讲话声和从观景地道窗口中露出的镜头，引起了黑颈鹤的警觉。她不时提醒游人离得远一些。

这天，鹤群与她的距离约七八米。平时，两者最近的距离是3米。而十年前，她与鹤群"第一次亲密接触"时，距离却是100米。

2003年，她嫁来这里，天天看婆婆董应兰投食。2004年的一天，婆婆把她带进鹤群一起喂食。婆婆在前，她在后，鹤群却不认可她，和她隔着百米远。2005年起，单独喂食的她试着吹口哨接近鹤群。渐渐的，鹤群与她相识了，越走越近。

每年开春后，鹤群飞走，到了冬季，鹤群又归来。相识的黑颈鹤带来许多小鹤，一代一代，一年一年，循环往复，延续了大山包的美丽，延续了她和鹤群的童话。

赵国斌、张开洪：从打"燕鹅"到护鹤

在"以粮为纲"的时代，由于黑颈鹤吃了地里的洋芋种子，派出所为了保住收成，组织苗寨人开枪打鹤。

"燕鹅飞起脚杆长，不歇高山歇平阳，燕鹅爱的平阳地，小妹爱的有心郎。"

这是大山包村民的山歌，"燕鹅"就是黑颈鹤，总是与爱情、幸福等最美好的情感联系在一起。祖祖辈辈生长在这里的刘朝海，曾救起过一只翅膀受伤的雌性黑颈鹤，带回家中喂养、治伤。此后，一只雄鹤每天都飞到他家上空盘旋、哀鸣，伤鹤也与它对鸣。不久，开春后的回迁时日迫近，伤鹤却未及痊愈无法飞翔。一天，乘着老刘家人不注意，两只黑颈鹤竟交缠长长的黑颈，双双自尽！黑颈鹤坚贞的爱情，不弃相守的承诺撼天动地。从此，老刘家人和村民更加珍爱黑颈鹤。

实际上，大山包村民有着长期与黑颈鹤共享生态的文明时光。大海子村53

张开洪在小海坝子为鹤群投食

岁的村民赵国斌回忆，1960 年代和父亲一起在草地里见过黑颈鹤产的蛋，比家鹅
蛋大些，父亲不让他捡，更不许他碰。因为祖上早有规定，谁都不许伤害燕鹅，
否则必将宰杀他家牛羊，到海子边烧香祭奠，祈祷消灾。

但在 1976 年，赵国斌曾违背过祖训。在"以粮为纲"的时代，由于黑颈鹤
吃了地里的洋芋种子，派出所为了保住收成，组织苗寨人开枪打鹤，给村民们红
烧吃了。他记得肉很粗，有草味儿，不香。这辈子，他就吃了这一回，现在想起
来都很后悔。40 岁的小海坝村护鹤员张开洪说，1980 年代初天灾时，也是因为
刨了地里的种子，公社立马组织村民打鹤，吓得黑颈鹤再也不敢来了。

到 1980 年代后期，云南大学、云南省环境科学研究所等专家，到大山包进
行专项考察，确认每年飞到大山包越冬的大型候鸟"燕鹅"，就是国家一级保护
野生动物黑颈鹤，全世界仅存上千只。当地人从此知道，燕鹅和熊猫一样珍贵。
之后，国内外摄影家、环保组织、野保组织和专家纷至沓来，对村民展开宣传、
培训。从那时起，刘朝海、赵国斌、陈光会的公婆、邵发荣等村民相继受聘，替
摄影家当向导，为专家做助手，协助观测黑颈鹤的生活行为习惯。刘朝海曾带当
时还名不见经传的云南摄影家奚志农去雪地潜伏拍摄，公益组织"绿色江河"的
杨欣那会儿常住在他家。

他们，是护鹤队伍中第一批当地人。

1995 年前，护鹤一分钱没有，下大雪鹤没吃的，还得用自家苞谷、荞麦去喂。
2002 年，昭通市成立了濒危野生动物黑颈鹤保护协会，刘朝海等被吸收为首批会
员，担负起每天观察记录的职责，每月能领到协会给予的 50 元补助。2003 年，
大山包省级自然保护区晋升为"黑颈鹤国家级自然保护区"，他们被聘为正式护
鹤员，每月可领到 500 元左右的工资。

但护鹤与钱无关，刘朝海说，他们爱护的是家乡的神鸟。这些年，他的望远
镜用坏了两个。年纪大了常流眼泪、腿脚不便，他仍长期在寒冷风雪中观测。有
一年，为了把马赶出核心区，他摔得肋骨断了 3 根，直到现在旧伤还不时隐隐作
痛。他的老伴儿也是第一批护鹤会员，13 年前生病走了。临走前，她嘱咐一定
要埋在高坡上，可以看到那些鹤，看到老刘护鹤。如今，老刘出门护鹤都要经过
老伴儿的坟头。老刘的一个儿子也成了护鹤员。

郭正林：为鹤退耕还湿

"我家退耕还湿共四五亩地，一年拿到现金补助一千两百多元，以往全拿来种苞谷收入也没这么多。"郭正林说。

下午时分，阳光洒在高原，暖暖的。

38 岁的郭正林坐在山坡上边放羊边绣花，山坡下是 6 年前她家退耕还湿前的耕地。

2008 年，在政府财政极为困难的情况下，大山包乡参照国家退耕还林补助政策，按每亩每年 260 元标准长期补助村民，先后对 4 个村的 7 块地总计 3915.83 亩耕地实施了退耕还湿。后来，加上国家湿地恢复资金 275 万元到位，一共完成了 8499 亩湿地植被恢复工程。

"我家退耕还湿共四五亩地，一年拿到现金补助一千两百多元，以往全拿来种苞谷收入也没这么多。"郭正林说，她家住在大山包乡合兴村 3 社。退耕后，她养羊、养牛、养马。"正月十五过后就不能放羊了，因为草开始发芽，不能让羊破坏了草地。"

47 岁的合兴村 3 社社长蒋开宜说，全社退耕还湿 500 亩至 600 亩。耕地减少了一半，村民们不但支持政策，还希望扩大"还湿"的耕地面积。这一是因为农民有了固定收入；二是社里农民共养了一百多头牛，一头小牛就可以卖一万多元；三是耕地变成湿地、草地，减少了水土流失，以往冬天刮起大风卷着沙土，吹得人眼都睁不开，如今这种景象没有了。

早在 2001 年 3 月，为了保护黑颈鹤的主要觅食地，扩大草场和沼泽地，解决人鸟争食的矛盾，防止伤鸟害鹤事件发生，政府对居住在黑颈鹤夜宿地周边的 759 户 3245 位居民实施移民，全部搬迁到云南思茅地区的江城县。迁出村民所余留的耕地恢复成草场，扩大黑颈鹤的觅食范围。2002 年以来，先后退耕还林、还草、还湿 1020 公顷，保护区 179 户 716 名村民每年获得国家现金补助 20.25 万

▶ 郭正林一边放羊一边绣花。山下是她家退耕还湿前的耕地

元，粮食补助 151.875 万斤，不仅为黑颈鹤顺利越冬提供了更大空间，也解决了村民的温饱，增加了他们的收入。

24 岁的耿远艳一家几年前从江城县阿卡乡搬回来了，一起回来的还有七八户乡亲。她说，离这里五六百公里的思茅地区气候炎热，生活很不习惯，坚持了 8 年还是"逃"回来了。"这是爸爸的主意。"她的爸爸耿老二，据说会唱山歌，移民那些年，仍忘不了故乡。

保护区管理局局长钟兴耀说，如今保护区每年都坚持为黑颈鹤购粮投食，在大海子、小海坝、长会口、勒力寨等 4 个黑颈鹤夜宿地开辟人工投食点，每年越冬期投放玉米超过 9 万斤。保护区管理局还购买了 90 亩海子边坡地，种下洋芋，"只种不收"，留在地里给黑颈鹤当食物。

▼ 护鹤员刘朝海（左）与警官冯家林清晨就来到保护区观测

百万个囚号的警示

发表时间：2014 年 2 月 20 日

12 月 13 日，是我国首个"南京大屠杀死难者国家公祭日"。这一天，30 万南京大屠杀遇难同胞以及抗日战争中的死难者第一次以"国家公祭"的形式得到悼念。

在第二次世界大战中，日本法西斯制造的惨无人道的"南京大屠杀惨案"和德国法西斯制造的灭绝种族的"犹太人大屠杀惨案"，都是人类历史中最黑暗的一幕。我们永远不应该忘记这一惨痛教训，中华民族、犹太民族和世界上爱好和平的各国人民的心是相通的。

不久前，记者在北美参观了设立在波士顿的犹太人大屠杀纪念碑，深受震撼。

在第二次世界大战中，纳粹德国对犹太人灭绝种族的大屠杀，使大约 600 万犹太人惨遭杀害，这是人类文明史上最黑暗的一幕。世界人民永远不会忘记，犹太民族更是对此刻骨铭心。

　　近 70 年过去了，世界各地陆续建造了不少有关犹太人大屠杀的纪念碑、纪念馆和纪念墙，其中有许多并不在以色列境内。

　　今年 9 月 3 日，由 13732 位上海犹太难民姓名组成的"纪念墙"在上海虹口区的犹太难民纪念馆落成。"上海名单墙"是全世界唯一一面以大屠杀为主题、刻有大屠杀幸存者姓名的纪念墙。此前，在以色列、欧洲、北美等地建立的大屠杀纪念碑和纪念墙都没有姓名，仅仅刻有一个个代号——被关押在纳粹集中营、灭绝营的囚犯囚号。

　　囚号的主人，几乎全部被残忍地杀害了。

六大灭绝营屠杀三百多万犹太人

　　记者在美国波士顿市见到的大屠杀纪念碑，只刻有囚号。6 根高大的有机玻璃方形立柱上刻满了囚号，密密麻麻的数字显示，被屠杀的受害者达上百万之多。

▼ 正在纪念碑前沉思的女孩。她是犹太人吗？这悲伤是全人类的

▼ 位于波士顿市
的大屠杀纪念碑，
一根高大的有机玻
璃方形立柱上刻满
了囚号。

高高的玻璃立柱直指蓝天，着实令人震撼。

波士顿大屠杀纪念碑坐落在市政厅大厦左前方的街心绿地内，两侧是道路，街心绿地呈狭长状，纪念碑群仅有大约20来米长。6根玻璃方形立柱前的地面上分别刻有纳粹德国建立的六大灭绝营的名字：奥斯维辛—比克瑙、切姆诺、贝尔塞克、马伊达内克、索比堡和特雷布林卡。走近每一根纪念玻璃立柱就仿佛走近灭绝营。

有资料显示：二战期间，纳粹德国屠杀了大约600万欧洲犹太人，占全世界犹太人总人口的三分之一、欧洲犹太人的二分之一、波兰犹太人的90%以上。在"六大灭绝营"被杀害的人数占了这600万总数的一半以上。其中，奥斯维辛—比克瑙，约140万；特雷布林卡，约87万；贝尔塞克，约60万；索比堡，约16.7万；切姆诺，约15.2万；马伊达内克，约7.8万。

纳粹德国建立了一千多个集中营，用以关押犹太人、吉普赛人、同性恋者、共产主义者、苏军及盟军战俘、抵抗战士和无辜民众。每个集中营都发生过杀戮，充斥着行刑、饥饿、苦役、重病及暴虐引起的死亡。与集中营、劳动营有所区别的是，只有灭绝营是用来集体屠杀的。1941年，纳粹开始尝试用毒气杀人。1942年1月，纳粹党通过了"犹太人问题的解决方法"，又称"最终解决方案"：集中营加毒气室。

"六大灭绝营"中规模最大的要数奥斯维辛，这里建了4个大型毒气"浴室"，还有储尸窖和焚尸炉，同时使用可杀死12000人。1944年，这里每天要焚烧约6000具尸体。1945年1月27日，当苏联红军攻入奥斯维辛集中营时，士兵们看到的是7650个像鬼一样的囚犯，他们是大屠杀的幸存者。此外，士兵们还看到了 1.4 万条人发毛毯、35 万件女装、4 万双男鞋和 5000 双女鞋、7.7 吨头发、几十箱的戒指和金牙，还有许多没来得及摧毁的焚尸炉。

奥斯维辛地处波兰。波兰已故著名诗人勃罗涅夫斯基写道："我的故乡，有百万坟墓。/ 我的故乡，让战火烧尽。/ 我的故乡，是多么不幸。/ 我的故乡，有奥斯维辛。"

"六大灭绝营"的惨烈场景通过许多影视作品再现世人面前，如《辛德勒的名单》《逃离索比堡》等。在影片《逃离索比堡》中，有两个镜头让人印象深刻：一个犹太女孩儿穿着花格子衣服站在站台上；一个犹太收捡员在收拾她的衣服……

站在"索比堡灭绝营"纪念立柱前，我能看到这个小女孩的号码么？

绿地小径边的几块石阶上还刻有简短文字：

"大多数婴儿和儿童到达灭绝营后，马上被杀害。纳粹共杀害了多达 150 万的犹太孩子。"

"犹太人积极开展反抗纳粹德国的斗争，他们在贫民窟反抗、在森林中组建游击队、囚犯在集中营举行起义等，进行不屈的抗争。"

"德军入侵丹麦后，丹麦人用轮渡运送了 7800 名犹太人到安全的中立国瑞典。战争结束后，丹麦犹太人 99% 活下来了。"

让反思更有力量

波士顿大屠杀纪念碑也许是全球纪念地中规模最小的，仅由象征六大灭绝营的 6 根玻璃立柱和 4 块石碑组成。远没有波兰华沙纪念碑、德国柏林纪念碑那样的规模和影响。

波兰华沙犹太人隔离区纪念碑举世闻名，不仅因为纳粹德国在隔离区对犹太人进行了长达 28 天的大屠杀，更因为 1970 年 12 月 7 日，时任西德总理勃兰特的"举世一跪"——他代表德国人民跪在纪念碑前，向死难者默哀，向犹太民族真诚忏悔，为德国赢得了世界的原谅和尊重。

　　柏林大屠杀纪念碑群闻名于世，不仅因为它由多达 2711 座高低不同的石碑组成——最高的 4.7 米，重达 16 吨，石碑群总量达 2 万多吨，更因为这里距离希特勒最后的地下防空指挥部只有百米，也是希特勒最后自杀的地方。设计师艾森曼似乎要用这无法承受的重量压得希特勒们的阴魂永世不得翻身。纪念碑群还和勃兰登堡门毗邻，与德国联邦议会大厦遥相呼应——它建立在德国首都柏林的心脏，也是在警示德国人民牢记民族历史上永远翻不过去的沉重一页。

　　这样做，让世界再次看到了德国人民发自内心的真诚忏悔。

　　波士顿大屠杀纪念碑规模虽小，但同样让世界瞩目。这里有一块著名诗碑：

　　"在德国

　　起初，他们追杀共产主义者

　　我没有说话

　　因为我不是共产主义者

　　接着，他们追杀犹太人

牧师马丁·尼莫拉的反省
▼ 波士顿大屠杀纪念碑的诗碑上，刻着新教

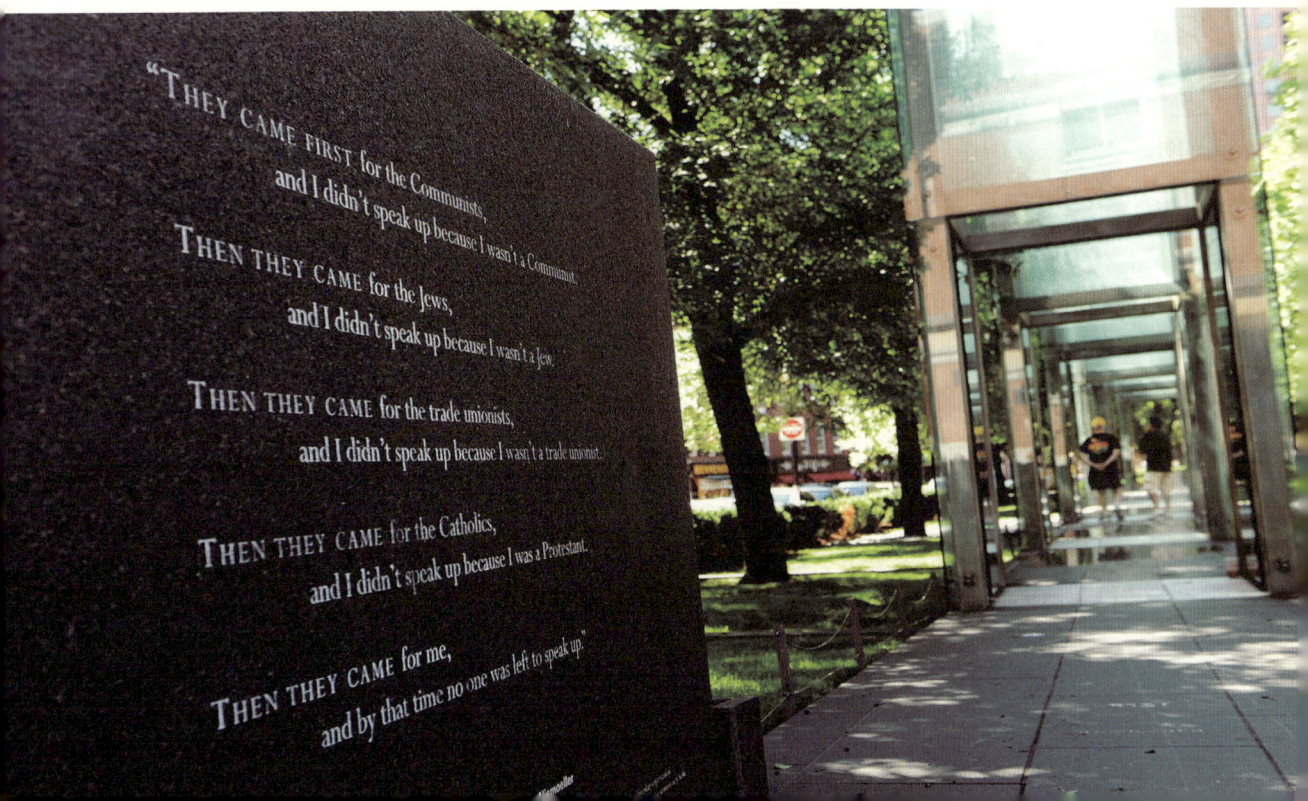

我没有说话

因为我不是犹太人

后来，他们追杀工会会员

我没有说话

因为我不是工会会员

此后，他们追杀天主教徒

我没有说话

因为我是新教徒

最后，他们奔我来了

却再也没有人起来为我说话了"

诗的作者是德国人，一个新教牧师，叫马丁·尼莫拉（1892—1984 年）。他曾参加过第一次世界大战，指挥过潜艇，在纳粹上台前支持过希特勒，还因其作战勇敢被纳粹媒体表彰。后来，他反对纳粹德国的大屠杀暴行，与之决裂。1937 年，尼莫拉被捕入狱，囚禁多年，险些被处死。战后，备受精神和肉体摧残的他走出牢房，深深反思，写出了这首诗。

这首诗语言朴实无华，其蕴含的深刻哲理却超越了国别、意识形态、种族和宗教，触及人的灵魂。

否认大屠杀是违法的

面对世界历史上最惨痛的悲剧，人们还应该做什么？

清除反人类的法西斯的根基，不仅仅需要下跪道歉、建纪念碑、写诗歌，还需要政治和法律的措施。这一点德国人也做到了。

多年来，在对这段历史的学术研究中，出现了一些逆流。有人企图利用历史物证的残缺和损毁，来否定大屠杀的规模，进而否定其真实性，为纳粹招魂。

法学定罪的一个原则是：如果没有尸体或遗骸就没有谋杀。然而，这一原则被一些人滥用。他们说：特雷布林卡、切姆诺、索比堡等 4 个灭绝营总计有

165万犹太人被毒死、焚化,他们的遗骸在哪里？焚毁这么多尸体,需要多少木材？这些遗骸被埋葬后,附近的地形植被为什么没有被改变……

然而,这些披着学术外衣的质疑,根本不能改变纳粹德国大屠杀的事实。

1945年,当盟军解放一个叫诺德豪森集中营时,发现尚未被处理的尸体达2万多具。另一个叫贝乌热茨的集中营从1942年3月17日使用,到1943年春被拆除,大约43万犹太人在这里被杀害。刚被拆除,德国人就在这片土地上犁地,销毁了许多证据。2005年11月,一支以色列考古队在马伊达内克灭绝营进行了3天3夜的艰苦挖掘,出土五十多件金表、结婚戒指、金手镯等饰品——62年前,一批囚犯在面临被处决的关头,将大批随身携带的贵重物品埋在营地内山坡上。2013年4月,英国法医、考古学家瑟特莉·考斯在特雷布林卡灭绝营集体坟墓的发现,再次有力反驳了大屠杀否认者的质疑。由于犹太宗教法律禁止惊扰墓地,她和来自伯明翰大学的团队用"地面穿透雷达"探测,并利用地球物理技术确定了一些葬坑位置。这些坑的尺寸都相当大,也非常深,其中一个甚至达到26米宽、17米深。"坑内含有成千上万具烧焦的遗骸。"她说。她的这项工作被拍成了纪录片《大屠杀隐藏的坟墓》。

还有一位英国历史学家大卫·欧文,就因为利用学术研究来否认犹太人大屠杀,被奥地利法院宣判囚禁三年。在德国、奥地利和欧洲等国家,否认纳粹大屠杀都是违法的。

历史终将远去,但那上百万计囚号连成的数字却不曾磨灭。

一束大红色的鲜花插在可乐瓶中,安放在波士顿大屠杀纪念石碑下。瓶中的水早就干了,花有些枯萎了。阳光下,那一片红却娇艳依然,像火一样热烈燃烧着。

石碑上方,放着一粒粒小石子儿。这是犹太民族悼念逝者的特有形式。石子儿虽小,但很坚硬,代表一颗颗真诚的心。

石碑上还有这样一段话:

"死去的人永远沉默了。

那些见证者和幸存者带着沉重的记忆活着。

……

记住他们的遭遇承认一个民族迫害另一个民族是危险的、邪恶的!"

只刻有遇难者囚号的大屠杀纪念碑，给予世人极大的震撼。然而，这只是世界对大屠杀纪念方式的冰山一角。在以色列犹太人大屠杀纪念馆的档案馆内，还储藏、搜集着420万遇难者的姓名——这项工作没有停止。据说，5年前已搜集380万遇难者的姓名，最近5年又新发现40余万遇难者的名单，如今达到420万。这意味着二战胜利近70年来，对这段历史的"打捞"工作一直在继续。在以色列的大屠杀纪念馆，一名叫王冲的中国人在参观结束时，收到了纪念馆里一位教授给每个参观者的便笺，上面有邮箱和电话，请求协助寻找遇难者信息。王冲看后既意外又感慨，他说："他们不放过任何一个获取相关信息的机会。想象一下，这是何等复杂、艰难的工作，但以色列人一直在坚持，这份对生命和对历史的尊重，发人深省。"

▲ ▶ 一束大红色的鲜花插在可乐瓶中，安放在纪念石碑下

一粒粒小石子儿是犹太民族悼念逝者的特有形式

ation in Germany that eventually consumed most of Europe.

omen and children in their quest to dominate Europe and to create

termination — their very existence to be erased from

rdered six million Jews — more than half of Europe's Jewish population.

d and survived the horrors carry with them the burden of memory.

that can stem from the seeds of prejudice.

ble whenever one group persecutes another. As you walk this

there is no freedom — a world in which basic human rights are

tion are tolerated, evil like the Holocaust can happen again.

1941   **1942**   **1945**

JUNE
Germany attacks the Soviet Union.
Mobile killing units begin the
systematic slaughter of Jews.

JANUARY
Wannsee Conference:
The Nazis coordinate the
"Final Solution" - a plan to kill
all European Jews through
mass exterminations.
six death camps equipped
gas chambers soon begin
operation in Poland:
Chelmno,
blinka, Belzec,
Birkenau.

MAY
U.S. and Allied forces
defeat the Nazis and
liberate the remaining
concentration camp
survivors.

寻找大树

发表时间：2014年4月13日

> 春风又绿，江南万木复苏，芳草吐翠。
> 然而，在上海西郊高泾路边的一个小苗圃内，一棵两百多年的大树，则静静地斜立在地里，光头秃脑，根须断裂，枝干龟枯——春风再也唤不醒它曾经有过的两百多年的生命，它再也不能发出绿色的枝丫。灰褐色的样子，和地里的绿草、树上的嫩叶，以及远处黄黄的油菜花们娇艳的神情成鲜明的对照。

它直挺的树干，歪了，但没有倒下！像一尊雕塑，昂着头，似乎还想诉说点什么。

"太作孽了！"小苗圃的女主人、42岁的居宛杰十分痛心。"前些日子，一辆大卡车把这棵死了的大树运来，还开了大吊车，把大树吊起来扔到我们苗圃地里就走了，拦都拦不住。"她说。

小苗圃的周围是上海西郊徐泾有名的别墅区。"不知道是哪个小区的。"她抱怨道。

"是什么树？能确认有200年吗？"

"是柿子树。我们老家在安徽芜湖地区。乡下的村头、山边过去都还能看到，小时候还捡柿子吃。现在看不到了，大树都被挖走，卖到城里来了。你看这二三十公分的直径，应该有不少年头了。"她十分肯定。

她和丈夫一起到上海经营小苗圃已十来年了。她的苗圃里除了盆花、苗木，还有一棵大树十分显眼。"这棵香樟有四五十年的树龄，是早些年从安徽老家运来的，这么好的枝型前些年就要卖五六万，现

沪郊高径路小苗圃内的枯树

◀ 春风里，囤积在沪郊苗圃的大树开始移栽

在要 8 万了。现在老家大树越来越少了。政府不让运，大树不让出省了。要查。"她说。

如今这棵大树成了她家苗圃的"镇圃之宝"，坐地看涨了。

……

前些天，在沪郊这一小苗圃见闻，记者萌发了"寻找大树"的念头。

据说在前些年"大树进城"风潮中，运到上海的大树大都是浙江、安徽、江西等地的。

在 2014 年初春，又一个植树季到来之时，国家林业局再次重申："禁止将大树、古树移植进城，遏制大树、古树进城之风。"

据悉，国家林业局明令严禁"大树进城"，至今已有 10 年了。

一、山里看不到大树，大树都聚集在城市周边的苗圃里

日前，记者驱车沿 318 国道、沪渝高速公路向西，到安徽等地"寻找大树"。

镜头一：沪青平公路上海地界，有一个叫山湾的园林苗木基地。这里大门紧闭、小门微开、烈犬狂吠不已。这是一个有着上百棵大树聚集的大型苗木基地，一棵棵参天大树整齐排列在园内，有的发出绿芽、有的仍是枯枝、还有的则倒在地上，早已腐烂，成了朽木。

"这里的树卖不卖？"

"不卖。我们是建湿地用的，还要建公园。"见

▼ 沪郊 318 国道旁，山湾园林基地死去的大树

安徽境内，一个号称国家级的养老居家房地产工程刚移栽的大树 ▼

到生人来访，工作人员极不情愿地回答。

"参观、参观。"记者自言道。

"有什么好参观的！好多树都死了。死树有什么好参观的！"回答仍然没好气。

他说得没错，除了不少倒下的大树死了，还有不少死树没有倒下，仍然站立着，和一旁长出绿叶的大树反差强烈。

"都是前些年陆续从浙江、安徽运来的！"他如是说。

"这不是你们自己培育的？"

"自己培育的哪有这么大？！这些树没几十年长不了这么大！"

春风里，大吊车将一棵棵大树吊起，运走移栽。

镜头二：这是安徽境内。国道边，城镇郊同样有不少园林苗圃，里面同样大树林立，有香樟、桂花、银杏等。

一个叫伊园的园林基地，广告就树立在国道边，上面印有联系电话，十分醒目。有意思的是，广告牌旁边就是一棵大树死去的树干。远处才是一排排苍劲的大树。

在另一个园林基地，老板自我吹嘘：不仅有上百年的香樟，还有 500 年的银杏。不仅在安徽有上百亩的园林基地，在上海、北京都有销售分公司。北京喜欢银杏，一个电话，两天就可以运到，栽种好。包活一年。还有运到重庆的大树。

"现在不是大树不能运出省了吗？"

"我说的是过去，前几年。"他似乎意识到什么。过了一会儿，他放低声音，有些神秘地又说"只要真要，价格到位，我们也会想办法……"

"价格多少？"

"银杏要20万，香樟要6万元。"

他说的话真假难辨，记者心中疑惑。

安徽境内公路旁，记者见到类似这样的私营园林苗木基地就有10来个，大小规模不等。

镜头三：春雨过后，山地湿润，空气清新。泾县琴溪镇新元村50岁的余海州正在自家承包的山林地上垦荒。前些天刚过火的山坡地还留着大片的焦痕。他用锄头将一些没烧掉的杂草、树枝翻掉。

"山上没有大树？"

"早就没了！现在种的是经济林。经济林都是小树，杉树、松树，还有我们县里制造宣纸的原料，青檀树。青檀去年一担要45元，我这十多亩山林地，一年下来就可收入好几万元。"他头上还冒着汗水。面对记者、一个毫不相识的过路人说出心中的盘算，憧憬来年的丰收的光景，脸上露出的是真诚和兴奋。

镜头四：这里山上有大树！在泾县榔桥镇林业站岳万兵陪同下，记者来到黄田村。黄田村是国家级保护的古民居村落。这里保留着皖南古民居特有的两座船型古民居群。由于藏在深山，交通不便，远没有查济、西递、宏村等闻名海外。去年才刚起步，国家一期投资3000万修复。正因为开发晚，游人少，原生态气息浓郁。

小村的周边，大山耸立，经济林覆盖山上。而令人惊奇的是，还有一座原始山林，静悄悄地坐卧在村边。和经济林山林鲜明对照的是，这里布满原始林木、大树参天，灌木浓密比人还高。

1960年代到1970年代，解放军某部进驻大山，进行国防施工，整个山都掏空了。据说建立了对台电子情报战的指挥中心。十分神秘。连打洞的山石是怎么运出去的当地村民都不知道。虽然山林所有权在村里，但自从变成了"军事禁区"

村民就不再靠近。那座山林的原始生态完全保留了下来。直到 1984 年，部队才撤走。2004 年那座山林连同地下设施才全部移交地方管理。这里的秘密才慢慢解开。

走进山林，山上大树都挂上了林业局统一制作的古树名木标牌。

在这片原始山林里，这么多大树得以保留下来，真是个奇迹。

我国的森林，分为原始林和经济林。在泾县，像这样保存完好的原始山林、原始大树，已经不多了。在交通不便、崎岖险峻的山中还有一部分。全县所有的山林几乎全都是经济林。据了解，这里二十多年前就消灭了荒山，森林的覆盖率达到 95% 以上，目前正在创建国家级生态县。在泾县停留的日子里，记者看到的山都是青山，山上的树却大都是小树。

县林业局苏长明介绍说，经济林大都是种植松树、杉树和青檀树。松树 25 年就成材了，就要全部砍伐，再种新苗。种杉树、青檀，当然达到生态效益的目的，但农民更多还是以经济效益来决定种植。现在山林全部都承包给了农户，一包就是 20 年，一个农民有几个 20 年？他不可能只管承包、只管养护，而不要经济效益。特别是"二次林改"后，国家不仅给了农民承包权，还给了经营权，这极大地调动了农民承包山林、种植山林、管理山林的积极性。经营权的最大好处就是农民可能直接从承包山林中得到经济效益。农民不可能去种数十年、甚至上百年成材的大树；不可能自己这代人不要经济效益，而去为百年后的子孙造福而种养大树！特别是在农民目前还仍然比较贫困的时候，脱贫也才是近几年才刚刚开始的事。

照此理，也许将来再也难有百年、千年以上大树的"后备林"了。

十多年前的"大树进城"造成的损害不能低估。但究竟流失了多少，现在已很难统计。安徽的朋友说：浙江、安徽、江西、还有福建等南方森林大省、都是大树流失的大省。据了解，江苏邳州号称"天下银杏之都"百年以上银杏古树两万多棵。山东炎城被誉为"天下银杏第一乡"百年以上银杏大树达 3 万棵。我国大多数城市银杏大树都是从该地购买引进移植的。因此，山上看不见大树，大树都囤积在城市周边的苗圃里就不足为奇了。林业专家分析：在城市周边苗圃看到的大树大部分确实是利益驱动，商业移植；还有一部分是保护性移植的。农民承包经济林中不可能还留几棵大树在林里；道路建设、山村改造、城镇化建设、移民阻挡工程的大树等，经林业主管部门批准后保护性移栽到苗圃中。

据有关专家统计：按大树移植成活率最高值 95% 计算，移植 10 万棵大树进城就有 5000 棵大树死于非命。

据泾县林业局统计的数据显示，目前该县古树名木有 319 棵、珍稀大树 4069 棵、挂牌保护的百年以上古树 169 棵。

二、一个网民的举报

"去年年底到现在，泾县运出去的树龄在 100 年以上的大树，不少于 10 棵，50 年以上 的不少于 50 棵，其中后岸境内挖出去一颗 200 年以上的大树一棵，挖了几天，最终以 16 万出售。据内部人透露，昌桥、鼓楼两个检查站皆有人参与其中，堂而皇之运出泾县，局长是否知晓此事？

别天天盯着那些没用的假大空文件，实实在在干点事吧，泾县的名贵古树挖得差不多了……"

这是去年一个网民在"泾县论坛"BBS 网页上贴出的举报。

很快就有网民跟帖："说得对，要控制。树挪死人挪活，几年前南京一广场到茂林挖走一颗几百年的桂花树，结果水土不服气候环境不适应不到两年就死了。痛心啊！"

面对网民的热议、以及举报提到的线索，县林业局主管部门并没有因为有些言论过激，信息不准确而采取推诿、回避的态度，而是立即启动调查程序，布置厚岸所在地、桃花潭镇森林公安派出所进行侦查、处理，并以最快时间将调查结果回复在网上。

"ghgh6545 网友：您好！

首先感谢您对泾县森林资源保护工作的关心！

我县百年以上的古树名木，均以县政府名义挂牌保护，据我局掌握的情况，目前全县所有挂牌保护的古树名木皆保存完好，尚未有被非法采挖、外运之……至于您所提及的"后岸境内挖出去一颗 200 年以上的大树一棵，挖了几天，最终以 16 万出售"一事，我局已指令桃花潭森林派出所前往调查。据该所反馈信息称，该所接指令后，即由所长带队，并会同厚岸林业站工作人员对辖内所有古树进行了踏查，厚岸（含查济）境内所有挂牌保护的古树无被挖掘之现象，故"挖出去一颗 200 年以上的大树"信息可能不准确。

为切实保护好我县的古树名木资源，我局将持续加大对非法采挖、运输、出售古树名木违法犯罪行为的打击力度，并热忱欢迎您及像您一样关心、关注森林资源保护工作的市民、村民积极向我们提供线索，以利我们及时打击处理到位，共同建设好、保护好我们的"美丽泾县"。

再次感谢您对我们工作的支持！

泾县打击破坏森林资源违法犯罪举报电话：（略）"

直接负责进行侦查的桃花潭镇森林公安派出所副所长赵善林告诉记者，接到上级转发的调查线索后，我和另外两个森警即刻展开调查，我们走访了林业站、苗木经营户、众多村民、查阅了桃花潭镇及厚岸村有关名木大树的历史登记资料，没有发现举报所说的情况。为了更加准确，我们又扩大范围走访，反复核实、这才正式向上级报告，才在网上回复。

"我们可以负责任地说，经过十多年普查、核查，我们全县有多少棵百年以上的大树古树、它生长在什么位置，全都在掌控中。全都建立了卫星定位档案，挂牌专人看护，不大可能还有百年以上大树在调查中被遗漏的现象。"

苏长明说。记者在县林业局办公室电脑看到：桃花潭镇共有百年以上大树 25 棵。树龄最长的一棵是银杏，500 岁了。树龄最短的一棵枫杨树，有 110 岁。每棵树还有树高、胸围、保护等级、所在村组等信息，都一一标明。

"我们回复网民，更重要的是我们再次在网上公布了县林业局，全县各个乡镇森林派出所的举报电话。虽然我们不一定希望这个网民现身，但希望他能提供更详细、更准确的信息，以便帮助我们开展针对性的调查，打击盗运古树大树的违法行为。但是他再也没有回应了，我们真的很遗憾！"县森林公安刑侦队杨怀建大队长说。

记者也曾试图联系这位网民，但也没能成功。

"前些年，我们县确有外运大树现象，传言很多，群众多有议论。有的一时愤怒便发帖议论。我们不能强求网民人人理性、都调查清楚了再来举报。不管怎样，我们都当做对我们保护古树名木工作的监督。当然能收到有价值线索就更好了"杨大队长说。"我们对古树名木的法律界定是非常严格的。刑法第三四四条规定：珍贵树木，包括省级以上林业主管部门或者其他部门确定的、具有重大历史纪念意义、科学研究价值、或者年代久远的名树名木，国家禁止、限制出口的珍贵树木，以及列入国家重点保护野生植物名录的树。"

县林业局还对百年以上树木进行分级重点保护，500年以上的为一级保护；300年以上的为二级保护；100年以上的为三级保护。还有一批有数十年树龄但不到百年的大树也列入重点保护名录。

根据国家林业局严禁大树进城的禁令，森林公安、林业管理站都加强执法力度，严禁非法盗挖、盗运古树大树的违法行为。

三、爱护古树大树，人人有责

在小小的泾县，记者听到许多村民群众自觉爱护、保护大树古树的动人故事。

在琴溪镇新元村和余海州聊天时，他说起村里油坊组余冬孙一家十多年来，迎来送往，挡住了多少树贩子的高价买树的诱惑，硬是将这一棵有着两百多年树龄的桂花树保留下来。

余冬孙的家就在公路边，大树就在老屋门口。宽大的树干，茂密的树叶，远远就能看到。"你要是秋天来，公路国道边上就能闻到桂花香。这是一棵银桂。"40岁的余冬孙见人就说，"要不是老父亲等长辈阻拦，有好几次我都差点同意把它卖了。开始出几千元，后来就上万元，再后来要出五六万元了！我们穷，这钱可是大数目！"

▼ 泾县琴溪镇新元村余冬孙家两百多年的桂花树依然枝繁叶茂

2008年的南方冰雪灾害，大树受冻，老枝出现裂痕。他立即报告县林业局，林业局派来专家，固定老枝，打营养液，这才有保护了大树。记者见到，固定大树的钢圈胶皮至今还在树干上。

在榔桥镇浙溪村东岸组，记者见到一棵3个人才抱住的白玉兰树。当地人称为"辛夷"、还又叫它"望春花"的。辛夷是中药材。望春花是因它开花在早春得名。这天，下过大雨，树上还留少许有白花，大部分花瓣都打落在了地上，树下十多米范围内白花一片、厚厚的、十分美妙、十分壮观。

　　这棵树有说 500 年的，还有说 800 年。50 岁的村民张德华正在地里挖桑树。他说十多年前就有人出 30 万来买，有个老板还说用直升飞机来吊。老祖宗好容易留下的古树就是公家同意，我们当地村民也不会随便让人挖走！

▼ 泾县榔桥镇星潭村被盗 250 岁青檀树今春又发出了嫩芽

虽然村民有爱护古树大树的传统古训，人民政府有严厉的法规，但在高利益的诱惑下也有铤而走险的。

2010年3月的植树季，位于星潭村百户坑组山上老林中的一棵两百多年的青檀树被人盗挖了。做贼心虚，窃贼是凌晨趁着村民还在熟睡时挖走的。第二天，村民发现后。他们立即报警。

椰桥镇森林公安派出所董世宏副所长告诉记者，二十多年第一次遇到这样的案列。全部警力出动！一组和林业专家到现场勘查、走访村民、调查线索；另一组就沿公路在车辆必经重要道口追踪、阻击、严查。两百多年的古树，有10来吨重，哪能轻易运走，雁过无痕呢？！很快从铲车司机处查到线索，第二天中午就在邻乡的一个缫丝厂内找到了大树，并抓获了犯罪嫌疑人。村民看到大树回来了，全村出动，放起鞭炮庆祝。

找到大树可喜！但大树经过这样的折腾，损伤严重，能否救活牵动着村民和林业专家的心。苏长明告诉记者：事不宜迟。当天下午就把大树运回来，当即决定马上回种到原地山林中。由于夜间盗挖，原来大树坑基山坡受损，专家决定扩大深挖树坑，并一旁修筑起护坡石墙。还在老枝上架起支撑水泥砖柱，托起受伤的大树主枝干。空中架起防晒网，老干上加注营养液，缠上保水草绳，派专人定时看护。"那天真怪。树坑挖好，大树刚刚放回坑中，天突然就下起了大雨。村民很激动，我们更感责任重大。老天显灵了！都说树有灵性。"老苏这一说，更为这事添上些许神秘色彩。

"还有更怪的，一般像这样藏在深山的老树外人是很少有人知道的，村里一定有内鬼。据说那个内鬼第二年就得了癌症死了。"廊桥镇林业站王站长说。"当然，盗挖古树的罪犯更受到法律制裁。"

庆幸的是，经过林业专家的精心维护、救治，这棵历经波折的百年大树终于救活，又长出了新绿的枝桠。43岁的村民邵德忠，

如今是这棵树的看护责任人，从这棵树回家起他就和这棵树结缘。这些年，一有情况他马上打电话报告林业专家，很紧张，生怕出现什么不测。"现在可以基本放心了！"看着今春刚发出的嫩芽，他很欣慰。

　　后记：浮光掠影，匆匆来去。3天行程，很难说找到了大树，以及更多的大树后面的故事。我知道有令人欣慰的，更有许多令人叹息，悲愤，放不到台面上的。返程时，在国道边，有一个房地产商正在开发据说是国家养老项目的居家工程。样板区内，刚种好了近百棵香樟大树，据说都是从外地运来移栽的。树身上缠满了保水草绳，树干上吊满了营养液。空旷的工地上还躺着8根巨大的树桩，直径超过1米，树干长达20来米。"好大的树！"记者惊叹！"这是紫檀，三百多万元一根，是千年古树。从国外买来的。可惜都死了！"在路边施工的姓吴师傅介绍说。

　　返程，一路暖意浓浓。又一个春天真的到了。

▼ 价值三百多万元进口的千年紫檀躺在工地

李秀梅抱憾去世

——二战日军性暴力受害证人减少

采写时间：2014 年 4 月

4 月的山西，春来得晚。一夕风雨，春寒料峭，乍暖还寒。

18 日，盂县西烟镇北村，一个普通的农家小院。邻家的杏树已开出粉红色的花朵，挂满了枝头，探过高墙，散发着春的气息，而这边同样一棵高大的杏树，却还是片片枯枝。邻家的院墙高大平整，而这边临街的围墙，经风雨长年洗刷，却成了高低起伏的墙垛，一片残破景象。院内老屋依旧。

10 日，87 岁的李秀梅大娘在这里去世。

简易灵堂设在院内。黑帐、白联高挂，花圈、祭品满院。今天出殡，乡亲邻里送来白馍、酒菜，向老人告别。伴着晋剧铿锵的锣鼓、高亢的唱腔。

她静静地躺在一口薄棺材内，最后度过生前这个小院内从未有过的热闹。

"李秀梅大娘一生很不容易！她经历过屈辱的人生，也走过勇敢的人生。"张双兵，"中国'慰安妇'民间研究第一人"致悼词。他这样评价老人。

"李秀梅大娘是带着愤恨、带着遗憾走的。"中国"慰安妇"研究中心主任苏智良教授夫妇专程从上海赶到山西，为李大娘送行。他悲痛地说。

　　"……在日本法庭上，她那铿锵有力的话语，仍浮现在我们眼前……我们失去了一个对日战斗的战士……"中国抗日战争女性受害者对日索赔诉讼团、日本辩护律师团大森典子团长等日本友好人士发来唁电。

　　李秀梅是 1993 年第一个和日本律师团见面、向日本法院写起诉书的中国受害者。是 1995 年中国"慰安妇"对日索赔诉讼团第一批 4 位老人之一。其余 3 位老人刘面换、陈林桃、周喜香早她于 19 年间相继去世。她们都没能等到日本政府道歉、赔偿——正义到来的一天！

　　1928 年，李秀梅出生在山西盂县西潘乡李庄村。

　　1942 年秋天，日军开进李庄村。乡亲们看到消息树倒了，就全都躲到山里去了。到了下午，乡亲们都以为鬼子回据点了，就陆续回了家。没料到傍晚时分，鬼子又回来了，把李秀梅一家堵在家里，强行把她带走。父亲被鬼子的刺刀逼着，母亲被打晕在地。她被掠走后不久，母亲因悲愤绝望上吊自尽。父亲也得了精神病，疯了。

　　李秀梅被抢到鬼子据点，当晚就被几个日本兵轮奸。在以后的 5 个月里，她受尽凌辱，苦不堪言。一次因她的反抗，鬼子对她大打出手，一只眼被皮带打瞎了，大腿骨被踢断。眼看她快不行了，同村的伪军才通知她哥哥用箩筐把她抬回家……

在亲人的照料下，她终于活下来了。然而，在鬼子据点里5个月遭受的凌辱，像噩梦一样伴随着她、折磨着她！几十年来，她一直在屈辱中。

直到1992年7月，一个乡村教师、张双兵的出现，改变了她最后的人生轨迹，她走出了勇敢一步。

早在1980年代，张双兵就开始走访乡间收集有关中国山西慰安妇的线索材料。和李秀梅一起被日军关押凌辱的侯冬娥大娘经过10年做工作后，终于开口了，讲述了自己的遭遇，控诉了日军的暴行。她还向张双兵介绍了李秀梅。

李秀梅第一次见到张双兵，就把自己压在心中几十年的屈辱、痛苦经历一五一十的倾诉出来。她的痛苦压抑的太久了！她的勇敢，令张双兵大为感动。2000年8月，当苏智良教授夫妇来到她家，再次为她做"口述历史"时，她和苏教授对话大半天，不放过细节。后来整理出两千多字"口述历史"材料。

1994年10月22日，李秀梅大娘在女儿陪同下悄悄来到北京。第一次见到了，准备帮助中国女性受害者向日本政府提起诉讼的日本律师团大森典子、简招友了等律师。她第一个写下了诉状，并在起诉书上签上了自己的名字。

1995年8月7日，"中国抗日战争女性受害者对日索赔诉讼团"李秀梅等4人代表盂县16受害女性，在日本辩护律师团和日本市民民间友好团体帮助下，第一次向日本东京地方法院提起诉讼，要求日本政府道歉、谢罪和赔偿每人2000万日元。以后，1996年、1998年中国山西"慰安妇"受害者又分两批再次向日本政府提起同样诉讼请求。

1996年7月李秀梅和刘面换老人来到东京，第一次"人证到庭"——意义重大深远。她站在东京地方法院的法庭上，她是那样坦然，一一回答法官的提问。当庭审问到她母亲的时候，五十多年前遭受的凌辱、摧残、母亲上吊自杀、家破人亡的悲惨经历，老人竟控制不住，嚎啕大哭起来，久久不止。"那时我们尚不知晓大家心里留有严重的后遗症。……直到此时，我们才感受到留在你们心底的严重创伤，也为当年日本兵对那些少女的暴行有多么残酷，而又一次感受到心灵的冲击。"日本辩护律师团大森典子团长后来动情地说。她用血和泪控诉了日本军国主义的反人类、反人道的法西斯暴行。

　　2000 年 12 月 5 日，李秀梅大娘再次来到东京地方法院出庭出证。2004 年，当她再次去日本时，苏智良教授和张双兵为她戴上了一朵大红花。她的勇敢赢得了中日善良、正义的人们的尊重。

　　2001 年 5 月 30 日，2002 年 3 月 29 日，日本东京地方法院和东京高等法院以个人不能起诉政府为由，两次驳回了山西盂县"慰安妇"受害者的诉讼请求。2007 年 4 月 27 日，日本最高法院作出终审判决，再次驳回中国"慰安妇"受害老人诉讼请求。

　　虽然李秀梅等中国受害女性提起的对日诉讼在日本政府的强烈干预下，全部

被判为败诉，然而二战时期日军曾经严密掩盖的这项反人类罪行，正在被越来越多的人所了解；她们这些中国妇女的痛苦，应该得到的正义声援和中华民族的一员应该具有的尊严，这正在全世界范围内得到公认。以人道主义为基准的公平、公正与道义观念，正在深入人心。无论是社会还是家庭，对受害老人的尊重与理解，温暖了老人最后的晚年。

"正因为有那么多和你一样勇敢的女性站出来揭露日本军队的残酷暴行，才让我们了解到那一段真实的历史。…… 想想你们含恨离开这个世界，我深感内疚……我发誓一定倾我全力，让日本政府以实际行动真诚面对历史，向所有受害者谢罪，不让这样的历史再一次重演。"日本律师、友好人士唁电说出了心中的不平。

中午12点，出殡的时辰到了。鞭炮齐鸣，挽幛飘舞。大娘的后辈手捧老人画像，走在送葬队伍的最前面。8个亲友壮汉抬起老人的薄棺走在最后。两百多米长的队伍走得很慢，穿过小镇，走向荒野。

下午一点，老人的棺木缓缓下葬。

傍晚，天色突变，大雨如注。

老人含恨离去，心有不甘。

动天地，泣鬼神。

"如果现在我们官司打不赢，那我们就继续打下去。我们不可以忘记历史，不能放过那些当年侵略过中国，给中国人民带来灾难的日本人。就算现在那些日本人已经去世了，也要将官司一直打到底，让日本政府正式道歉与赔偿。"今年2月，中国"慰安妇"研究中心派出研究生赵文杰到李秀梅大娘家慰问，老人激动地说。"李大娘的话掷地有声！没想到一个多月后老人就去世了。"苏智良教授说。

2012年"九一八"前夕，旅日华侨中日交流促进会、中国九一八爱国网等民间机构联合发布"首批24名二战日军性暴力受害者幸存证人名单"。这是国内首次正式成批披露二战日军性暴力罪行的受害幸存证人。那时名单中还包括1995年首批对日本政府提起诉讼的李秀梅等四位老人。随着李秀梅老人去世，四位老人全都离开了人世。如今，山西盂县两批对日本政府提起诉讼的20名受害证人中，就只剩下第二批起诉的张先兔老人一人在世。

从1982年起，乡村教师张双兵开始在乡间寻找当地"慰安妇"的受害老人，32年间，他一共找到123名受害者。"愿意公开站出来作证的仅有24位，如今在世的不到20人。"他说。

苏智良教授说："这里公布的名单大多是我国北方山西等地的受害幸存者。在广西、海南还有10余位受害幸存者。据不完全统计，二战日军性暴力中国受害者达20万人。由于战乱、疾病，幸存者本来就少。更由于受到心灵和肉体的摧残，幸存者都生活在屈辱中，受传统观念、民间舆论的压迫，能站出来作证就更少了。如今，她们全都年事已高，体弱多病。随着时间的流逝，二战日军性暴力中国受害者幸存证人将越来越少。"

当人体标本成为雕塑

发表时间：2014 年 9 月 27 日

德国解剖学家哈根斯发明的"人体标本塑化"技术，体现了解剖科学的最高水平和成就，为该领域的发展作出了巨大贡献。

从小就对人体奥秘感兴趣的哈根斯说，他运用这一发明成果展示人体，是为了帮助人们正确认识自己的身体。然而，当他的"人体艺术雕塑作品"公开展出后，却引起了巨大争议。

达芬奇是欧洲文艺复兴时期的伟大艺术家，他精通绘画、雕塑、植物学和音乐。但鲜为人知的是，他也是人体解剖学的先驱。诸多资料显示：为了追求人体绘画的极致真实和精确，达芬奇曾解剖过超过 30 具人体尸体。

如果达芬奇 500 年前就公开展示他的解剖笔记，在当时的历史环境下，引起的争议风波一定不会比今天的哈根斯少。

历史在继续，艺术在继续，争议也还在继续。

日前，记者在美国波士顿参观了一个名为"人体世界"的展览，走进了哈根斯和他充满争议的艺术。

死亡，科学还是艺术？

今年 2 月，在波士顿麻省威斯理女子学院校园内，人们发现一具只穿着内裤的男子雕塑以僵尸的姿态立在雪地中，这引起了许多女生的惊恐和不安。原来，这是艺术家托尼在该校举行的个人艺术展，这具半裸在雪地里的"僵尸"名为"梦游者"，由于制作太逼真，吓坏了学生们，该学院还有 270 名女生请愿，要求托尼撤掉这个假人。

学校没有马上撤下雕塑，但表示欢迎对有争议的作品进行讨论。

今年 7 月，同样在美国波士顿，记者在昆西市场 2 楼目睹了"人体世界"巡回展，展厅聚集了十多具以人体尸体制作的雕塑作品。偌大的展厅里，最多时也只有十

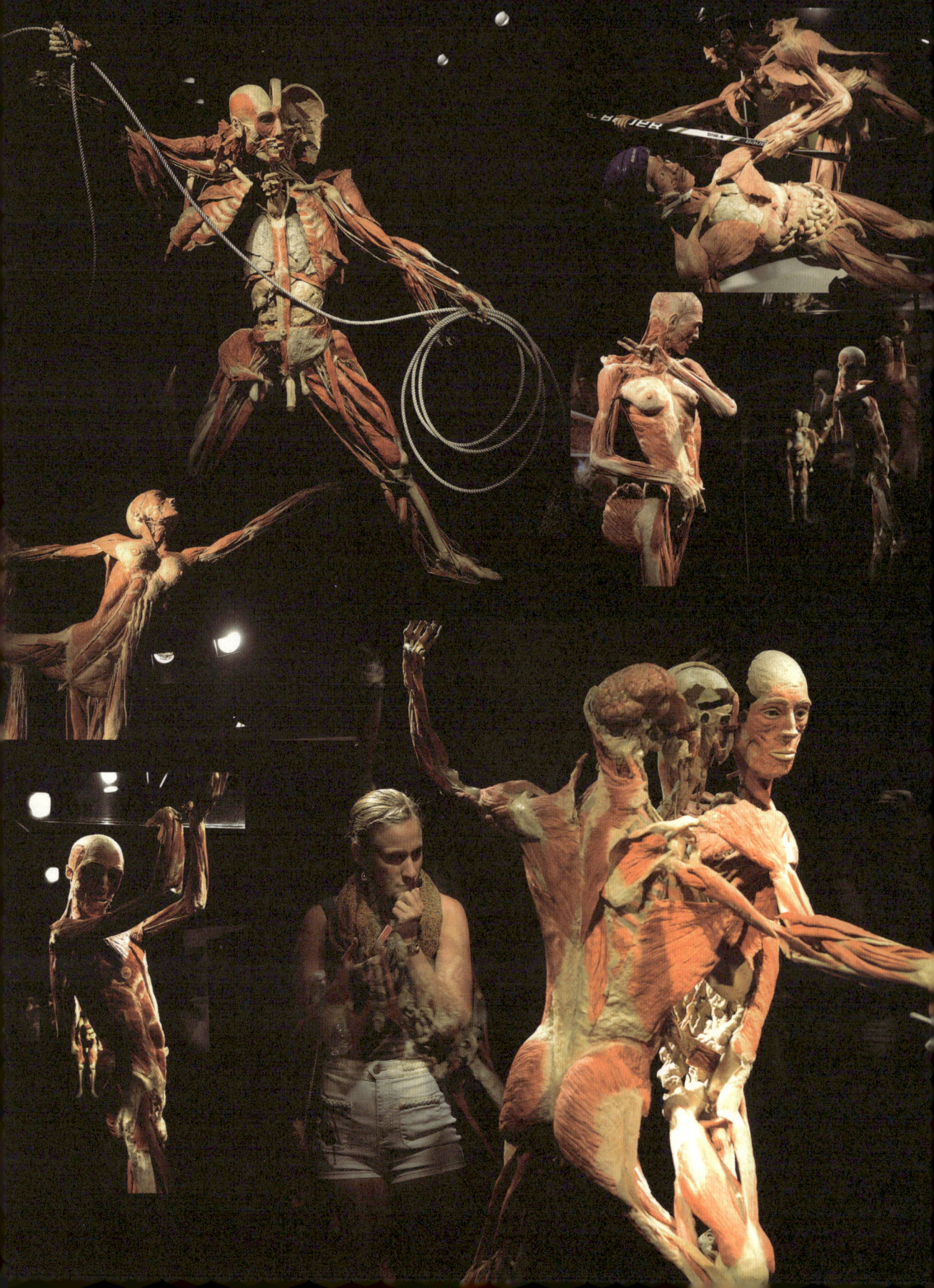

来个参观者，包括几个中学生。

这里似乎很平静，没有人恐慌。

展厅里黑得出奇，也静得出奇。只有几束射灯的强光聚焦在人体上，一具具用尸体制作的人体雕塑展品就在身边，令人惊叹。

雕塑作品"动脉骨架"清晰地展现了人体骨架中的动脉血管，经络分明。雕塑作品"脑部血流供给"展示的是被剥离出来的脑部血管，呈红球状。这两件作品对于医学教学再形象不过了。"冰球选手""套索人""弗朗明哥舞者""长翅膀的人"等作品，如同它们的名字一样具有艺术性。如"冰球选手"是这样解说的：

"这些冰球选手在做一些高难度的动作。他们要在冰上保持平衡，进行速度变向，而且还要用一根弯头球棒保持对小小冰球的控制。本作品去掉腹腔壁，以展示内脏的原始位置。我们越锻炼肌肉，它们就越强壮，否则就会变弱。这就是为什么在大病初愈之后，锻炼会作为治疗的一部分。"

作品展现的是两名冰球运动员在比赛中激烈拼抢的强悍身姿。

雕塑作品"击剑运动员"完美结合了解剖医学和艺术：作品将人体一分为三，除击剑一瞬的固定身态，人们还可看到其它部位——尤其是人脑组织的三个剖面结构。

"死亡博士"哈根斯

人体雕塑技术的发明者是德国解剖专家贡特尔·冯·哈根斯。哈根斯早年获得德国海德堡大学解剖学博士学位，1970 年代创建了实验室，研究发明了这一"标本塑化"技术。他首先用福尔马林液体浸泡尸体标本，然后解剖、锯切，再用酒精、丙酮对尸体进行脱水处理，接着把类似硅胶的固定剂注入其中。随后，组织间隙会完全被胶状物充斥，凝固后的尸体也就成了"胶状尸体"。经过这一手段处理过的尸体质感好，完全干燥，无刺激性气味，可永久保存。

通过这一技术，他帮助人类正确地认识了自己的身体，也促进了医学的发展。此外，对死去的尸体进行雕塑，赋予其新的生命，也是非常了不起的。

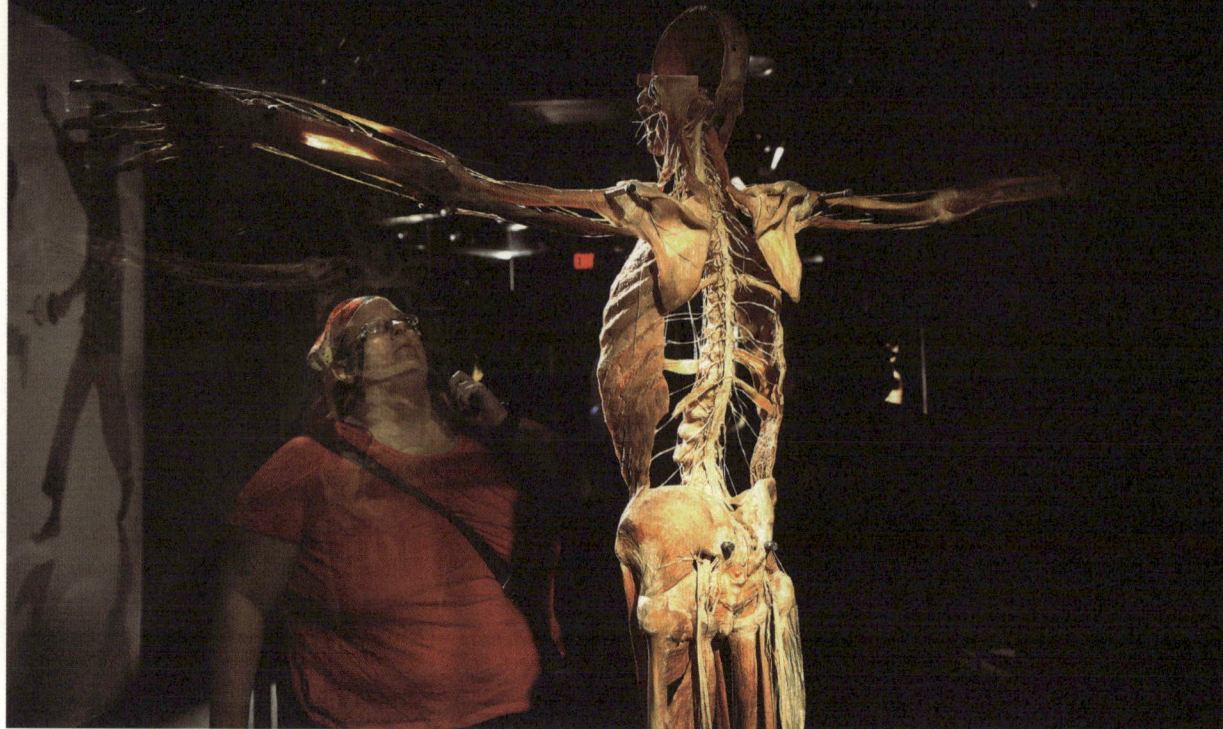

　　然而，将一件件冰冷的尸体活生生地展现在世人面前，从各种意义上来说，都是一种对传统的挑战。1997年起，这个展览在世界各地展出，引起了不少争议，至今不休。有人将哈根斯视为敢于挑战传统的"超级英雄"。有人说，如果他的这项发明仅仅应用于医学教学，无可非议，但公开展出极为不妥。但有更多人指责他是"伤天害理"，从法律、伦理、道德、宗教等多方面进行批评，甚至有人用铁锤将他的展品打翻在地。

　　"死亡博士"哈根斯因此麻烦不断。

　　2003年3月，哈根斯在波兰一个叫谢根亚瓦凡扎斯特的村庄买下了一个废弃工厂，用以放置展品、材料和设备，并计划逐步将其改造成一个尸体加工厂。这一计划引起该村庄上千名村民的恐慌和反对，他的尸体加工计划因此流产。

　　那年年底，哈根斯本人还因"滥用职称头衔"罪遭到海德堡地方法院的指控。原来，他在世界各地的展览，包括在德国对外活动时一直自称为教授，而德国教授职称委员会确认，他从来就没有在德国获得过此职称。地方法院审理判罚他14万欧元。

　　2010年5月，他又在德国东部勃兰登堡的古本镇开设了一家商店，展示尸体和各种动物标本作品，除人体外，展品中还增加了鸭子、长颈鹿、鳄鱼、棕熊，以及塑化技术发明以来制成的最大的动物尸体标本——一头名叫"桑巴"的大象。

商店开业长达 15 个月之久，期间还出售部分人体标本。据称，一个大脑横截面切片标本标价 1500 欧元，而整个人体横截面切片标本的价格是它的 10 倍。一具鱼的横截面切片标本也达到 600 欧元。哈根斯还开了网店，将各种标本照片发到网上，这又引起了一片哗然。

哈根斯称，这些塑化标本具有教学价值，"将对医学教育作出重要贡献"。面对各种非议，他在个人网站上澄清："只有医学专家和教授才有资格从他的店里购买生物标本。"

有宗教学者认为哈根斯用尸体赚钱："他的行为与那些食人族没有差别，和猥亵尸体的变态者一样可耻。他的动机很低贱，严重冒犯了人类的尊严。"哈根斯则辩称："尸体是没有灵魂的。"

的确，尸体塑化技术存在着巨大的商机。据不完全统计，十多年来，他在世界各地收费展出，超过 2000 万人看过他的展览。同时，在输出技术、出售尸体作品、合作生产尸体作品等领域，他也引来过不少纠纷。

即便如此，在德国国内，还是有很多人正排队签约，希望自己的尸体能成为哈根斯的雕塑作品。

艺术在争议中前行

当尸体以雕塑作品的形式展现在世人面前时，人们看到了艺术的力量。哈根斯为本该腐烂或灰化的尸体赋予了新的生命——无论是"歌者""弗朗明哥舞者"，还是"杂技演员高高托举""奔跑者""骑车人"等，无一不传达出强烈的艺术感染力。

当哈根斯的作品刚刚在欧洲展出时，许多艺术家并没有从解剖学和医学的角度去看待这一新事物，他们几乎全都站在艺术创新的角度去审视。当然，评论同样褒贬不一，分歧强烈。

2000 年 12 月 18 日，旅德画家张奇开在成都首次播放他从德国带回的当代艺术幻灯片，其中就有哈根斯的作品——10 幅尸体雕塑中，"有的被剥了皮，有的被剖成几瓣，有的一半完整、一半是骨骼"。有记者看后形容，"惊世骇俗地感受到一场视觉风暴，前卫、先锋，让许多本土艺术家很受刺激。有的媒体记者实在忍受不了'血腥'画面，中途弃席而去"。

对此，张奇开表示：一个社会的进步与否，与这个社会的宽容心有关，"你可以质疑甚至批判它，但前提是你应该去了解它"。

绘画、雕塑等艺术的发展，总是与人体密切连在一起。刻划人，是艺术的最高追求之一。雕塑更具有形象性、真实性和瞬间凝固性——用更直接、更具象的形态语言来展现人的喜、怒、哀、乐，揭示其丰富的思想感情和内心世界。

同样，艺术也总是在挑战着传统。曾经被视为"大逆不道"的临摹裸体模特这一美术教学形式，如今已成为当今美术教学和艺术创作的常态，也成为人类的文明共识。

2013 年 8 月，在距离达芬奇创作人体素描 500 年后，英国皇家收藏基金会公开了他的 240 幅人体解剖素描作品和上万字的解剖笔记。其中包括历史上第一幅精确的人脊骨素描图，以及达芬奇对一名百岁男子的解剖笔记，这份笔记准确描述了肝脏硬化和动脉变窄的情况，这在医学史上首开先河。

曾有人盛赞达芬奇的素描作品："他的人体素描作品一旦发表，将改变整个欧洲对解剖学的认知。"

达芬奇研究人体，正是出于对绘画艺术的精益求精。资料显示，他一生中共解剖超过 30 具尸体，写下了数百页的解剖笔记，甚至还创作过一本带插图的解剖学著作。如今披露的达芬奇解剖笔记，还包括他对器官、血管、骨骼和肌肉的详细描绘，这在当时是前所未有的。这些珍贵手稿随着他的去世被埋藏了数百年之久。

不久前，美国纽约著名艺术家唐尼·爱德华为著名艺人"小甜甜"布兰妮创作了一座表现其分娩情景的裸体雕塑，并连续两周在纽约展出。消息一出，办展的卡普拉·科斯丁美术馆就收到各方抗议。后来，这位艺术家又塑造了名为"帕丽斯·希尔顿尸体解剖"的雕塑作品，将赤裸上身、等候解剖的帕丽斯做成人形雕塑，雕塑紧握手提电话，爱犬汀克伯爬附在她的身上。该作品希望通过展示多次因醉驾而惹上官司的帕丽斯"死尸"，来警告年轻人切勿醉驾。但它同样引起了争议。

历史在继续，真正的艺术终将会留存下来，成为人类文明的阶梯。

车窗外的伊朗

发表时间：2014 年 12 月 31 日

透过车窗看伊朗，总有些莫名的感觉。
到访伊朗前就被告知：公共场所不能随便拍照，旅游景点方可使用相机！
无奈，只好充分利用出行的机会，透过车窗拍照——想多看看这个国家，
多了解这个国家。

飞机缓缓降落德黑兰，汽车飞驰在德黑兰到伊斯法罕的高速公路上，全新的、异域的景象在眼前匆匆闪过。面对窗外这个曾经是那么遥远、而又近在眼前的国度，记者充满惊喜——睁大眼睛，留心观察，不停地摁下快门。

如今呈现在读者面前的"伊朗之窗"组照，显得杂乱、无序、纷繁、随意，也许，这似乎更为这个国家增添了些神秘色彩。

是的，这的确是一个神秘的国家。自 1979 年伊朗发生伊斯兰革命 30 余年来，这个国家发生了许多震惊世界的重大事件。先是美伊断交，后来又是两伊战争、伊核危机、美伊对峙霍尔木兹海峡、美无人机入侵伊朗被击落等。近年来，伊朗核问题更是牵动美伊和全世界的神经，美国和西方加大封锁制裁，更令伊朗经济受到严重打击。伊朗与世界隔离了、疏远了——

▲ 2014 年 12 月 3 日伊斯法罕街头。千年古城，伊朗共有 6 处世界文化遗产，这里就占了 3 处。历史凝重，似乎更神秘

▲
2014 年 12 月 3 日古城卡尚。时尚和古

朴相衬，生活在继续

　　然而，到了 2014 年年末。美国伊朗这两个严重对立的国家竟出现和解迹象！这谁又能想到？！11 月 24—26 日，在日内瓦，由中、俄、英、法和当事国美国、伊朗举行"伊核问题六方会谈"，虽然谈判最终未能在截止日签约，但六方一致决定：谈判再推迟半年，到 2015 年 6 月 30 日截止。

　　和解的大门没有关闭，和平依然透着曙光！

　　历史也许将再次证明：没有永远的敌人、而只有永远的利益。

　　面对当今中东的乱局，美国需要伊朗，伊朗需要世界，世界更需要和平。

就在伊核六方会谈 3 天后，记者有幸来到伊朗，当行走在德黑兰、伊斯法罕、以及 7000 年历史的古城卡尚的大街上，不禁感慨，这才感到伊朗其实并不那么神秘。

一、没有"全民皆兵"的景象

到伊朗后，打消的第一个疑虑是没有战争的气氛。

记者所到的几个城市、及高速路边的宣传广告牌虽然也有持枪男女和军人的形象，但绝大多数还是精神领袖霍梅尼的巨幅照片，以及不少商品广告。

在德黑兰街头几乎看不到一个军人和革命卫队士兵，即使在记者拜访的国家文化部外媒司的国家机关门前，中国驻伊朗大使馆门前，也都没有军人、警察守卫。

在伊斯法罕世界文化遗产、著名的国王广场边门处，有一个革命卫队的小军营，当记者镜头对准持枪警卫士兵，他当然的用手阻挡，但同时给了记者一个笑

▶ 在伊朗见到的唯一持枪的士兵

▶ 2014年12月3日霍梅尼墓地。
伊朗民众悼念精神领袖霍梅尼

▼ 2014年12月1日，德黑兰—伊斯法罕高速路边。一座革命卫队队军营。据说，伊朗核电站就在伊斯法罕的大山中

脸。这是记者在伊朗期间见到的唯一持枪军人。德黑兰著名景点"精神领袖霍梅尼墓地"也是革命卫队士兵守卫，他们没有持枪。记者一行到达时已经天黑了，当得知记者想参观时，他很快请示。十多分钟后得到允许，他就全程陪同在记者

身边，十分礼貌。他警示：墓地不能拍照！但当记者忍不住悄悄违规举起相机时，他也装作没看见转过身去了。

在去伊斯法罕的高速路边，记者见到远处有一处革命卫队军营，一辆坦克停在门前，门坊两边是霍梅尼的画像。军营背后是连绵的大山。据说，伊朗核电站、还有钢铁企业都在伊斯法罕的大山中。只有一天傍晚，记者在去德黑兰自由广场的路上，见到落日伴着晚霞，将德黑兰的半个天空照得通红通红的，几只鸽鸟在飞翔，远处伴着一架训练飞行的革命卫队的军机。这一景象被拍进了记者的相机中。

二、伊朗民众友好、向善

到伊朗后，打消的第二个顾虑是，真正的穆斯林很文明。

清晨、记者在睡梦中被礼拜、祷告、唱经的高音喇叭惊醒。初冬的伊斯法罕，温差大，只有零上 2 度。窗外天色朦胧，远处才露出一点曙色。诵经的歌声回荡在伊斯法罕这座 5000 年历史的古城上空，悠扬、委婉、凝重，恰似远古传来回声。

诵经的喇叭响起，标志着新的一天开始。

在宾馆旁的一个清真寺前，一位刚做好礼拜的老妇主动用波斯语问候记者，记者用英语回应。相互语言不通，只有比划的手势和相互的笑脸，这一幕深深地留在晨曦中。

据说穆斯林一天要做 5 次礼拜，每次礼拜都伴随诵经。晨礼：波斯语叫"邦搭"，时间是从拂晓到日出，共四拜。还有"晌礼、晡礼、昏礼、宵礼"等，贯穿一天 24 小时。古兰经认为：礼拜能洗涤人的差错和罪恶，穆圣说："有个人的家门前有一条河，他每天到河里洗五次澡，你们告诉我吧，那人的身上还有一点污垢吗"。这里所说的污垢不仅仅是身体上的，更主要是精神上的。有人考证说：几乎所有坚持礼拜的人，个人内清外洁，精神抖擞，甚至有些老人虽达古稀之年，仍然身体健壮，耳聪目明，满面红光。

在巨大的国王清真寺内，一位穆斯林主动站在大厅中央，热情为记者表演诵经。他仰望清真寺高大的穹顶，双手伸向双肩两侧，高声咏唱起来。穹顶的回声久久回响在耳边。

在路过一高速公路的服务区时，记者见到这里也设置了一个小小的清真寺，方便过往车辆的穆斯林民众做礼拜。男女是分开的、在各自房间做礼拜。记者好奇进去参观，受到欢迎。当模仿脱鞋进屋时，不懂放鞋，阿訇帮记者把鞋放进鞋箱内，并再次穿好长袍、示范诵经。来到室外，阿訇还应邀和记者合影留念，热情友好。

三、姑娘笑容很迷人

到伊朗后，了解到的是，穿黑长跑的姑娘并不封闭。

之前，曾看到过两条有关伊朗的新闻：一是说，伊朗女球迷看球禁令"升级"，范围扩大至排球，她们不仅不得进入足球场，如今也不得进入排球馆，包括女记者；二是说，一名英裔伊朗籍女子因曾于 6 月份要求观看一场男子排球比赛而于近日被德黑兰一家法庭判处一年监禁。

如此严厉的规定在外国人看来似乎很难理解。

伊朗历史悠久。上千年来，这块土地上曾诞生过横跨亚、欧、非三大洲的波斯帝国，波斯文明是世界文明史上灿烂的明珠，其影响震撼着世界。同时伊朗也曾遭受过 3 次国家灾难，马其顿国王亚历山大大帝、阿拉伯人和蒙古人先后征服这个国家。近代又遭到英国和俄国的入侵。今天的伊朗是是波斯文化和伊斯兰文化的融合体，是政教合一的国家。"不要东方，不要西方、只要伊斯兰"是 1979年伊斯兰革命胜利后，精神领袖霍梅尼制定的基本国策。伊斯兰教至高无上，并深入国家的政治经济军事及社会生活的方方面面。

这里严令禁毒、禁酒、禁色。记者见到在公共汽车上，男女是分开车厢乘坐的，女士在后，男士在前。中小学，不能男女同校。在机场安检通道，男女各行，即使男队排成很长的的队伍，也不能到空无一人的女宾通道。

然而在德黑兰一个公园内，记者看到惊喜的一幕：公园内的排球场上男女青年混合组队，在一起打球，网上争夺还很激烈。公园另一健身处安放了 6 张乒乓球台，也是男女对抗。随行的两位记者还即兴上台挥拍和伊朗球手赛了一盘。也

上图：初冬寒夜，激流奔流。伊朗人生活照旧

下左：公园排球赛，男女混编激战

下右：33 孔桥边，姑娘大方迎向镜头。笑脸和夜色一样迷人

许知道我们来自中国，"乒乓王国"也名声在外，几位伊朗朋友很兴奋，每打一个好球，都会传来叫好的喝彩声和掌声。赛后，双方合影留念。波斯语、英语比划着交流，谈感受、谈球技，不甚尽然，但友好亲切的气氛令人感慨。

在饭店就餐，虽然严令不能饮酒，但伊朗专门生产一种没有酒精的啤酒，供人享用。记者品尝一罐，还真有啤酒的口感。

公园内，还见到牵手走过的男女恋人，黑头巾下的脸庞上露出幸福和甜蜜。

在参观夏宫时，一群穿着黑色长袍的女大学生，主动和记者交流、合影。她们热情奔放的神情，透露出青春的气息。傍晚，在伊斯法罕著名的 33 孔桥边，同样是 4 个穿着黑长袍的女大学生，她们正在河边用手机拍照，见到记者举起相机大方地主动迎向镜头，摆出 POS，她们的笑脸和夜色一样迷人。

四、制裁是严厉的，而生活在平静中继续

到伊朗后，打消的第四个顾虑是，西方对伊朗的严厉制裁，国家经济受到严重打击，人们生活遇到了困难，但并非想象中的那样艰辛。

刚到伊朗就听说，汽油涨价了。这是一个水比油贵的国家，过去汽油涨价是罕见的。然而油价折算下来，1 升汽油价格才大约相当于人民币一元钱多一点，比中国油价 1 升七元多便宜多了。

美国和西方制裁伊朗主要就是阻止石油出口。据石油输出国组织（OPEC）2012 年底发布的一份报告称，伊朗国内探明石油储量约 1545.8 亿桶（约合 200 亿吨），伊朗是世界第三大石油储量的国家。也是欧佩克第二大石油输出国。石油出口是国民经济的主要来源。美国加大制裁时，伊朗的石油出口量比制裁前 250 万桶 / 天减少了一半以上，每月在石油收益方面的损失高达 50 亿美元。不过到了 2014 年，海关和其他公开数据显示，前 4 个月伊朗每天的原油和凝析油出口量从去年的 104 万桶 / 天上升至 133 万桶 / 天。随着美伊和解，出口还将增加，经济将缓解。

长期制裁，伊朗失业率上涨，物价上涨，油价上涨，汇率不稳，基本建设缓慢。记者见到，德黑兰机场到市区的轨道交通建设工地很冷清，几乎看不到一个工人，和中国工地随处可见外来建设者的景象大相径庭。几座建设一半的车站只有空空的水泥框架，坐落在路边，一些水泥轨枕散落在路基上，显得很荒凉。

街头，记者遇到叫卖鲜花的青年，他们穿行在交通路口车流间，向每一停车者敲窗推销鲜花，卖出一束花不易，看来生活亦不易。高速路边，

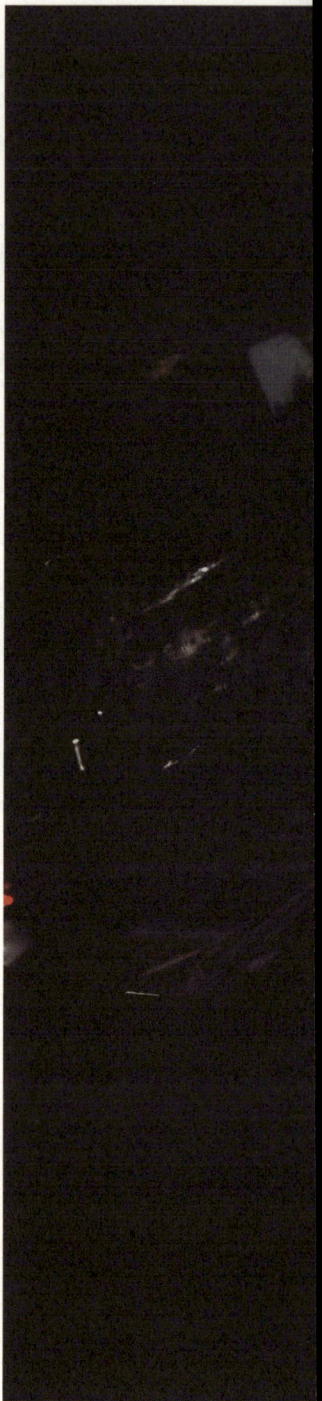

▼ 2014 年 11 月 30 日德黑兰。路边叫卖鲜花的青年

也有停着叫卖水果的小货车。城市的蔬菜店新鲜蔬菜水果品种丰富，琳琅满目。伊朗人的主食是一种叫馕的面饼，面粉烘烤制成，它的品种式样很多，厚的、薄的、方的、圆的、大的、小的，不胜数。面对经济制裁，国家对这一百姓主食进行补贴平价销售，还专门建造了不少机制馕食品厂，虽然这是为民生着想的举措，但百姓民众还是喜欢传统手工制作的美味。伊斯法罕古街老巷里，正在修复古清真寺的工人靠在路边吃着盒饭，目无表情的看着来来往往的各国游客。生活在艰辛中平静地继续。

虽然制裁是严厉的，但德黑兰街头随处可见进口汽车，日本车、韩国车，法国标致最多，还能看到全新的宝马。晚上主要商街上的名牌汽车专卖店灯火通明。油价便宜，小车很多，上下班高峰时常堵车。在一个高速路的服务区，记者还拍摄下一辆装满全新中国力帆小车的大型货车。在伊斯法罕，记者还见到一个苹果专卖店，真有些意外。

制裁对旅游业的打击也是空前的。德黑兰机场较之同样石油致富起来的阿联酋迪拜机场的现代化甚至奢华，根本没法比，规模小得还不如国内的一些三线城市机场。入境处仅有两个外国人通道，进关速度也很慢。记者班机空座率将近一半，抵达机场入境的大多是阿拉伯人和少数中国同胞，鲜有西方人。在记者下榻的酒店，早餐时，餐厅竟有一半是中国人。我国在援建伊朗地铁，还有石油工程也有我国的项目。2007年以来，我国已经成为伊朗的头号贸易伙伴，最大的石油消费国。随着丝绸之路经济带建设的深化，中伊经济发展空间巨大。

今年以来，伊朗旅游开始复苏。在伊斯法罕记者见到多个来自欧洲的旅游团队。由于中东乱局，埃及、叙利亚等传统旅游热点国家饱受战争、动乱、恐怖主义的困扰，在安全意义上看伊朗相对和平、安定，转向伊朗看中东文化成为欧洲游客的新选项。加之伊朗被制裁封闭多年，更具新鲜感。

伊朗有6处世界文化遗产，而伊斯法罕就有3处。伊斯法罕有"一半天下"的说法，是伊朗第一大旅游城市。据该市旅游文化部门最新统计，今年到访的外国游客人数是去年的三倍。

伊斯法罕，波斯语意为"兵营"，著名的国王广场即是阅兵场，广场规模是仅次于北京天安门广场的世界第二大广场。广场周边内通道是慕名的大扎巴。记者曾想象电影中见到过的大扎巴中人流拥挤，商家游人大声争吵的热烈喧哗场景。然而却只见到似乎空空的商区街道，冷清的小店。几个操着生硬中文单词的青年向记者推销。据说这里不少旅游小商品都是中国义乌生产加工的，商家和中国有着业务往来。这里还是著名的波斯地毯的产地，一位叫的青年盛情邀请记者来到他家后院店铺，他的徒弟现场表演印花技艺。墙上还张贴者一张中文报纸，上面有一篇专门介绍他和他的地毯、印花桌布等商品的文章，中文他不懂，但上面有他的照片，他同样高兴，中国游人越来越多，他希望生意越来越好。

看来，旅游复苏还将有一个过程。"伊朗安全是最大的卖点"——这是记者最深切的感受。

五、一言难尽的"阿舒拉"

早就听说过"阿舒拉"是伊朗自主研制的弹道导弹的名字，可携带 1.5 吨弹头，射程可涵盖大半个中东地区，是伊朗战略防御的杀手锏。到了伊朗才知道"阿舒拉"其实是宗教节日。

德黑兰自由广场上树着一面巨幅黑色旗帜，飘扬在高高地自由塔旁。走在伊朗街头，到处是黑色旗帜。街道边一排排伊朗国旗和黑色旗帜迎风招展，行道树上还挂有不少波斯语写的、黑色主色调的标语横幅。"阿舒拉"节快到了。 "阿舒拉"意即"第十"，也就是伊斯兰教历的 1 月 10 日。这天对全世界的穆斯林都是一个重要的节日，无论是什叶派还是逊尼派。由于公元 680 年 1 月 10 日（阿舒拉日），默罕默德的外孙侯赛因全家遇害，从此，全世界的什叶派穆斯林将这一日定为蒙难日和哀悼日，每年这一天都要隆重纪念这位什叶派穆斯林的英雄。这天渐渐更多成了什叶派最重要节日。由于伊斯兰教历和世界现行的公历不同，每年的阿舒拉日都不一样。前后大约相差 10 天左右。纪念活动也长达 40 余天。

记者没能看到节日那天的盛况。据介绍，节日这天，人们都会将红色的颜料涂抹在脸上、身上，并用刀、铁链等利器象征性地自残，以体验先辈曾遭受的苦难，表达心中的悲痛及怀念之情。如今这一节日，在伊朗更多展现的是娱乐性和象征性。

不可否认，由于上千年的宗教派别之争，这一节日还蕴含着仇恨。也许正是宗教仇恨是中东乱局的深层次根源。穆斯林内部有什叶派、逊尼派之争，如今又冒出来一个极端派别 ISIS。阿拉伯世界同以色列的领土之争延续了半个多世纪。美国等西方国家插手中东事务、争夺石油资源也有百多年的历史。这些年来，巴以冲突、美伊交恶、两伊战争、伊拉克入侵科威特、美军入侵伊拉克、强人萨达姆、卡扎菲丧身、颜色革命、伊核危机、叙利亚危机等等，千年的矛盾、历史的积怨、旧恨新仇——中东乱局还在延续，何时能解？！

▼ 2014 年 11 月 29 日德黑兰。天渐渐暗了——晚霞还挂在天边；天渐渐黑了——德黑兰点亮了灯光

　　如今，和极端军事组织 ISIS 矛盾上升，美伊和解迹象也许真会变成现实。和解总是好事，谈判总比战争好！

　　人类社会总是在向文明前行。

　　波斯文明、阿拉伯文明依然灿烂。

　　第一天到达德黑兰上空时，正是傍晚，记者隔着飞机舷窗拍下了意味深长的一幕：天渐渐暗了，晚霞还挂在天边；天渐渐黑了，德黑兰点亮了灯光。

60 年后，"一江"们再登岛

—— 一江山岛战役胜利 60 周年特别报道

发表时间：2015 年 1 月 19 日

60 年前的一场海战，也许早已被遗忘，但是他们忘不了，因为他们的名字叫"一江"。

"毛一江""孙一江""平一江""方一江""李一江"……曾参加过那场海战一线主
攻部队的指战员，战后将他们刚刚出生的孩子大都取名"一江"。

忘不了那场海战的，还有当年参加过海战，今天还健在的陆海空军老战士。

当然，还有海峡那边一些参加过海战的国民党官兵及其后代。

我军攻上一江山岛（资料图片）

那就是曾经震惊中外的"一江山岛海战"。

1955 年 1 月 18 日，我人民解放军陆海空军三军首次联合作战，一举攻占了被国民党军盘踞的"一江山岛"，进而收复大陈岛等浙东沿海全部岛屿。

这是抗美援朝战争胜利后，解放台湾、统一祖国的前哨战。这场海战的胜利，迫使国民党军队全部退守到台、澎、金、马，至今整整 60 周年。

在纪念"一江山岛海战"60 周年之际，记者应邀随当年解放一江山岛的主攻部队——20 军 60 师健在的老战士、以及那些取名"一江"的 20 军后代们一起登上一江山岛，重返老战场。

一

登陆艇破浪前行，艇舷激起片片浪花。近了，越来越近了，这座与他们生命紧紧相连的一江山岛。

"当年父亲率领突击营第一批登陆一江山岛，也都是乘坐登陆艇。"毛一江对记者说。他的父亲毛张苗，是 20 军 60 师 178 团副团长，他率该团二营担任攻占一江山岛主峰 203 高地的任务。

"当年一百四十多艘登陆艇（船）编队航行，浩浩荡荡，乘风破浪非常壮观。登陆艇编队前方有护卫舰护航，空中有歼击机掩护。这是我军首次陆海空三军联合作战。空中打击，岸炮轰炸从早上 8 点钟就正式开始。张爱萍是三军前线总指挥。父亲的登陆艇编队是中午 12 点 53 分从头门山锚地出发——是迎着敌人的炮火从登陆点强攻上去的！"毛一江说。

"那就是登陆点——乐清礁！"喇叭传来老战士激动地喊声。

乐清礁，正是二营强攻的第一登陆点。这里离敌司令部最近。望着礁石凸凹的滩头、几乎成 70 度的海岸，很难想象当年二营官兵是怎样强攻登陆的——敌人的炮火那么猛！

原计划登陆艇离岸 2000 米重武器开火，但孙涌营长发现由于我军火炮压制，敌人的火力点还没暴露，就果断下令'重机枪不要开火！'。5 连的 4 艘登陆艇到了 300 米才开火，一下子就压制了敌人火力，战士们乘胜冲出登陆艇大门，成功抢滩。6连因为开火早了，到了登陆点重机枪弹药消耗太多，没能有效压制敌人火力，加上登陆点偏差，指导员也牺牲了。孙一江后来说，父亲一提起段历史，心情就很沉重。

5连是支英雄的连队。抗美援朝第五次战役时，在连长毛张苗率领下，作为尖刀连，大胆穿插，直捣汉城附近五马寺敌军指挥所，打乱了敌军部署，荣立集体一等功。

"5连发展迅速，父亲刚到第一战壕安下指挥所，就看到孙涌营长率5连进攻到了瞭望村小高地，离203高地遥遥在望了。立即下命令：暂停进攻！想等6连、7连上来，组织好火力再总攻203高地。孙叔叔这下急了，他怕停下来贻误战机，加上5连求胜心切生怕别的部队先占山顶。立即派人下山说明情况。"

毛一江说。

这时毛副团长立即叫平涛教导员把一面红旗送上去，给5连。这面红旗是头晚团政委在出征誓师大会上代表前线总指挥张爱萍授予二营的。上级规定哪个部队先攻上203高地，红旗就给哪个部队。

"父亲刚把红旗送上去，孙涌营长就一把抢了过去，把组织火力掩护的任务

老战士重返一江山岛

交给我父亲。"平一江说。

登上一江山岛，沿着崎岖的山路，我们终于到了 203 高地主峰。

这里从未开放，据说旅游部门一直打算开发，但都未成功。路边的树，山顶的草早已枯黄。一岁一枯荣，正值枯季。而山石虽经海潮雨雾侵蚀风化，呈黑褐色，却依然坚硬。

站在山顶，迎着寒风。"红旗插上一江山岛"场景仿佛又浮现在眼前。

"同志们冲啊！"孙营长大声喊道，向 203 主峰前进。

5 连官兵见到红旗上来了都欢呼起来。红旗到哪，那里就是胜利！战士们向红旗聚拢，后续的 6 连、7 连快速向前运动跟进。当然，敌人各个碉堡火力也集中过来。

刚过瞭望村山顶，孙营长手中的红旗就被 5 连战士抢了过去。越往上敌人火力越猛，战士们绝不会让营长扛旗。

"只见一个旗手倒下，另一个战士又把红旗扛起来。5 连通讯员陈寿南个子小，很灵活，一会前进、一会卧倒，红旗始终不倒。在后续火力支援下，红旗终于插上 203 高地——一江山岛最高峰！"毛一江说。

这时离二营登陆仅过了 45 分钟。

眼前还浮现着先辈高举红旗冒着炮火前进的身影。

毛一江、平一江、方一江们久久矗立，感慨万千。父辈虽大都逝去，但他们依然魂牵梦萦在这 203 高地，山顶的那面红旗一直在他们心中飘扬！

这时毛一江取出一面红旗，轻轻展开，一江们、老战士们向着先辈、向着先烈，向着湛蓝湛蓝的天空——高举、飘扬。

二

说起父辈、说起一江山岛，这些叫"一江"的人们、以及那些老战士的后辈们总也不能释怀。取名"一江"正是父辈把自己的光荣和自豪传承到下一代，把胜利传承给未来。

　　毛一江是一江山岛解放后第二个月出生的。他说：由于战前保密，怀孕、快临产的母亲已经好久没有得到父亲的消息了。当一江山岛解放的捷报传来，当英雄的父亲带着胜利的喜悦归来，孩子诞生了。头胎、男孩！父亲太高兴了，把这场刚刚解放的岛屿的名字赋予了我。

　　方一江的父亲方明，是 20 军 60 师政治部青年科长，战前一直率师工作组与主攻南一江山岛的突击营 2 营 5 连官兵同吃、同住、同训练达一百五十多天。那会儿怀孕的妻子刚刚转业到临海县工作，儿子是一江山岛战斗打响前几天出生的。一直到战斗胜利结束，他才见到妻子和刚刚出生的儿子。胜利的喜悦，得子的欢愉，在战友们的起哄中，为儿子起名"一江"，纪念刚刚取得的胜利。

　　平一江的父亲平涛，是 60 师主攻 203 高地突击营二营教导员。是在一江山岛战斗打响前 3 天才结婚的。平一江是这年年底才出生的，但父母亲依然不忘这场战斗，把胜利的名字赋予他。

　　"父亲常说'新婚爱妻为我壮行！'"平一江说。"父亲母亲婚姻的浪漫传奇一直是 60 师的美谈！至今还在人们心中激起浪花。"

　　20 军 60 师是 1952 年底从朝鲜前线凯旋的。入朝前一直驻守上海郊区。回国了，胜利了。部队长期积压的干部战士"个人婚姻问题"也该解决了，何况都是年轻战士，干部就 30 岁左右，不少还是抗战时期的老八路、新四军。

　　然而，刚回到上海，身上的硝烟征尘还没洗净，一道命令，又将这支英雄的部队拉到浙东沿海前线。整整两年，进行攻岛训练。随着朝鲜和平协定的签订，毛主席又将"解放台湾，统一祖国"提到议事日程。张爱萍亲自点将，将海岛攻坚任务交给了这支诞生于浙东的老部队——60 师。

　　训练备战，服从命令，但实际问题还要解决。在上级的关心下，将过去只有 25 岁、8 年军龄、团职干部才能结婚的规定放宽到了营职干部可结婚、连职干部可谈对象。

　　政策放宽了，但真要找到合适对象却不易。

　　那会儿，战斗英雄吃得开。毛一江的爸、战斗英雄毛张苗，经常到机关、工厂、大学作报告，天南地北地跑，演绎了"英雄追美女、美女爱英雄"的喜剧。毛一江的母亲是杭州的美女大学生，在团省委工作。"父亲跟志愿军英模报告团到浙江巡回报告，就是母亲接待的，父亲一下子看中了，回到朝鲜就一个劲的写信。就这样，等 20 军从朝鲜凯旋回国后，他们就结婚了。母亲当时是 20 军军嫂中唯一的大学生。"毛一江说。

据说 60 师还有一个战斗英雄，家乡的妇女会主任、北京的大学生、杭州的越剧演员一下子见了 3 个。最后还是和家乡的村干部结婚了。后来给北京大学生寄去两颗喜糖、亲自到杭州请演员吃了一顿饭，把这事圆满处理了。

孙涌还是在当副营长时，教导员给他介绍了房东后面一家的女孩叫王彬，还在念书。苦出身的母亲还专程来驻地看了，很满意。刚确定了关系，孙涌就到军教导团学习，归来就当了营长。1954 年底，结婚报告批下来，要打仗了，不能对外通信。王斌还以为孙涌当了大官反悔了。她就跑到上海老人家，得知老人也同样没有收到过信。直到一江山岛解放，中央人民广播电台新闻中提到"孙涌"，老人还不敢相信是同一个"孙涌"，但王彬坚信：就是他！打完仗，他们就结婚了。这年孙涌 29 岁。

平一江还保留着父亲的回忆录。写道：

"我当时 29 岁了。在我内心，对象是早已酝酿好了。她就是师文工队的柴毓璋。她是萧山人，生长在上海，小我 11 岁，在师文工队是出头人物。"

然而他把心中想法透露出来后，战友们直摇头。"你这是癞蛤蟆想吃天鹅肉"——师文工队是是机关的"世袭领地"，那些女孩起码都要找团级干部，连、营干部想都别想！

平一江说："可我父亲就是不甘心。他认识我妈是在朝鲜前线，那会师文工队经常下连队演出，父亲是营副教导员，文工队的演出、生活安排都是父亲出面的，母亲是演出组长，和父亲联系最多。大家都是年轻人，时间长了，自然产生好感，但父亲一直埋在心底。那会战斗还还紧张。

从朝鲜回国后，父亲实在忍不住给母亲写了一封信。信中也不敢多说，只是一般问候，末了提了一句：欢迎她到黄岩来玩。信寄出后也没抱多大希望。

想不到第 3 天就回信了！父亲激动地拿出来让大家参谋。毛一江他爸当时就说'有希望、有可能。'父亲回信一下子写了几大张。母亲也很快就到黄岩来了。到第 3 封信关系就正式确定下来了。"

那会儿部队海训很紧张，二营又是突击营。虽然在战友们的催促下在乐清办了结婚登记手续，但一直没举办婚礼。想到部队要打仗，打仗总会死人。平涛还是想：为小柴负责，婚事还是等到打完仗再办！

直到 1955 年 1 月 15 日，大家都以为今年春节前不会打仗了，这才买了些肉、鱼，请战友们吃了饭，把两人的背包一合就算结婚了。没有蜜月和休假、没有两家双亲二老、更没有婚纱彩车、甚至连新被子都没有。有情人终于走到一起。这年平涛已经 32 岁了。

平一江说："没想到 1 月 17 日结婚刚好第 3 天，确切地说是第二天，突然收到通知部队南下要打仗了！尽管父母亲早有思想准备，父亲还是怕母亲接受不了。但母亲毕竟是经过抗美援朝战争的老战士。她坦然对父亲说：放心去吧！你走了我也回到演出队去，你在前方打胜仗，我在后方支援你们。我等着你胜利回来！

父亲后来说：'一江山岛战斗所产生的影响是巨大的，是我参加革命以来的最后一仗，也是我与小柴新婚别后最有意义的一仗。经过战斗的洗礼我

们的爱情更加深厚纯净了！'"

　　说起父辈的故事、父辈的爱情，如今已是60岁老人的"一江们"仍然唏嘘不已，动情感怀。"一江们"几乎全都当过兵，接过父辈的枪，为保卫祖国、建设祖国、像父辈一样奉献了青春。

三

　　在这场震惊中外的海战中人民解放军牺牲了454名官兵，如今他们全都安葬在台州一江山岛烈士陵园。

　　国民党守军阵亡519人，包括一江山岛守军司令王生明。

　　他们的后代同样不能忘怀。

　　在海峡的那一边，一位叫王应文的74岁老人。他保留着一张照片。他和父母亲合影的全家福照片。那年他才13岁。合影照拍后12天——1955年1月7日，他冒着大雨将父亲送到码头，从此父亲再也没回来。如今照片成了他永久的纪念。

　　他的父亲即是王生明。

　　他说，父亲是在解放军攻占一江山岛，眼看包围圈越来越小，自己拉响了手榴弹。然而，这一切都没有人亲眼见到。

　　据我军解放一江山岛突击营指挥、20军60师毛张苗副团长写道："后来据俘虏说，我2营向主峰冲击时，王生明还出来拉预备队实施反击，一出碉堡就被我军榴弹打伤了一条腿，敌预备队也在我军炮火压制下无法动弹，他吓得又缩回碉堡里。因为这次战斗不少碉堡都经过火焰喷射和炸药爆破，所以弄不清王生明死在哪个碉堡里。"

　　半个多世纪过去了，王应文还是认同"阵亡"的说法。两岸开放后，心中一直不能放下的王应文终于登上了一江山岛，了却了现场祭奠父亲亡灵之遗憾。他说："虽然我尚未能做到一笑泯恩仇，但我感到了大陆的善意。"尤其令他感慨的是对他父亲用词将原来的"枪毙"改成了"阵亡"。他说"这是实事求是的表现"。

他认为，半个多世纪以来两岸没有兴战，那都是因为一江山岛战役，两岸才摆脱了外力介入，拥有了和平生活。两岸应珍惜，为和平共同努力。他说他将一生致力于催生将每年 1 月 20 日（一江山岛解放两天后，国民党军全线撤离大陈岛的日子）为"两岸和平日"，为两岸和平统一而努力。

今天在台湾许多地方也还有叫"一江"的村子、公园、小区和路名。而知道那场海战的人却不多了，知道王生明的更不多了。据说在高雄原来有一条用他名字命名的"生明路"也被改叫"凤顶路"了。在台独势力眼里，王生明是外省人。他们连中国历史、中国祖宗、中国文化都要否定，连蒋介石都不放在眼里，更何况这个早已死去的王生明呢。

在一江山岛登陆战中，60 师 180 团炮营副营长吴沛和是我军牺牲最高指挥员。年仅 36 岁。他牺牲这天，他的女儿刚巧出生。他还不知道，女儿也从未见过父亲一面。

1952 年 5 月，他远在朝鲜前线，为纪念父亲 60 寿辰，在防空洞中写下祝寿诗："投身革命八年零，对面未见父母亲。千山万水路途远，只好书信表衷心。胞弟吾妻代拜寿，祝贺父亲六十辰。"

1952 年 11 月，他从朝鲜胜利归来，驻守浙江，他叫妻子去见面，人们担心他当了军官，又是"最可爱的人"，会不要他没有文化的妻子了。但是他对妻子很好，还买了人参让她带给父母亲。妻子第二次去探亲，他还说打完仗后就教她识字，没想到这是最后一次相聚。

后来，他的弟弟和十多位战友整理出版了《解放一江山岛丛书》，受到张爱萍将军接见和赞扬。儿女也从书中看到了英雄的父亲。

▼ 悲痛悼念父亲——某部炮营副营长吴沛和是我军牺牲最高指挥员。年仅 36 岁。牺牲时女儿还没有出生

其实解放一江山岛战役从半年前的 1954 年就开始了，海军攻占东矶列岛，扫清一江山岛外围守敌，空军争夺浙东沿海制空权，保障海战夺岛顺利进行。在这期间我军还牺牲了一位高级指挥员——高一心，华东海军舟山基地战舰大队政委。

在上海宝山的一个小区公寓，记者见到了一位叫高纪心的海军退休军官。她也同样保留着一张全家福合影照片，照片中有父母亲、有哥哥姐姐，却没有她！她是在父亲牺牲后 4 个月才出生的。母亲给她起名"高纪心" 永远纪念父亲。1954 年 5 月 18 日，在我军解放东矶列岛后，瑞金舰在锚地补给时，被国民党十余架飞机攻击，在击落 1 架敌机、击伤多架敌机后，中弹沉没。高一心不幸牺牲。他是我海军建立六十多年来，在海战中牺牲的最高指挥员，也是整个一江山岛战役中牺牲的我军最高指挥员。

那会儿我海军航空兵刚刚从朝鲜前线撤回浙东沿海，制空权还没完全掌握，付出了巨大牺牲。几个月后，我人民海军秘密武器，最先进的鱼雷快艇调到前线，一举击沉国民党海军当时最大的"太平舰"，报了瑞金舰之仇，夺回了制空权，威震海疆。

为了父亲的遗志，她和哥哥都穿上了海军装，她在东海前线三都港一呆就是六七年，直到孩子到了上学年龄才调回上海。在军队她多次立功受奖，直到退休。哥哥高晓星后来成为海军指挥学院副教授，撰写了《世界海战传奇》《怒海狂飚》《海军兵器》等专著，编撰了《陈绍宽文集》，与人合作撰写了《近代中国海军》《中国古代海军史》《民国海军的兴衰》《民国空军的航迹》等十多本书。

最值得告慰的是儿子马威，从小在军港长大。在上海北郊中学毕业时，高考志愿全部填写"海军大连舰艇学院"。为此老师还找到家长说，超出一本的考分，不填复旦，交大等名校太可惜。在大连舰艇学院这所海军舰长的摇篮里，马威硕、本连读 7 年，以优异成绩毕业。如今已成长为海军导弹护卫舰副舰长、大队副参谋长，驾驶战舰巡航台海、南沙、西沙、出入西太平洋。

记者见到了这位年轻的、具有现代知识武装的新一代海军军官，他刚刚从澳大利亚国防学院毕业归来。相信有一天，会在新型航空母舰上见到他们这一代的身影。

后 记

记者也叫"一江"，但此"一江"非彼"一江"。

虽也是解放一江山岛半个月后出生的，却远在千里之外的川南。父亲随第二野战军南下后，在川南剿匪。战斗工作的地方有一条大江奔流——这就是长江。那会儿，"红旗插上一江山岛"的捷报传遍各地，鼓舞了全国人民正在高涨的建设热情，取名"一江"显然是受到影响。

还有，父亲的一些战友抗美援朝去前方了，后来大都到了海军。父亲牵挂他们。他的老首长原冀东军分区司令陈云中后来还当过驱逐舰六支队长，还有的战友当了我海军第一代潜艇的政委。

1971 年初，我顺长江东下，成为海军战士。

我曾写过一首关于长江的诗："……东流就东流吧 / 我是春水 / 我是祖国神圣领土的伸延 / 要不，这无色透明的水怎么会是绿的蓝的呢？ / 要不，这平湜如镜的海怎么会掀起壮阔的波澜？ /"

这里暗合了苏东坡"一江春水向东流"的诗句。

我与一江山岛走近有过两次。

1978 年，我当了航海长。随登陆舰航海实习锚泊大陈岛外，再向里就是一江山岛！那晚，我登上高高的舰桥，久久凝望西北边的那个小岛。

还有一次是，1990 年代末，我已经在《文汇报》当记者。一天深夜，夜班陈奇伟来电说，明天见报头版 3 张照片都是郭一江的，太多了！换一张用笔名吧。《文汇报》还有这样的规定：记者不能同时在一个版面用 3 件稿、署 3 次名？正在纳闷中，妻子说了："就署'山岛'吧！"没有再犹豫，就报了过去。

第二天同志们说：山岛是谁？像外国人的名字！其实这里暗合了"一江山岛"。这个笔名也就用过这一次，在《文汇报》头版。

感谢 20 军老战士刘石安、这位曾参加过抗美援朝、解放一江山岛的老战士盛情邀请，还有抗美援朝一级战斗英雄、解放一江山岛某部副团长毛张苗之子毛一江、毛战海接受采访。让记者 60 年后的今天，终于登上一江山岛，走近一江们和他们父辈。

最令人忘怀的是登上一江山岛最高峰 203 高地，和他们一起举起了那面象征理想、象征胜利的红旗。

大洋深处，是侵略者的坟场。
中外潜水员在舰艇周围潜游

目击罪有应得的 "海底坟场"

发表时间：2015 年 7 月 19 日

这是一艘叫 "石廊" 号的沉船，在太平洋岛国帕劳这片海底已经躺了 70 余年，默默无闻。要不是前不久被曝出：舰舷上被挂了一面五星红旗，名噪了一时，"石廊" 这个名字将同日本海军其它数百艘葬身海底的舰船一样带着历史的耻辱和罪孽被掩埋在看似平静的西太平洋那深蓝色的海面下。作为那场侵略战争的牺牲品，它只是一艘燃油补给舰，没有 "大和" 号、"武藏" 号等战列舰那样有着大日本帝国海军显赫荣耀的光环，更没有 "苍龙" 号、"赤城" 号等航空母舰那样似乎疯狂暴虐的狰狞，但它一万多吨排水量的巨大舰体和日本海军数百艘油水补给舰一起，支撑着那场罪恶的战争。1944 年 3 月 30 日—4 月 1 日，美国海军三支航母战斗群的数百架轰炸机对日军占领的帕劳群岛及罗林群岛发起攻击，击沉两艘驱逐舰、四艘护航舰和 104000 吨位的补给舰船，并摧毁一百五十多架战机。"石廊" 号即是其中之一。据说它被重创后，一直在海面上漂了十多天，日本人曾试图将它拖走抢修，但最终还是难逃沉没的下场。

葬身海底，罪有应得！这也许正是它最好的归宿。

下潜——巡游 "石廊" 舰

"石廊" 号沉没在四十多米深的海底，舰尾深坐海床，舰艏向上倾斜离水面约 18 米，尚未断裂残存的桅杆离水面还不到 10 米。这样的水深自然成为世界各国潜水者的天堂。到帕劳潜泳的人们都少不了这个潜点。

5 月 12 日，在几位欧美潜水员引领下，我和一批中国潜水爱好者一起，潜入这片海中。当巡游在这艘战舰周围时，真有一种莫名的兴奋——在纪念反法西战争胜利 70 周年之际，这么近距离的走进那 70 年历史的太平洋战场。

下潜！

排气、做耳压——

5米、10米、15米——

"石廊"号舰艇就在眼前。巨大的舰体锈迹斑斑、伤痕累累，上面长满了珊瑚、海草等植物。鱼儿悠闲，穿游其间。前甲板的主炮早已坍塌，炮管炮塔都不见了踪影。海水能见度不好。抬头上望，还有几根尚未倒塌钢架、桅杆和高高的舰桥隐约显现在蓝暮色的海水中，就像海底怪兽伸出的臂爪。随着海水的侵蚀随时会断裂下来！

调整心情、均匀呼吸。沿着左舷向后游去。

穿过狭窄的钢架，只见中部甲板被炸开的弹洞裸露出内舱龙骨和舱间隔板，似一个个幽黑的洞，看不到底。不少鱼儿伴游在身边，几分情趣。几位大胆的潜伴竟潜入其中，穿越弹洞、船舱，一看究竟。

这是后甲板。水深26米左右。后主炮尚未倒塌，长长的炮管歪着身、塌着头——当年它可不是这样！它曾吐出火焰、射出罪恶的炮弹！"这就是炮口！"荷兰潜水员扒开水草、用手电照着炮口向我们展示。锈蚀的炮口勉强才能看出一个小圆洞！令人惊奇的是就在炮口顶部长出了一朵巨大的珊瑚花，十分美丽，更不可思议。也许，没有了战争、没有了罪恶，才会开出这绚丽的和平之花。战舰的船舷围杆几乎全都没有了，只有后甲板右侧剩了两根。据说，那面五星红旗，就被绑扎在这两根栏杆上。如今已被摘去了。

从前甲板到舰尾游了20来分钟，返回时间稍长些。我们慢慢巡游尽情享受海底景观，和沉船鬼魅幽灵般交织的幻影，并用手中的水下相机记录下来——

70年过去了，海面很平，沉船作证。

时间流逝，沉船终将也被海水锈蚀，但历史不可锈蚀！

历史不可锈蚀：日本海军四百多艘战舰被击沉

1937年7月7日，日军发动卢沟桥事变，掀起全面侵华战争。在中国军民抗击下，日军深陷中国战场。为夺取石油、橡胶、矿藏等战略资源，最终赢取中国战场的胜利，日军于 1941 年 12 月 7 日，冒险偷袭珍珠港，悍然发动太平洋战争。

据日本学者伊藤正德所著《联合舰队的覆灭》（海洋出版社中译本）记载：太平洋战争中日本军舰被击沉 410 艘、138 万吨；重创 59 艘、22 万吨，就军舰而言，损失率达 73.6%，就吨位而言达 83%。其中航空母舰 25 艘、被击沉 19 艘；战列舰 12 艘、被击沉 8 艘等……

用于战争的商船油船等补给舰船合计 1000 万吨，战争中被击沉 861.7 万吨，重创 93.7 万吨，合计 955.4 万吨。

这些庞大的钢铁巨兽全都沉没在浩瀚的天平洋海域，还有美军损失的包括 10 艘航空母舰在内的 151 艘战舰。据科学家不完全统计，大约有三千七百多艘二战战舰沉没于巴布亚新几内亚和帕劳共和国周围水域，从密克罗西亚群岛一直延伸到特鲁克群岛西边。

战后 70 余年来，一些被击沉的战舰被陆续发现——

1983 年，日本海军被称为史上最大战舰"大和"号击沉地点被探明——它位于鹿儿岛以西 200 公里左右的海域，水深三百多米。水下电视镜头显示，巨舰呈侧伏状，泥沙已掩埋了大半个舰体，底部的甲板上，几个被鱼雷爆炸撕裂的弹洞清楚可见。"大和"号战列舰，舰长 263 米，排水量竟达 72808 吨，比航母还要大。有 3 座 460 毫米主炮、120 门 30—306 毫米的各型大炮。创下吨位最大、火力最猛、装甲最厚的记录。二战期间，日本共建造了两艘——"大和"号和"武藏"号。1944 年 10 月，美军在菲律宾的莱特湾发起登陆战役，为阻止美军登陆，"大和"号和"武藏"号驶进莱特湾，美军特混舰队即刻进行拦截，从 12 艘航空母舰上起飞二百六十多架轰炸机、鱼雷机，并集中对"武藏"号进行攻击。10 月 24 日傍晚，"武藏"号被击中 19 枚鱼雷、17 枚航空炸弹，巨大的舰体冒着滚滚浓烟，连同 1021 名官兵沉入海底。尽管"大和"号在莱特湾仅中一枚鱼雷，受到轻伤，逃过一劫，但在其后的冲绳岛海战中就没那么幸运了。1945 年 4 月 7 日，美国海军特混舰队的 4 个航母群，起飞八十多架飞机对"大和"号实施空袭，3 个波次后，"大和"号命中 12 枚鱼雷、7 枚航空炸弹。到 4 月 7 日 14 时 23 分，"大和"号舰体倾斜，主炮弹药库引起连锁剧烈爆炸，舰体断裂，激起深 50 米的巨大漩涡最终吞噬了这艘巨舰。两千两百多名官兵也葬身鱼腹。

今年 3 月，在发现"大和"号沉船位置三十多年后，美国微软公司联合创始人保罗·艾伦在社交网站透露，二战中被击沉的日军巨舰"武藏"号在菲律宾中部锡布延海域被发现，沉没在 1000 米深的海底。他还发布了两张水下拍摄的照片。

2008 年 12 月，在太平洋一个由系列小岛组成的密克罗西亚群岛，科学家发现有五十多艘日军战舰被击沉在 56 公里宽的特鲁克泻湖内。据考证，这些战舰是 1944 年 2 月 16 日，由盟军发起"冰雹行动"的 3 天攻击中击沉的，这次行动重创了日军在太平洋战场的军事力量。近年来，这里又有了新的发现，泻湖内还

▶ 一名大胆的潜水者潜入船舱裸露的内舱龙骨中，一探究竟

▶ 几个被鱼雷爆炸撕裂的弹洞清楚可见

沉没了二百五十多架飞机。这些数据显示，这里已成为二战期间日本战舰和飞机在太平洋多个"海底坟场"中最大的一个。据科学家调查发现，这些沉没的战舰、油轮含有大量有害物质，如成千上万桶石油和化学品、以及更多没有爆炸的弹药武器。这些有害物质的泄漏，将对海洋生物、海滩、保护海岸线的红树林等造成潜在的生态灾难。这引起国际环保组织的关注并实施监测。英国"每日邮报"今年 1 月报道，距离二战结束的 71 年后，这个"海底坟场"已成为潜水者的乐园，海洋生物成为这里的新主人。欧美潜水摄影家几乎全都聚焦这个"海底坟场"．许多精美的照片令世界人民永远不忘 70 年前的那场战争．

陆续被发现的日本沉船中还有一艘叫"阿波丸"的。"阿波丸"是一艘万吨级运输船。1945 年 4 月，二战进入尾声，日军全面战败。"阿波丸"载着战争中从东南亚掠夺战略物资和军政人员 2007 人，从新加坡撤回日本，途径台湾海峡时被美军潜艇击沉在我国福建省平潭县牛山岛以东 70 米深海底。1977 年，我国对"阿波丸"沉船进行打捞作业。1980 年，我国政府将打捞起来的 368 具遗骨、218 箱遗物转交日本政府。

写下这些文字很平淡,然而 70 年前的海战则是十分惨烈。一年前,到夏威夷,第一愿望就是看珍珠港,看那艘还沉没在海底美军战列舰"亚利桑那"号和停在不远处以胜利姿势昂首挺胸的另一艘战舰"密苏里"号。1945 年 9 月 3 日,日本政府正是在这艘军舰上签下投降书,这标志着第二次世界反法西斯战争胜利结束。1941 年 12 月 7 日,日本海军偷袭珍珠港,美军太平洋舰队遭受沉重打击。造成包括"亚利桑那"号战列舰、巡洋舰、驱逐舰在内的四十多艘战舰沉没,256 架飞机被摧毁、两千多名官兵阵亡的惨重损失,因此太平洋战争爆发。战后,美军在"亚利桑那"号沉船上方建立了国家纪念馆供世界各国人们参观纪念。不巧的是,去珍珠港那几天刚好碰上美国奥巴马政府的"财政悬崖",国家公园全部关闭,未能如愿参观,十分遗憾。据说,在"亚利桑那"号沉船的海面上至今还漂着油花,残存在舱内的燃油预计还有一百多年才能泄漏完。油花漂得很慢,缓缓地从海底飘出,似乎还在向世人诉说着没有说完的故事。环保人士曾经建议把海底油舱的剩油抽光,保护海洋生态。但这一建议被大多数人否定。他们说:海面上飘出的是黑色的眼泪,它在控诉战争的罪恶,警示着后来的人们!

对于沉船、对于历史,世界爱好和平的人们自有共识。然而对于日本右翼势力,则有着不同的解读。自 1983 年在海底发现"大和"号沉船的位置后,围绕它的喧嚣就从未停止。10 年前,日本重新修复了这艘"世界第一战列舰",虽然只是外形复制,不具军舰功能,但大小一样的 1:1 全复制,尤其是号称"世界之最的"460 毫米主炮恢复了原来的模样,着实令人惊叹!日本人说,重建"大和"号具有纪念意义。是为了让日本人牢记历史,是为了"纪念 3000 长眠海底的斗士"。并耗巨资 15 亿日元,拍摄影片"大和的男人","希望用爱与死的主题,表现日本人独有的自尊和精神,表现日本人视死如归的气概"。并以此献给纪念"日本终战 60 周年"系列活动。

这以后,日本又策划打捞"大和"号,广岛县吴市地方政府还派潜水员两次下潜调查,打捞起了喇叭、餐具等近百件物品。还计划先期打捞起主炮和部分舰体。因为这将耗资巨大,需数十亿日元,决定向全日本募集捐款最终实施这一计划。

2013 年 8 月 6 日,日本海上自卫队 22DDH 型直升飞机航母在横滨下水,排水量达 2.7 万吨,被命名为"出云"号。第二代"出云"舰来了——"历史的幽灵再现！"中国人民不会忘记，就是这艘"出云"号，在 1932 年上海"1.28"时，就以日本海军第三舰队旗舰身姿开进黄浦江中。1937 年上海"8.13"抗战中，这艘"出云"号向我抗战军民开炮，上海沦陷。当时我抗战军民多次用飞机、水雷、甚至敢死队员接近爆破等手段对其攻击，终未能予以重创。直到 1945 年 7 月，美军"黄蜂"号、"香格里拉"号两艘航母出动二十多架飞机将其炸沉。"出云"号最终未能逃过正义惩罚！因为沉没后部分舰体露出海面，1957 年被拆除。今年，是世界反法西斯战争胜利 70 周年，这艘新型"出云"号就将正式服役。这样的"巧合"不能不令人忧虑、警惕。

质疑：一面海底国旗

今年 3 月 21 日，各大互联网上发出了一张令人惊奇的照片：一面宽约 1 米的五星红旗绑扎在帕劳海底日本海军沉船"石廊"号供油舰尾部。这个照片的拍摄者和"发现者"是"日本共同社记者"。据《环球时报》报道，这个发现让不少日本人心中犹如打翻了五味瓶，很不是滋味儿。共同社记者称，可能是中国人挂的。因为近年到帕劳旅游的中国人激增。日本网民也纷纷吐槽，有人质疑，这是不是共同社记者自导自演，就像当年"朝日新闻"关于珊瑚礁被破坏的假新闻一样。

从那艘叫"石廊"的日本沉船潜游的兴奋过后，我曾问起那一时段到过这一海域潜水的上海潜水教练王晨岗，有没有看到过水下挂的五星红旗？他说：他们是 3 月 19 日上午下潜的。（正是日本共同社记者发现并拍摄照片的前两天。）那天在水下前后不到一个小时，后甲板是必去的，因为那里还有一门没有倒塌的主炮。没有看到挂有五星红旗。后来，也没有听说过那段时间有熟悉的中国潜水团队在水下挂旗。

从我自己这次在帕劳 5 天 16 次下潜的亲身经历体会，这事总感蹊跷。据了解，目前在帕劳极少中国人独立经营的潜水俱乐部，几乎所有中国潜水员前往帕劳潜水，全都是和国际潜水俱乐部团队合作进行的，国际潜水俱乐部团队非常专业，法律意识、环保意识非常规范。即便有个别中国籍潜水员加入其团队，每次下潜都有国际潜水员、又称"潜导"陪同，专职对技能、安全、线路、环境、生态进行指导。这之前，外来潜水者还要签约文件，作出承诺，方可参与下潜活动。比如：不许触碰海底生物，包括鱼类、珊瑚、各种水下植物等，到水母湖潜水不准使用防晒霜等等。一次乘坐的快艇疾驰时，驾驶员发现水中有一黑色物品，虽然风浪很大，但他立刻减速，操纵小艇慢慢抵近。当看到仅仅是一个被风刮到海里的塑料袋时，我以为他就此为止而离去。但他没有，依然慢慢靠近，直到捞起。这些细节让我想到，中国潜水员几乎不可能单独前往下潜点进行潜水活动，在国际潜水员陪同下潜的时候，他们的职业要求几乎不会允许潜水员做出挂红旗之类的超常规行动。

事实是：之前、至今也尚未看到中国人拍摄的水下五星红旗的照片。在自媒体这般喧嚣的时代中国始作俑者恐怕没有这么寂寞。

事实是：之前、至今也尚未看到第三方——各国潜水人员拍摄到的水下五星红旗照片，带个普通水下摄录机下潜几乎是下潜者的嗜好。日本共同社记者报道："一同下潜的当地日籍潜水向导说，这可能是最近一周内绑上去的。""一周内"——这么长的时间段，不会没有第三者看到，拍下。

另一事实是：网上流传的这两张水下五星红旗照片，全都来自"发现者"——共同社记者。而且，拍摄也十分专业。

我想，如果真是中国潜水员挂了旗，陪同的国际潜水员也许早就制止了、"举报"了，作俑者甚至早就自我炫耀了、抢了"头条"了，还轮得上日本共同社记者专门带上专业水下相机来拍摄记录、进行独家报道！？记住：每天到这一潜点的各国潜水团队绝非只有共同社记者独家！

心中疑虑，但愿能解！

中国和帕劳尚未建交，帕劳正在成为中国旅游的热点目的地之一。中国人在海外确有一些不文明现象，值得检讨。但抹黑中国也是一些海外媒体津津乐道的舆论热点。不择手段、蓄意放大、捕风捉影、颠倒黑白等，他们过去做过，将来也还会做！

挂旗风波正好发生在日本天皇访问帕劳前夕，也是即将迎来世界反法西斯战争胜利 70 周年纪念的特殊时期。时间十分敏感。在七十多年前的太平洋战争中，位于菲律宾和日本本土之间的帕劳群岛战略地位十分重要。是日本防守本土、冲绳的最后防线。1944 年，美军在此激战两个多月，全歼了贝里琉岛一万多日军。美军也付出极大代价。史称"贝里琉岛战役"。战后，有 2600 名日军尸骸一直没有找到，估计仍在日军的防御洞穴工事中。据今年 4 月 1 日，澳大利亚媒体报道，最近在帕劳的一个洞穴内发现了二战时期日本侵略军的 6 具士兵遗骸。在帕劳，很多日军洞穴工事内还遗留有弹药和爆炸物，因担心有爆炸危险，这些洞穴二战后被长期封闭。随着日军士兵遗骸的发现，这个岛上的一些风景区已经关闭。由于有一万多日本兵葬身贝里琉岛，1985 年，日本政府在该岛最南端面向大海修建了一座高 4 米、宽 8 米的纪念碑——"西太平洋阵亡者之碑"。为迎接日本天皇到此献花、凭吊，日本政府 2014 年开始，动用数千万日元对因台风侵袭受到破坏的纪念碑进行修复，并在其周围修筑一处高 1.1 米、长达十多米的防波堤。因这一建筑影响了人们看海，曾引起岛民的不满。

▼
残存栏杆曾被挂中国国旗

寻找北极熊

发表时间：2015 年 10 月 5 日

"什么时候能见到北极熊？"
经过了两天两夜的航行，终于看到了海面上的浮冰！
再向前就是北极冰盖区了——这是北极熊生活的领地。

一只北极熊行走在高高的冰川悬崖上

探险队长詹.伯瑞德说："最多一次看到了四五只北极熊，最少的一次也看到了一二只。"他很坦然、自信。他是德国人，有着 24 次北极探险的经历，已 10 次到达北极 90 度极点，从 2006 年起，几乎每年 1—4 个航次行走这条北极航线上。他的情绪感染着大家。

"我们会 24 小时派人在驾驶台用高倍望远镜观察，一旦发现了北极熊，立即广播，叫醒大家。只要你不贪睡啊。"他掌握了德语、英语、西班牙语和法语，中文也会来几句，很风趣，宽慰着大家。

北极的夏季全是白昼，没有黑夜。

话虽这么说，但能不能找到北极熊，看到北极熊，心里还真没数。

近些年来，有关全球气候变暖，北极冰盖极度缩减，北极熊赖以生活的自然环境遭到破坏、生存状态堪忧的报道令世人关注。

——2013 年 7 月下旬，人们在挪威斯瓦尔巴德群岛上发现一头北极熊的尸体。目击者称它身体里几乎没有脂肪，只剩毛发和骨骼。一些专家猜测是气候变化导致这只北极熊难以捕食而饿死。

——2015 年 9 月 16 日国际各大媒体刊发一张照片：一只野生北极熊的身影：骨瘦嶙峋，拖着一条伤腿，挣扎着在浮冰上寻找食物。摄影师卡斯汀·朗恩伯格说，她是在挪威斯瓦尔巴特群岛地区看到了这只让人心碎的雌性北极熊。

——2015 年夏，《国家地理》杂志研究员在极地考察中又捕捉到了一组令人不寒而栗的镜头：一头雄性北极熊猎杀同类幼崽，并残忍地将其吃掉。这段视频是在加拿大东北部巴芬岛上拍摄的。从视频中可以看到，尽管母熊试图保护自己的孩子，但是雄性北极熊还是在瞬间就将幼崽撕碎，而伤心欲绝的熊妈妈为了保命只能先逃走。

——2016 年初，一直为北极熊生存而努力的"加拿大北极熊保护协会"组织创始人之一博加德表示，该组织开始尝试一个新计划：将首批 25 只北极熊迁往南极冰雪大地，成为南极洲的一员。而 4 月 1 日正好是南极大陆冬季的开始。加拿大政府支持这一项目，负责管理安置。据悉，"加拿大北极熊保护协会"已经多次成功地帮助北极熊迁徙——最近一次是从哈德逊湾转移到格陵兰岛一个僻静处——但到目前为止，这样的迁徙仅限于北极范围内。该组织称，如果第一批北极熊能够成功"安置"，将把更多北极熊"送往地球的另一端，寻找新的家园"。

对于上述报道，极地动物专家十分冷静。关于北极熊骨瘦死亡，挪威极地研究所专家约恩．奥尔斯说，老年期北极熊的生存率一般比壮年期北极熊低很多，最有可能因为捕捉不了猎物而饿死。浮冰上的海豹是北极熊最可能接近的猎物，在这头北极熊死亡的地方，夏季缺少海冰可能减少它的捕食机会。当然，也不排除有其他原因导致这头北极熊死亡。

猎杀同类幼崽在自然界其实并不罕见。雄性寻偶将雌性幼崽猎杀，在哺乳动物中是常见的事。

将北极熊迁往南极大陆并非最理想方案。德国海洋生物学家、动物权利组织成员阿恩．佩德森认为：这不是好主意，"如此大型食肉动物易地安置，如果遭遇自然界不可预知的危险侵犯，后果将可能无法挽回。"

不过，多项研究显示，气候变化造成海冰消退，这确实已经成为对全球北极熊生存的最大威胁。北极熊的生存危机已成为全球关注的不争的事实。

乘上直升飞机巡航在北极冰盖上空。俯瞰冰原，一片白茫茫，偶有融化冰面积水和断裂的冰盖间，露出墨黑色、淡蓝、淡绿色的海水。还有在旋转的机翼下，我们乘坐的那艘 2 万 5 千吨的核动力科考破冰船"50 年胜利"号曾经那么巨大的身姿，怎么一下子变得那么渺小——在无边的冰盖上只是一个小红点。以及破冰前行，船尾留下的一条细细的、长长的、墨黑色的航迹。

北极熊呢？几乎无法想象在高空上看到北极熊，它那雪白的、娇小的身影。

三次看到北极熊

很幸运，驶入冰盖浮冰区的第一天清晨就看到了北极熊。

"在船首左舷 10 点钟方向有一只北极熊！"广播话音刚落，人们飞快跑出船舱，一下子长枪短炮就聚满了船首，有的人甚至忘了穿上防寒服。

太远了！只见远处浮冰间，有一只北极熊在冰海里游泳。也许是因为看到了破冰船巨大身躯，或是慌忙躲避——它似乎在拼命往远处游。海面上只露出头和蠕动的身体。

北极熊是游泳健将，据说在海里一口气可连续游泳达 40 公里、甚至更远。它的游泳姿势很不好，"狗刨式"！为了捕食、为了生存，北极熊可长距离地在冰盖上行走、冰海里游泳。

在一阵阵急促的相机快门声中，从取景框中看着北极熊渐渐远去。很快，巨大的浮冰挡去了它那晃动的身影。

向北，破冰船继续向北！

再次看到北极熊是乘坐冲锋艇巡游在法兰士·约瑟夫群岛冰山间。

探险队原定乘冲锋艇登岛，然而岛上发现北极熊活动，登岛计划不得不改变。前几天登岛，俄罗斯极地国家自然保护区警察事先登岛勘查划定安全区，并持枪实弹在安全区边缘站岗，以防北极熊的袭击。曾经有报道：几只北极熊来到岛上俄罗斯北极气象科考站附近活动，使得考察队员连续一周躲避在房中，不得出去，连驱熊声光弹都用完了，只有等待直升飞机补充食品，救援。为以防万一，我们

在冰盖上淌水

这次海面冰山巡游的每艘冲锋艇上都配备了一名荷枪警察。

乘坐的小艇渐渐靠近冰山小岛,一只北极熊似乎艰难地行走在远远地冰山上,临海一面竟是融化垮塌的冰川悬崖。冰川悬崖、冰海拍浪、茫茫冰原相衬下的这只北极熊显得那么渺小。顾不得冲锋艇在海浪中的晃动,用长焦镜头连连抓拍了这一镜头。

冲锋艇巡航在融化断裂漂浮在海面上的冰山间。沿冰川海岸望去,巨大的冰山融化断裂的痕迹象雕塑一样,呈圆形、尖形、菱形等奇形怪状。融化的冰面还有呈绿色、红色、黑色的区域,将原本雪白雪白的冰面变得多彩起来。而冰川全部融化后露出的海岛礁石则黑乎乎的,没有了生机,显得那么不协调,不合时宜。

半个多小时后,回程时,远远看见这只北极熊仍在冰原上。它走走停停,竟悠然地躺倒在冰面上小歇起来。身边是融化的冰川流水裸出的黑黄色污痕,和雪白色的冰面成强烈反差。

北极熊捕食大都在冰盖上、浮冰间、及岛礁海岸边,因为那里有海豹、海象等海洋生物栖息,是捕食的最佳地区。而这只北极熊竟远离海水、行走在高高的冰川上,真是难以想象。

已经两次看到北极熊了，虽然太远。还能看到第三只北极熊即是奢望了。

意外之喜发生在从北极点返航，向南、即将离开北极冰盖的最后一天。

茫茫无垠的冰盖上，远处薄雾濛濛。一只北极熊孤独地行走着，一会儿向东、一会儿又向西、向北、向南。一条条断裂的冰盖"河道"太宽，挡住了去路，它来回折返，似乎没了方向？似乎更不愿下水游泳，弄湿了绒毛？

巨大的破冰船就在身边，它毫不在乎，毫不理会，悠悠然地行走在冰面上。遇到浅水——淌过去；遇到较宽、较深的"河道"——就一跃而起、飞越过去！矫健有力的身姿倒影在水面上。真是太完美了！当拍下这一镜头，探险队员们都惊呼起来。据说，北极熊是跳跃奔跑能手，最高可达 1.8 米，最远可跳跃 5 米宽的冰河、沟壑。它的奔跑速度，最快每小时可达 50 公里，当然持久时间不能太长。

更惊奇的是，它走到冰岸边，竟停了下来，俯首对着镜面一样的水面，"照镜子"——仔细端详着自己，足足五六分钟。它还不时抬头，翘首望着近在眼前的巨轮、和对着它狂拍的探险队员，神情十分安详平静，萌萌的。

其实北极熊并不是在"照镜子"。长时间蹲守在北极冰盖的冰洞边，是北极熊捕食海豹的绝技。据说，它们甚至几个小时地守在洞口，只要海豹一探头出水面换气，北极熊就以迅雷不及掩耳之势、用锋利的前爪将猎物拍死抓住，捕食猎物。

"找到三只北极熊，我的任务完成了！"探险队长詹.伯瑞德欣喜地说。

"北极之王"之忧

"别看它似乎有点萌、很憨厚，其实它在北极几乎没有天敌，除了人类。"随船前行的德国极地动物学家彼特女士说。"它被誉为'北极之王'当之无愧。"

她指出：北极熊在极其寒冷的北极地区生活、生存、繁衍是大自然的造化。在地球北纬 66 度 34 分（北极圈）以北、总面积达 2100 万平方公里，（陆地部分占 800 万平方公里）的广大地区，目前存活北极熊大约有两万多只，数量相对稳定。当然北极熊主要还是相对集中生活在加拿大北部、美国阿拉斯加、格林兰岛和俄罗斯的法兰士.约瑟夫群岛等浮冰、冰盖地区。到 1950 年代，由于人类的无节制的猎杀，其数量曾一度缩减到 5000 只以下。为了保护它们的生存，1972 年，

▲
越过冰河

美国颁布过法律，除了生存需要，禁止捕猎北极熊。1973 年，北极圈内的国家，包括美国、加拿大、挪威、丹麦和苏联等 5 国进一步签署了"保护北极熊的国际公约"，"公约"除了限制捕杀和贸易以外，还进一步提出了保护其栖息地以及合作研究的条款。目前《濒危野生动植物种国际贸易公约》（CITES）已将北极熊列入附录 II，而"世界自然保护联盟"（IUCN）的红皮书则于 (2006 年) 正式将其列为"濒危"。

冰面、冰盖几乎是北极熊生存的唯一依赖。

目前对北极熊生存的主要威胁是气候变暖，冰盖大面积融化缩减。

——2007 年美国前副总统阿尔·戈尔就作出预测："北极冰盖正在急剧减少，最早可能会在 7 年后的夏天消失殆尽。"因对气候变化问题贡献巨大，他和他的团队"政府间气候变化委员会"（IPCC）分享了当年的诺贝尔和平奖。

——2015 年 12 月，美国曾报告北极气温创 115 年新高，导致大批动物迁徙。而更罕见的是，12 月 30 号当天，北极气温升到了 0.8℃，也就是从 29 号的 –35℃，24 小时内急升到 35℃，堪称"世纪之暖"。这是有卫星探测以来，首次在 12 月的北极发现零上的温度，也是有史以来第二次，北极气温在冬季升到零上。

　　——2016年6月，剑桥大学教授彼得.沃德汉姆斯得出结论称，北极会在近10万年来首次彻底无冰，冰盖层可能在今年或明年就会消失。北极上一次无冰是在10—12万年前。"今年9月冰盖层面积小于100万平方公里"的依据是：北极冰盖层现在的消融速度数据。早在30年前，北极的冰盖层面积为1270万平方公里。到今年年初这个数字降到了1110万平方公里。现在，北极的冰盖层面积为340万平方公里。研究人员认为，这已创下记录新低。

　　这些国际环境气候专家、权威做出许多的预测和论断，似乎有点危言耸听——

这些预言今天都还没有完全成为现实。

戈尔 2007 年的预言"北极冰盖正在急剧减少，最早可能会在 7 年后的夏天消失殆尽"，就落空了！

2016 年 7 月下旬，我们乘坐的俄罗斯"50 年胜利"号核动力科考破冰船向北航行、穿越北极冰盖，抵达北纬 90 度、北极点。沿途亲眼见到：虽然夏至已过、正值盛夏，是北半球温度最高之际。此时，北极的冰盖在融化，但还真没到北极冰盖"无冰""完全消融"的极端程度。我们航船进入北纬 80 度就开始见到浮冰了，到 82 度就几乎完全进入冰盖区了，再到北纬 90 度、北极点，冰盖厚达 3 米左右。

1 度相当于 10 海里，10 度相当于 100 海里（185 公里），也就是说从北极点为圆心向南大约一百多公里的地区都覆盖着冰面。沿途经过法兰士 . 约瑟夫群岛附近冰川区，不时见到巨大的冰川高出水面十多米，据说这只是浮冰的 10%，巨大冰体全在海面以下，有着上万年的历史。

专家们指出：人类猎杀北极熊的活动已基本制止，但威胁北极熊生存的人为因素还有很多，如商业过度捕捞，使北极熊的食物源减少。还有噪音、油污、垃圾、尘埃等污染。尤其北冰洋白令海峡航道的开辟，以及北极海底蕴藏着全球四分之一的石油、天然气等资源的开发，其潜在威胁将是难以想象的。

随船前行的探险队另一位德国极地气象学家凯洛琳，她专注北极圈气候变化、并负责从卫星图像中提取有关北极冰雪消涨变化的信息。她说：我们在经过的冰川上见到的粉红色冰面、绿色冰面，这都是北极冰盖病灶的表现。这些红色雪藻之所以大量生长，是因为气候暖化造成冰雪融化形成的过多水份促进雪藻大量繁殖，这不是自然发生的现象，而是人为因素造成的气候暖化的结果，是大自然在提醒人类注意气候

黑色的冰雪

暖化的严重程度。这将造成恶性循环，冰面吸热快，融化速度也将加快。

极地冰川专家不无悲叹：如果地球北极地区最主要的冰盖——格陵兰冰盖全部融化，全球海平面将升高 6 米。大部分科学家认为，在本世纪内，全球海平面至少上升 1 米，这就意味着全球受影响面积将达 222.3 万平方公里，受影响人口达 1.45 亿。

"如果南北极冰盖全部融化，全球海平面将升高 60 米。那时，别说北极熊了，中国东部的海岸线将后退 400 公里，现在的沿海陆地将淹入海底，华东的海岸将推延到南京。"随船中方探险队长、原国家极地科考队员、有着多次南极北极科考经历的刘富彬再次警示说。

如今，国际极地冰川、气象环境专家已将"北极冰盖夏季无冰"这一预言推迟到 2040—2050 年！《美国地质勘探》杂志预测，北极冰面融化，到 2050 年地球上北极熊数量可能减少三分之二，其中阿拉斯加地区的北极熊将绝迹．

也许北极熊的时间不多了，

留给人类的时间也不多了！

一幅美丽的景象一直留在脑海中：在北纬 90 度——北极点。茫茫冰原上，一位来自俄罗斯的著名画家维克多支起画架，跪蹲在冰盖上画下了这里白色、苍茫、寂静、寒冷的画卷。

后来，这幅油画作品，在慈善拍卖中，拍的一万美元，用于保护救助北极熊。

再一幅画面定格：本月初，在杭州举行 G20 峰会前，中美两国首脑向联合国正式提交了两国政府批准的：联合国全球气候大会"巴黎议定书"。"巴黎协定"制定目标："把全球平均气温较工业化前水平升高控制在 2 摄氏度之内，并为把升温控制在 1.5 摄氏度之内而努力"。

当今世界两个最大经济体的领袖行为，将推动治理全球气候变暖，保护我们人类的家园——地球。

也许北极熊的时间不多了，
留给人类的时间也不多了！

潜入蓝洞

采写时间：2017 年 8 月

潜入蓝洞，即刻被一片深蓝裹挟着，眼前是浅蓝、深蓝，再向下是墨蓝，唯有洞口射下的光是白色的、明亮的！顿时有一种莫名的兴奋涌遍全身！

两年前，第一次潜入帕劳蓝洞，那会儿还在学习潜水阶段，尽记着下潜的动作要领、做耳压、练习中性浮力，紧跟教练、潜导，生怕脱离了潜伴和队友。只记得从水中的一个洞口游出后，来到一片蓝色海域，迷迷糊糊的。出水后，脑子一片空白，蓝洞潜水的乐趣竟然一点都没体会到，真是太遗憾了。

今年夏日，再次前往帕劳，再次潜入蓝洞，还特地带上了 D810 专业水下相机。

下潜——同样是排气、做耳压。从直径大约二十多米宽的海面圆形洞口向下，身边突兀着的奇形怪石，向下垂挂在水中，甚是神奇。沿着怪石再下潜，突然宽阔起来，一个远超过足球场大的海底洞窟出现在眼前，高度远超过 10 米，有些紧张的心一下子开阔起来。随着下潜深度，光线越来越暗。潜停在大约 30 米深的洞底，可看到洞壁四周上还有一些更狭小的洞窟、裂缝，黑黑的，不见深处。向上仰望，洞窟崖壁上挂着一些柳珊瑚，在洞口光线的照射下，像水墨画般飘荡在水空中。仔细数去竟有 4 个洞口，以不规则圆形状向上露出距海面 3 米的水中，阳光穿过海水射进洞里；另有 1 个横洞口在洞窟一侧 20 余米深的水中，隐秘在海面下，望过去全是蓝色的海水。洞口的明亮和洞中的黑暗形成强烈反差，有些魔幻。洞中没有水流，缺氧，几乎没有看见鱼类等生物。

"咕噜噜、咕噜噜——"除了自己呼吸的声，这里的一切都太安静了！诺大的水中洞窟只有几位潜者的身影、以及缓缓飘起来的小气泡、还偶有他们手中的小电筒射出的光点在暗处轻轻摇晃。他们慢慢地、悠悠地潜行，在洞口那忽明忽暗的蓝色光影中，似乎悬浮在了一个奥秘、虚幻的世界。

▲

下潜，身边是峭壁怪石

▲
3 名潜者潜游在相邻的两个洞口之间

我的潜伴 LEE，有着 5 年潜水教练生涯，经验丰富。他和一批来自各地的潜者，无形中竟成了我拍摄的水中模特儿。我调试相机，拉开距离，做好中性浮力，一一拍下他们洞中巡游的身影。

终于要游出蓝洞了！

潜伴 LEE 带领我们从横洞口游出——眼前豁然开朗起来！一边是浩瀚的太平洋，一边是垂直到海底上百米深的峭壁悬崖——这就是帕劳有名的潜点：大断层！这里明亮、宽阔、晶莹、剔透。潜游在此，竟是另一番景象。

帕劳被誉为世界十大潜水圣地。

潜入大海，潜入蓝洞，真是太美妙了！

从高空鸟瞰海洋，在太平洋、大西洋、亚洲、欧洲、南美洲的一些岛礁区，海面上会突然出现一汪深蓝色、墨蓝色的圆形水域，它仿佛是大海的眼睛，睁

着瞳孔，和蓝天对视——从地球大洋莫名的深处望出来，深邃、神秘、诡异。

这种现象被称为蓝洞，是海洋上一种奇特的自然景观。

看到海底巨大、突然下沉的深洞，远在古罗马时代，就有人好奇到蓝洞内探险，竟传出"蓝洞就是巫婆修身养气、修练魔力的基地"的流言。在古印第安人看来，蓝洞中住着名叫卢斯卡的恶魔——一种可怕的怪兽，它的脑袋是鲨鱼，尾巴是鱿鱼，会把人、甚至船一起卷走，拖到深处吃掉。长久以来，人们"以讹传讹"，使蓝洞蒙上了神秘的面纱。

经科学考察，蓝洞是地质构造时期形成的，有一些干燥的洞穴，在冰川消融、海平面上升之后，洞口被海水淹没。而有的则是珊瑚礁或石灰岩在海水、风浪、潮汐的侵蚀下，海洋地质岩石坍塌变化渐渐形成的。蓝洞具有很高的地球物理科研价值。

全球海洋上除帕劳蓝洞，还有著名的加勒比海伯利兹蓝洞、太平洋上塞班岛蓝洞、意大利的卡普里岛蓝洞、埃及红海蓝洞等，以及还有许多隐秘在大洋深处的蓝洞。

如今，蓝洞成了世界潜水爱好者的天堂。

世界最深海洋蓝洞是我国南海的"三沙永乐龙洞"，深达 300.89 米，位于三沙市西沙群岛永乐环礁晋卿岛与石屿的礁盘中，地理坐标为北纬 16° 31′ 30″、东经 111° 46′ 05″。经过探查，西沙永乐蓝洞为垂直洞穴，蓝洞口径为 130 米，洞底直径约 36 米。为保护西沙岛礁生态环境，"永乐蓝洞"尚未开发。

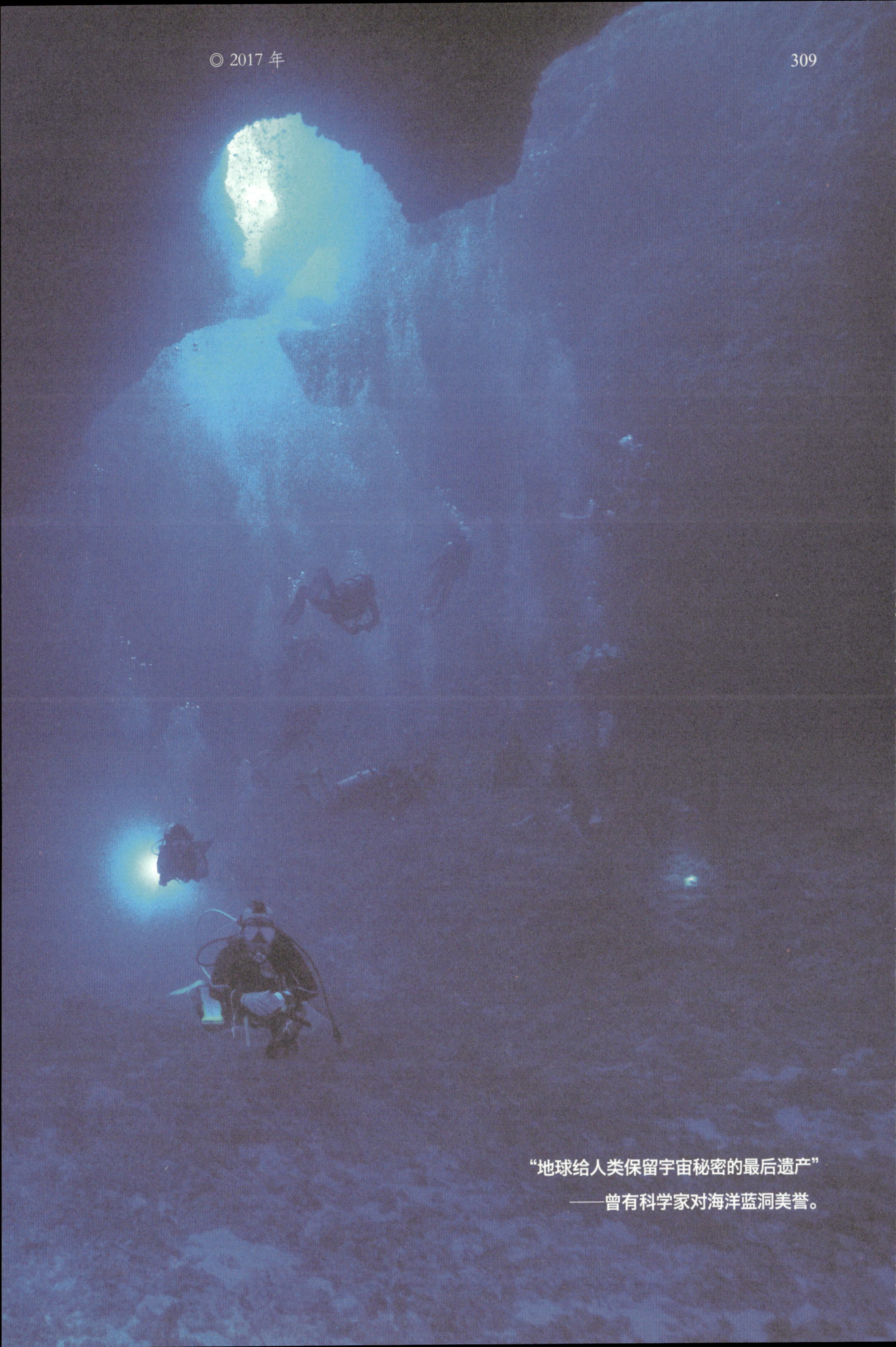

“地球给人类保留宇宙秘密的最后遗产”
——曾有科学家对海洋蓝洞美誉。

看春戏

春日的阳光，暖暖的。

地里的油菜花开了，黄黄的。

早早地吃好中饭，87 岁的蒋阿婆搬起长板凳出门了。今年的春戏在村委会广场演出，早到了占个好位置。

67 岁的沈老伯腿脚不好，就驾了三轮摩托车来。车子停在后排，坐在车上看戏，高出一头，又稳当又适意。

不一会儿，村委会小广场就挤满了看戏的村民。

▼
林家草村

◎ 2018 年

311

▶ 王港村

新春里看社戏是上海远郊王港村一带老人们每年必有的传统活动。

"小时候，一过大年初五，就挨着村去看戏。这村看了到那村，有时走上十多里路都还去看。"将阿婆说。

青浦区商榻乡村地处江苏、浙江交界处，一条小河隔着江、浙。演社戏、看社戏有着上百年的历史。每年新春里，大年初五一过，常年游走的江浙沪乡间的草台戏班就来了，这村演了到那村，一直演到3、4月间，农忙春耕了，才停下来。浙江那边叫"社戏"，王港这里老百姓喜欢叫"春戏"。

在商榻乡村长期从事广播电视采访的叶建生，今年62岁，退休了，如今是乡镇非遗研究会研究员。他说："过去是有钱人家过年出钱请来戏班为全村人演出，也有大家族、同姓氏捐钱、凑钱请戏班，为村民演出的。后来停了好多年。改革开放后，才又恢复起来了。前些年都是乡镇企业老板为村民乡亲请来戏班，也有外出打工挣了钱回来过年出钱请戏班的。近些年来，浙江那边来的戏班越来越少了，我们当地一些喜欢戏曲的老人自发组织起来，排演一些群众喜欢的传统戏剧，为大家演出，社戏的传统一直延续下来。"

"今天的社戏可不是哪个企业老板出钱请来的。是政府埋单！"村支书蒋金华说。只见小小舞台中央标语格外醒目"青浦区文化资源配送专场——戏曲进乡村"。

来到后台，演员们正在化妆。今天演现代戏，全本沪剧《孤岛血泪》。

参加演出的青浦华新七彩艺术团正是一些喜欢戏曲的老年艺人组成的民间演出团体，他们常年在青浦乡间演出，演现代戏、也演传统戏，演全本大戏、也演折子戏，演沪剧、也演锡剧越剧，还演上海说唱，以及在江浙沪乡间流行的宣卷（似说书、用当地方言表演的民间艺术）。

　　据当地老人介绍，过去都看草台戏，政府送戏下乡还要追溯到上世纪七十年代。记得当时上海市沪剧二团储慧琴团长带队下乡，在村里住了半个月，体验生活，参加劳动，创作农村题材的剧目。结束时，搭台为村民演出，轰动了水乡商塌四村八乡，观众上万人，整个村庄都沸腾了。也许在王港村历史上，市里的专业剧团下乡就这唯一的一次，四十多年过去了，老人们说起来还津津乐道，仿佛就在昨天。

　　美丽乡村建设，文化是灵魂。随着乡间草台戏班逐渐消失，政府公共文化服务机制、体系的进一步健全、完善，优质文化服务配送到乡村、到田头、到基层，解决文化下乡"最后一公里"，无疑是受到农民群众欢迎的大好事。看到老阿婆、老大爷的笑脸，真为他们感到高兴！

　　台下观众全是老阿婆、老大爷！格外挑眼的是老奶奶们的花头巾——这是上海远郊江浙沪交界一带老妇人特有的饰物！

　　台上演员也都全是60上下的老人。环视全场几乎没有一个年轻人！心中也不免忧心、惆怅。

　　镜头中，仅有一位女大提琴手稍许年轻些、时尚些。她的大提琴有点"阳春白雪"，她的红围巾在众多老妇人们的花头巾中显得不合时宜。

　　看社戏是上一代人的传统习俗，与年轻一代已渐行渐远了！

◀ 大提琴有点阳春白雪了，大红围巾在阿婆的花头巾中显得不合时宜

采访札记

　　1990 年代中期，第一次到青浦采访社戏，至今已有二十多年了。那时，每年新春一到，青浦商榻熟悉乡间社戏文化的朋友叶建生、陈文等就打来电话，告知社戏演出信息，什么"泖甸村"、"林家草村"、"湖雪村"、"甘子圩村"等，现在还记得。彼时，只要在上海，没有其他特别的采访任务，都来。二十多年前，还是坐长途公交车才能到远郊，路上就要三四个小时。到 2000 年以后才自驾开车来。

　　记得 1996 年 2 月，淀山湖畔的湖雪村社戏开演啦！戏班不仅在村里搭了戏台，还驾着水泥船，沿着小河道绕村巡演。演员站立船头，悠扬委婉的沪剧唱腔响起，村民都围在岸边、挤在桥上观看，盛况空前。村民们欣赏水上戏台的精彩演出，别有情趣。这也是一道特别的水乡景观。1998 年 2 月，在顾行村，社戏开演前，化好妆的演员到台下向观众拜戏。这下热闹了！老在台上看到"名角"来到身边，老阿婆们激动地和演员拉手、拍肩，亲热非常。

　　那会儿的戏台都是用木板、毛竹支撑搭建的。几块油布、草编、塑料编织布围起来，隔成前台后台，还挡挡早春的风寒。武戏不多，但演出时地板还发出蹦蹦的声响。高音喇叭用毛竹杆高高的架在舞台一侧，演出戏目写在小黑板上挂在台边，台口大幕、灯光俱全。现在看来，这些设备老旧了，却都留下那个时代的痕迹。

那会儿，戏台搭得高，从后台台底下还能看到前排观众看戏的表情，戏曲随剧情发展，戏迷们的喜怒哀乐尽情展现。从这个角度拍照真的很妙。

观众和现在一样，老人们搬着长凳、竹椅早早地来到台下抢占位置，生怕晚了坐到后边了。看社戏，是老人们新春里重要的社交活动，早到了就和熟悉的朋友、乡邻聊天闲话，嗑着瓜子，喝着自带的香茶。还有许多小学生也早早来到场地，一会儿打闹，一会儿又围在后台，观看演员化妆，很是新奇。那时的戏班演员老中青都有，演员中也有一些学戏的小演员。

最特别的风景还是老阿婆和年长妇人们头上戴着的花头巾！这可是沪郊阿婆、妇人最有标志性的装束，最能体现地域文化的服饰，每每见到都总想找到更好的角度来表现，拍到好照片。

到了 2000 年以后，常年游走在乡间的浙江草台戏班渐渐少了、后来就几乎绝迹！商榻乡间一些喜爱戏曲老艺人自发组织起来，搭起了自己的小戏班。2012 年新春，在陈东村，一个由附近江苏乡间、商塌当地的戏友、戏迷 10 来个人组建的小戏班为村民演出。他们取名"乡韵"，搭了一个小舞台，连演三天。班主顾敬东自己就是戏迷，他买来光盘，放着录像记谱、排练，还组织主要演员到无锡去向锡剧团的名师请教，硬是像模像样地排出了十多个剧目，受到当地村民喜爱。演员都是多面手，前台演出，后台器乐，剧务装台，音响调控等等，一人兼了好几项。面对年轻演员缺少的困境，他还表示，想尝试到附近乡镇企业，招个把外来妹来练练。多年过去了，不知这位顾班主的乡韵小戏班命运如何？

今年春节过后，要不是退休到乡镇非遗研究会的老朋友叶建生来电话，沪郊青浦商塌社戏也许再也无暇过问了。一打听，原来每年商塌乡间都演出不断的社戏几乎没了。"江苏那边还有一两个村在演。青浦商塌这边就只有 3 月 24 日这一场政府埋单的戏了！"听了叶建生的话，再到现场看到如此景象，真的感到乡间老的传统真的很难再继续了。

社戏没了年轻人的参与很难有未来。

入册"非遗"是最好的归宿。

笑了，鹦哥村人

采写时间：2018 年 4 月

瞧！一座钢铁长虹横跨在金沙江大峡谷上，雄伟、壮观！

鹦哥溜——被誉为"亚洲第一溜"的峡谷溜索就在旁边！他们仅相距 500 米。

2018 年 7 月 10 日，这座长 385.2 米、宽 9 米的钢铁大桥建成完工。

鹦哥溜就要下岗了！

2018 年 9 月 1 日，横跨金沙江大峡谷的另一座连接四川凉山对坪镇和云南昭通东坪镇的"溜改桥"大桥也贯通了。

告别溜索，在金沙江大桥行走的愿望就要实现了！

被金沙江峭壁相隔悬崖村——鹦哥村人祖祖辈辈想都不敢想啊！

▼ 鹦哥溜横跨金沙江大峡谷，将成为历史！

乘坐溜索吊筐进村。

村口的那两棵老树枝叶茂繁，在阳光下闪着青翠油绿的光。

　　村口，其实就是溜索停靠、村民上下吊筐的地方。原本这里就是山崖，脚下 300 米深涧是奔腾不羁的金沙江水，山风烈烈袭人。从前谁都不会到这儿来！

　　溜索就建在金沙江两岸的悬崖边。这边是云南省巧家县鹦哥村，对岸是四川省布拖县冯家坪村。只见两根五六厘米粗的钢索架设在金沙江大峡谷两岸岩石上，跨度达 470 米，高 260 米，落差 15 米，一个约 2 米见方的吊筐悬挂在钢索上，另一根钢索做动力牵引往返。溜索把两省、两县、两村连在一起。

　　鹦哥溜——这就是鹦哥村两千多村民进出山村的主要交通工具。

　　因为建了溜索，村民出山等候溜索、回村搬运物资，都要在村口上下、聚汇、歇息。

村民杨家学笑了！

　　他买了些烟叶、扫把等生活用品乘坐溜索回村。今年 48 岁的他，那"高原红"明显特征的脸庞黑红透亮。自从大桥开建，他和不少村民都到建桥工地打工了。政府、企业扶贫让山民增加收入，同时建桥也需要劳力，一举两得。"村这边通大桥的路还没建好，摩托车不能开，现在还是走溜索方便些。再坚持几个月就走新大桥了啦！"他把摩托车停在江对岸，乘上溜索回村。望着自己也亲自参与建设的大桥，很兴奋。

　　他只读了村小，如今闲时外出打工，农忙时回村种地。"前些年还能种水稻，后来水源少了，就种包谷、红苕。"他说"家有两亩地，还种了桑树，去年养蚕仅收入 3000 元。天干，交通不便。"

　　桥通了，路畅了就好啦！他期盼着——

▲ 村民杨家学笑了

村民蒋世学笑了！

　　74 岁的他早已是新闻人物了。他是鹦哥溜索的"驾驶员""司机"，当地

人称"开溜人"！他的名字和电话就写在一块小木牌上，钉在对岸溜索路边的石墙上。每天 24 小时，只要有人回村打来电话，他就马上来到机房，开机，把对岸的村民接回来。这边出村的人，只要叫两声、打个招呼，他就上岗了。他站在高高柴油机房门口，搓着长满老茧的双手，和过往的村民招呼。不远处就是即将要建成的大桥，他笑得很开心。

19 年前，是他和十多户村民集资约 12 万元，经过大半年的千辛万苦才建成了这条溜索。"光是将上千米长牵引钢索的尼龙绳连接两岸，就用了两天！"用尼龙绳拴着石头抛向江中打结，后来又攀悬崖运送……真是一言难尽！再后来拉钢索、建吊筐；再后来是人力推拉、一二十分钟才过一趟；再后来改成了柴油机和电牵引、单次过江缩短到 6 分钟了——回顾艰辛，步步走来，他眼中充满泪花。

溜索建成后，每人次收 2 元钱，后来成本提高了，就收 5 元钱。收钱只是维持溜索运行，由于交通不便，经济上不去，村民外出打工多，村里只剩下 300 来人。

有桥了，下岗了！使命完成了，他很满足——

▲ 开溜人蒋世学坚守溜索近 20 年，眼看就要下岗，心境复杂

村民李陆贵笑了！

59 岁的他是村干部。他介绍说，溜索建成之前，鹦哥村人出山，要从山崖上跋涉两个多小时，下到金沙江边渡口乘小木船过江，过了江，还要翻山攀崖——。另有一条出山路就是走两个小时"之"字形山路，翻上海拔两千多米高的村后大

山，到有公路的另一个村后，才能坐上汽车，到县里还要三四个钟头。

金沙江水流急浪高，坐小木船过江很危险！"1984年农历七月的一天，一条载着13位村民的木船被大浪掀翻，只有两人在急流中游回岸边，其余11人遇难。"他忘不了当年的痛苦。

他说："好在鹦哥溜索运行的19年间都没有发生大事故，但毕竟快20年了！镇上的安监站虽然每月来安全检查，但谁不敢保证不会发生意外。"据了解，江风、暴雨、大雾等自然天气都将影响溜索运行安全，停电、机械设备运行疲劳、老化也都是不能忽视的安全隐患。有一次，溜索正在运行中突然停电，备用柴油机又坏了，吊筐里还有人停悬在空中，非常危险。村民只好用最原始的手拉葫芦溜索滑过去送食物、防寒衣被。心惊胆颤地等到修好机器，避免了事故发生。

第一次和村民一起乘坐溜索吊筐过江，摇摇晃晃的，还真有些紧张。村民招呼新人全都蹲下，不要下看。吊筐上安全牌的字迹歪歪扭扭，不注意还真看不清写了些什么。好在我一心专注拍照，忘记了悬空溜索的紧张和恐惧。

大桥就要建成！心惊胆颤过江的日子将一去不返，他感慨——

支书唐启禄笑了！

和他一起乘坐溜索过江，他细心地招呼大家拉好吊筐、关好框门。长期在山区奔走，他都习惯戴草帽。帽檐下的面庞，同样是黑油油的。溜索缓缓向对岸滑去。在江中心高空遥看快要建成的大桥，视角独特，更加壮观。

雄伟的大桥就在他的身边，他会心的笑了，这般甜美！

他今年38岁，2010年就被选为村委、2013年起担任支书，三届连任！大家就是指望他带领乡亲村民早日脱贫，致富奔小康。

百度搜索"鹦哥村"这样介绍：

支书唐启禄笑了

▲ 在溜索上高空看大桥，更加壮观

"现有农户 568 户，共有乡村人口 1935 人。

2015 年全村经济总收入 982.60 元，人均 4208.00 元。

该村目前存在的主要困难和问题是：乡村集体经济匮乏，还有群众处于温饱边缘，生活条件还待进一步改善，医疗条件差，交通滞后，水利设施有待改进、人畜饮水困难——"

来到村里见到，只有几户村民建起了水泥砖结构的房屋，大多数村民还住着土木结构的老房，有的十分破旧了。因为交通不便，一户村民建了 12 亩的鱼塘，没多久，就经营不下去了。10 年前，村里还曾发生过一位六十多岁的村民生病，因路途艰难，家境贫困，半夜起身跳崖身亡的悲剧。

"百度上的数据不准，我们村年人均收入只有 3000 元！现在鹦哥村还有 167 户 658 人是贫困人口。"他说"我们的目标是今年年底脱贫！"

习近平主席和党中央精准扶贫，振兴乡村战略实施，村民看到了希望！

从中央到四川、云南各级政府扶贫力度强烈，惠及山村。

早在 2013 年国务院扶贫办、交通运输部就对四川、云南、贵州等边远山区"溜改桥"工程项目作出部署，后来又公布了全国"溜索改桥建设规划"，仅云南一省就确定了 181 个溜索改桥项目，拨出数十亿元资金架桥、修路，解决上百万山区群众出行靠溜索的落后交通方式，彻底改变西南山区交通困难的落后状况。

鹦哥大桥由四川省承建，2015 年 10 月开工，三级公路标准，双车道。云南省也拨专款，在村后山边还建了一条直达县城的乡村公路。

大桥建成了，公路修通了，两条道路到县城都缩短了 1 个半小时。

据规划，四川境内沿金沙江段"沿江高速、宜宾—攀枝花公路"将经过这里。将来，鹦哥村——金沙江峡谷上的这个悬崖上的小山村一下子就连接到外面更大的世界。

"现在村里的种植、养殖项目有桑蚕、花椒、养牛、养羊等，都是农户分散型的。目前，县乡各级政府正在根据我们的金沙江峡谷自然地理环境，规划打造特色山村旅游项目。届时，这座溜索将不再具有交通功能，由有关部门做出安全评估后，作为旅游项目保留下来。"

山村的明天更美好，他憧憬——

鹦哥村民笑了！

69 岁的王廷才、他背了机油回村，笑眯眯的站在吊筐边。

还有买了菜归来 51 岁的杨文芬，背了柴油 45 岁的吴顺风。

以及打工回村 47 岁的管正会、42 岁的苟世祥——

村口那两棵老树，村民谁也说不清是什么时候开始长在这里的。几乎全是岩石的崖壁少土、缺水、酷暑、严寒、风霜、暴雨——自然环境如此恶劣，它们竟不知不觉地从小苗慢慢长成了大树，扎根在金沙江畔的悬崖上。就像这里的人，在如此恶劣的自然条件下，生生息息，倔强的生活着，也改造着山山水水。

老树簇拥在村口的悬崖边。它们闪着青翠的光。它们见证了这里发生的一切！

鹦哥村人祖祖辈辈生活在这里

新的梦想、新的生活才开始——

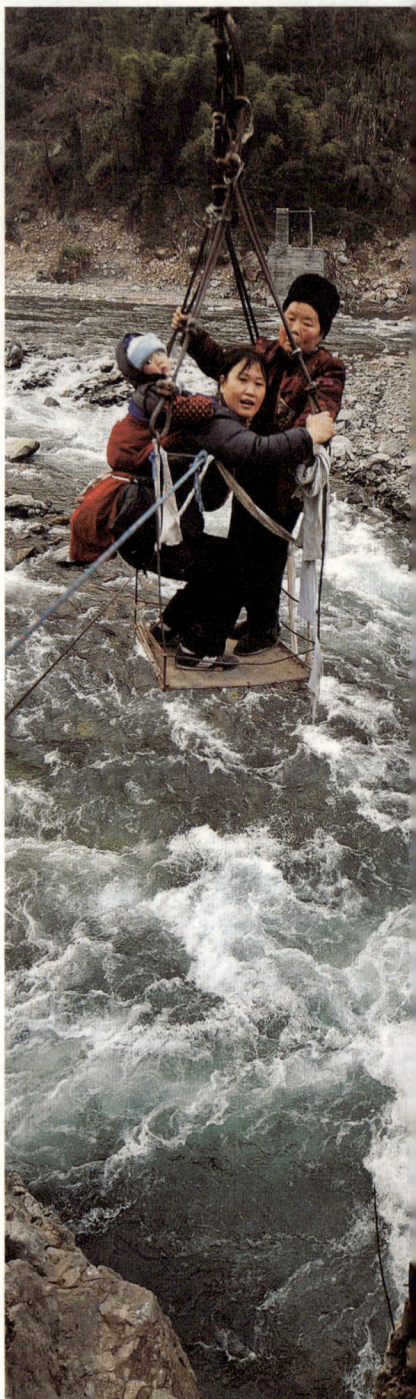

采访札记

　　第一次采访拍摄溜索，还是 2009 年春节前夕，在四川北川县。2008 汶川大地震后迎来灾后第一个春节。大灾后灾民生活、生存状态成为采访的主题。记得那天，从北川老县城山坡上的任家村坪出发，穿过千疮百孔的老县城曲山镇后，突然见到邓家村灾民点公路边 200 米宽的湔江江面上，一个溜索吊筐正在艰难的滑行。赶紧停车赶到江边。只见一四十多岁的村民用力地拉着钢索，将吊筐一米一米地拉过江来。吊筐上是黄彦云、黄良姐弟两人。他是两姐弟的父亲。他和村民将地震损坏的溜索修复好，这下勉强可以使用了。"没有震前利索！"他说。春节到来，他带着两个孩子江对岸的老屋祭扫地震中丧生的老人，找回能用的生活用品后，返回灾民点。地震后溜索受到极大破坏，几乎不能用了，但这是回老屋的唯一通道。他们冒着危险，拉着震后变形的溜索，倍加吃力。

　　2012 年，贵州水城县营盘乡红德村旁是乌蒙大裂缝，一条高空溜索，拉着孩子上学，村民出行，十分危险，引起关注。当时，我正在贵州采访"营养午餐"，转道来到现场。只见溜索吊筐在一百四十多米高的深涧往返，用柴油机做动力。村民出行、孩子上学都依靠它。吊筐很小，乘溜索人的身体几乎全部悬在吊筐外面，十分危险。在舆论的关注下，当地政府紧急停运这条溜索，并承诺修一座大桥，方便村民出行。

　　2010 年，本报记者徐维欣在云南怒江采访，拍下了少数民族村民身系绳索，用滑轮过江的照片。只见激流滚滚，身悬空中，令人心惊。

　　溜索这是千百年来西南山区人民过江过河的特有的交通工具，古老、原始、落后、危险，严重影响山区人民的生活，制约了山区生产力的发展。多少年来，山区群众热切希望架桥修路，彻底改变山区交通的落后面貌。

　　随着我国改革开放的历史进程，国力有了很大的增强。各级政府加大投入，"溜改桥"成为精准扶贫，改变农村落后面貌，为群众办实事的民生工程、民心工程。

　　2013 年 8 月，国务院扶贫办，交通运输部召开"溜索改桥"工程建

灾民乘坐在震后受损的北川溜索过江

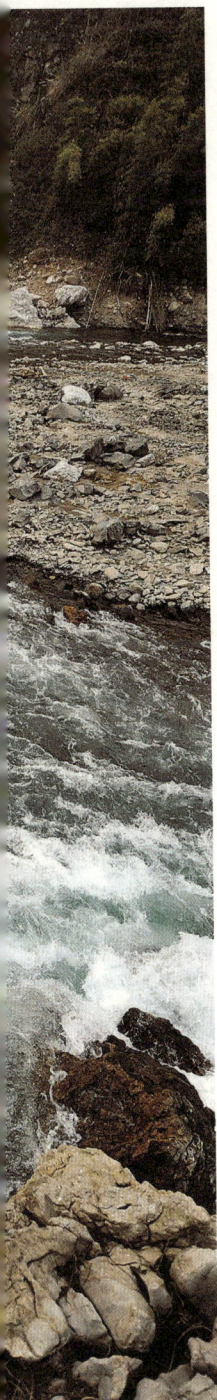

设座谈会，决定 2013 年至 2015 年投资约 27.6 亿元对全国西部 7 省区尚存的 290 对溜索，实施"溜索改桥"工程建设。其中新建 220 座车行桥，总长约 2.7 万米，并配套建设约 660 公里连接道路；新建 70 座人行桥，总长约 6600 米，并配套建设约 200 公里连接道路。

2016 年，两会期间，国家还公布了"溜索改桥建设规划"。

早在 2010 年，云南怒江就编制了《2011—2013 年怒江州三江溜索改桥建设规划》，计划投资 19623 万元，用 3 年时间，对当时现有 42 对溜索进行溜索改桥项目建设，取消 36 对溜索，保留 6 对体验性旅游观光溜索。同时，建设连接桥梁的农村公路及简易道路，通过公路及简易道路连接江桥，使居住在怒江、澜沧江、独龙江两岸的群众过江问题得到彻底地解决，方便群众出行，推动边疆地区经济社会发展。

2013 年，国家确定用于云南的 139 个"溜索改桥"项目款达 11.39 亿元。云南省溜索主要分布在昭通、文山、怒江、迪庆等 11 各州市等边远山区，仍在使用的溜索单边总长达 1.7 万多米，涉及近百万人生活、出行。2015 年，经过进一步调研，云南省最终确定溜索改桥项目达 181 座。到 2017 年底，云南省境内溜索改桥项目最后的 9 座大桥基本建成完工。据"鹦哥溜"巧家县所在的云南省昭通市交通局信息：全市总投资用于溜改桥达 6.8 亿元，到 2017 年分布 9 个县区山区的 44 个溜索改桥项目，大部分已完成，2018 年将全部建成通车。

2013 年 5 月，四川省确定对全省 499 个边远山村尚存的 77 条溜索进行改桥建设工程。到 2017 年，溜改桥工程总投资达 12.4 亿元。到 2018 年 3 座特长溜索改桥工程将全部建成通车。"鹦哥溜"项目就是是其中之一，大桥最终还将与正在规划建设中的四川宜宾——攀枝花高速公路对接，彻底改变金沙江两岸山区川滇近 10 万群众的出行方式。

党的十九大提出乡村发展战略，加快了"溜改桥"工程建设的进程。

2018 年 7 月 10 日四川省凉山州布拖县龙潭镇冯家坪村溜索改桥项目正式完工，意味着鹦哥村将告别溜索时代，

2018 年 9 月 1 日，随着最后一车混凝土浇筑完成，横跨金沙江的一座大桥桥面正式贯通，桥长 391.9 米，一头连接四川凉山金阳县对坪镇，一头连接云南昭通巧家县东坪镇。目前，四川 77 个"溜索改桥"项目全部建成。

"鹦哥溜"川滇境内金沙江大峡谷上的最后一条溜索将成为历史！

再见邓迎香，麻怀村变了

发表时间：2018 年 1 月 21 日

时间很快，不知不觉过去了 6 个年头。

再到麻怀村，再见邓迎香，变化着实惊人！

人变了。邓迎香，从一个普通山村妇女、基层党员，成长为村支书，十九大代表。作为全村致富、奔小康的带头人，显得更加成熟、沉稳、自信。

麻怀村变了。一个四面环山封闭的天坑山村，2010 年的人均收入仅 800 元，现在增长为 8200 元。二十多个山村孩子考上了大学，20% 的农户买了汽车，村里办起了农家乐，开展乡村旅游，还建起了黑毛猪、食用菌、药材养殖基地。村集体经济积蓄达到 20 万元。

其实，这都是因为一条隧道！

因为一条隧道带来的变化。

因为一条隧道我们认识了邓迎香。

因为一条隧道我们 6 年前第一次来到了麻怀村……

▼ 在邓迎香的带领下，村民在大山间打通了一条隧道。

———

2012年9月，我和本报年轻记者单颖文正在贵州罗甸县，采访"营养午餐"、乡村教育专题。一天下乡采访后在回县城的车上，陪同我们采访的县职业学校黄校长，无意中说起山村孩子教育出路大都还是外出打工的话题。他欣喜！他的学生到苏州打工还嫁给了苏州青年，前些年新娘带着新郎回乡娘家，还被请去喝了喜酒。他说，新娘哪个村太偏僻太穷，去喝喜酒还要钻、爬一个山洞。说到这里，他高兴起来，"新娘的继母很有本事，这些年来硬是把进山那个爬进去的山洞打通了，听说现在汽车可以开进去了！"

他说这个"很有本事的新娘的继母"就是邓迎香。

这个信息也令我们好奇，惊喜！我们当即决定暂不回县城，调转车头去麻怀村，去看邓迎香。

傍晚时分。汽车沿着崎岖山路来到麻怀村，第一次见到了邓迎香和她刚刚打通的隧道。

隧道长216米，刚好能通过一辆汽车。走进洞里，贵州山区喀斯特地貌特征的岩石，凹凸不平悬挂洞壁、头顶。灯光昏暗，行走间，真有些惊恐。

此时的邓迎香已没有刚打通山洞时的欣喜，她最担心的是生怕洞顶的悬石掉落伤人。为此，她常常带着手电、火把前来巡视、检查，提醒进出的村民。洞壁需要加固，隧洞两端的道路需要硬化——此时的她就像祥林嫂，逢人就化缘。

那会儿，她还没想那么远。反正隧道通了，就有希望了！村里的孩子上学不用翻山越岭，绕道四五个小时了。村民有人生了病，能尽快送到乡、县医院，不要耽误抢救时间了，不会再重演当年她自己的孩子死在送医山路上的悲剧了。

要致富先修路——这是她前些年外出打工看到自己的家乡和沿海地区发展的差距，开拓了视野，从而获得的最朴素的心愿。

在她家的火塘边，她向我们讲述了打通隧道的艰辛，几番动情、几番落泪。

打通这条隧道，她和乡亲们用了整整12年的时间。1999年农村电网改造，为了节约成本，方便电网进村，麻怀村主任李德龙提出挖隧道的设想。她和乡亲们花了两年时间，先打通了一条小隧道，把电缆拉进村后，窄小的隧洞行人能勉强通行，但村民需打着火把或手电、踩着泥水、乱石上钻、爬才能进出山洞。当年，她的继女带着苏州新郎官回村办喜酒，就是这样进村的。当穿着婚纱礼服回乡的小俩口从洞中爬出来时，浑身泥水，十分狼狈。邓迎香当时就心疼落泪了。她决心"再挖隧道，要让汽车开进村"的想法越来越强烈。

"打隧道我捐一万元。"女婿得知后非常感动。

乡亲们谁都不相信她。连丈夫都说"这个女人疯了！"

邓迎香只上过小学一年级，她还不知道有个"愚公移山"的故事。

"你们不信我信！只要我坚持每天挖，总会挖通的！"她就像愚公一样，执着地每天去挖洞。

她的行动感动了乡亲们，渐渐扩大的洞口让大家看到了希望。丈夫心疼她，乡亲们也慢慢理解她。她把村民组织起来分班轮流从两头挖。

为了争取资金、建材，她有空就往乡里、县里跑。那会儿县乡干部全都躲着邓迎香。

这么大的工程，资金需要多少？我们本身就是贫困县哪有资金支持她？出了事故怎么办？——这都是实情。干部有难处，更怕担责。

一天，县里领导被邓迎香缠得没法了，允诺给她 3 万元。但有话在先——"不能叫打隧道款！"明里只能称作"扶贫款。"

邓迎香坚持打隧道的精神，最终还是感动了不少县乡政府部门，他们有的拨来资金、有的支援水泥，砂石。

2011 年底，经过 12 年的努力，隧道终于打通了，汽车可以开进山村了！大山里，鞭炮齐鸣，锣鼓喧天，乡亲们举杯庆祝，邓迎香自己也被感动了！

6 年前拍下她的照片可看出，走在隧道里的邓迎香，内心充满着喜悦和欣慰。临别时，我们留下不多的出差余款，算是一点心意，支援她。记者真的被感动了！

回到上海，我们《文汇报》用了整整一个版面，刊发了题为"邓迎香：一个农妇和一条隧道"的长篇通讯，宣传介绍了她的事迹。

二

"欢迎你们再到麻怀村，我们村真是大变样了！"

这些年来，邓迎香多次来电、并发来微信告诉村里的变化。在中央级媒体、央视新闻联播里也常看到她的身影。她被誉为"当代女愚公"，先后获得国务院消除贫困感动奖、全国脱贫攻坚奖，被评为全国三八红旗手标兵、全国扶贫先进个人、全国优秀共产党员，当选为党的十九大代表。三次见到习主席。在荣誉面前，她没有停步，更加感到自己肩上的责任重大。她努力学习文化知识，弥补自己文化基础知识的不足。驻村干部"第一书记"还帮她制定的文化学习计划，买了字典，哪怕是外出开会学习，她都不忘坚持学习，现在她已经可以认识三千多个字了。她还多次到全国各地参观学习，寻找适合山村农业发展的生产养种植项目，力求将外地好的经验、项目、技术带回来，带领乡亲走出贫困，致富奔小康。

十九大归来，她又马不停蹄奔波在各地，到农家、田头、到企业、学校向群众宣讲十九大精神。据新华社报道：60 天里，邓迎香宣讲报告达 53 场。远到江苏、福建等地。2018 年新年伊始，我们见到邓迎香，她说"这个数字要修改了，现在是 62 场了。十九大报告讲出我们的心里话，我要和更多的人分享。"这天下午，罗甸县法院党员组织到麻怀村学习，邀请她再作一次十九大精神报告。她正忙碌着。

邓迎香说："党的十九大制定了'乡村发展战略'振奋人心。习总书记到贵州代表团指示'发展产业是实现脱贫的根本之策。'让我们看到了方向！过去我们先打隧道、修路脱了贫，靠自力更生，靠实干。如今奔小康发展产业，还要靠实干！"

"这是我们的黑毛猪养殖基地！"上海金山廊下"逸耘现代农业科技园"老总张炎夏博士专程来到麻怀村考察。一见面，邓迎香衣服都没换就带着我们踩着泥泞的山路去参观。

这又是一个四面环山的天坑。翻过一个高坡，向山下望去，两百多头黑毛猪就散养在这天坑底部放养区。高山陡峭，猪自然跑不出去。茂密的植被，又成为猪觅食奔跑的隐身处。建起的蓝色猪舍，可避风防寒。清澈的山泉引到猪舍——好一个"天坑黑毛猪天然生态养殖场"。

只听见一阵哨声响起，饲养员投放食物时间到了。两百多头猪循着哨声从树丛跑出来，奔着来到饲养员身边，十分有趣，十分壮观。饲养员洒下玉米，猪群这才安静下来。

这里喂食都是山里自产红薯、青菜等，山下种植猪饲料的田地，全是绿色、自然生长的食物饲料。

"目前黑毛猪养殖第一期只有两百多头，种猪繁殖场也建立起来了。不久将扩大到 500 头以上。"邓迎香不停地介绍。在现代化的猪种繁殖场我们还见到两头配种野猪。"这样配种养出来黑毛猪更壮实、肉质更香美。"

看到这一切，从上海专程前来考察的张博士当即表示，可利用现代互联网技术，将这里的一切——从小黑毛猪的出生、到每天的喂食、奔跑、成长等实况影像，通过 APP 传送到上海市民的手机上，消费者就可提前订购远在千里之外这里的猪肉了。张博士致力于农业发展模式的探索与创新，成为目前国内率先实现了"互联网＋种植养殖"的企业。他通过"集约"形式，组织个体农民实施规模

▼ 奔小康蓝图，实干才能实现！
邓迎香和麻怀村班子畅谈未来

化生产，提高生产效率；通过组织种植绿色农产品，使得农民的收入大幅度提高，同时也使社会得到好产品。他创办的逸耘现代农业科技园，在上海金山廊下镇有着上千亩现代农业种养植区，每天生产的无公害绿色农产品早已通过网络销售进入上海百姓的千家万户。张博士还长期在云南、宁夏等贫困地区资助扶贫项目。不久前，他用互联网＋扶贫，已经在贵州贫困县黎平建立起一套系统，帮助当地农产品走向上海市场。这套系统完全可以移植到麻怀村。

邓迎香高兴了，"村里不仅通了汽车，现在还接通了互联网，今后将麻怀村的农产品销往上海更大的市场，这是天大的好事！"

来到食用菌（香菇）种植区。240平方米面积的大棚内，种植了8000棒食用菌，年产1.6万斤。棚内香菇刚刚采摘后，菌棒浇了水，正在孕育下一茬香菇。"香菇每市斤5元，年销售额约8万元，利润4万元。"邓迎香仔细算计着一年的收成，如数家珍，脸上充满喜悦。

更令我们吃惊的是，就在这个小小的香菇种植大棚旁，一个更大规模的食用菌（香菇）种植大棚正在建设中。邓迎香介绍说："这是1万平方米的大棚，建成后将投入35万棒菌种。到那时，年产量将达到70万斤，年销售额达350万元，年利润将达到175万元。"

如此大的建设规模在麻怀村翁井组，同样是在一个天坑中，非常壮观。真不敢相信，这里原来是荒山野岭，一个现代农业园正出现在眼前。正值北方寒流袭来，山顶云雾缭绕。麻怀村的建设者正在抓紧施工作业，一片片钢架正树立起来，干的热火朝天。我们身在大山中，竟没有感到一丝寒意。

在村里，我们还见到了州派驻村干部"第一书记"张华、镇派驻村干部"扶贫专员"黄透波、以及村委干部邓鹏、袁端胜等"班子成员"。他们带来了政策、带来了科技、带来了各级党和政府精准扶贫，帮助偏远山区脱贫、致富奔小康决心。

邓迎香说："如今麻怀村虽然退出了贫困村行列，但是与全面建成小康社会的要求还有不小差距。"为落实党的十九大报告提出的"乡村发展战略"，她和村支部带领全村群众确立了新的发展目标——充分依托优势资源，按照"一年打基础、两年见成效、三年奔小康"的目标，实施"田土种稻菜、林下栽菌菇、圈里喂猪牛、庭院建果园、农家办旅游"等增收富民工程，力争到2020年人均收

▼ 看着一万平方米的食用菌种植基地正在天坑中建设，她和驻村干部心中充满喜悦

入突破 2 万元。

习总书记提出，土地承包经营权再延长 30 年。党的十九大闭幕刚一个多月，在麻怀村党员活动中心，罗甸县农村土地承包经营权证书颁发大会上，全村 154 户用户就领到红灿灿的新的土地承包经营权证。

目前，麻怀村按照"资源变资产、资金变股金、农民变股东"的发展思路，成立了由村集体出资的贵州迎香公司，下设若干分公司和农业经营实体，形成集种植、养殖、餐饮服务、励志培训、乡村旅游、劳务输出等为一体的村集体经济经营模式。

同时，一批麻怀村长远发展的新项目也正陆续上马——30 万羽鹌鹑圈舍已经建好，鹌鹑苗即将上架，该项目的实施可实现年利润 80 万元，解决 20 人的常年务工，村集体每年可实现分红 20 万元；100 头肉牛养殖场圈舍已经建成，开春后进牛，村集体可增收 7.7 万元，每户实现分红增收 2000 元；黑毛母猪养殖项目建设正在完善，可使村集体经济增收 10 万元，农户年增收 1000 元；规模达 1 万

平方米的食用菌（香菇）大棚建设，近期即可完成——

  "一碗水只能够一个人喝，一桶水只能够一家人喝，有了一口井才够一村人喝！"邓迎香说："党中央提出全面小康不让一个人掉队，是基层党员干部的责任和义务。"随着麻怀村发展规划的实施还将带动麻怀村周边几个村协同发展。与麻怀村抱团发展，成为共同奔小康新思路。

  "再好的蓝图，不干都是一张纸，实干才能变成现实。"邓迎香是这样说的，也是带领群众这样干的！

  我们相信，麻怀村乡亲脱贫致富奔小康的发展蓝图定将一步步变为现实。

▼ 在农户火塘边，邓迎香宣传十九大精神

1999 中国诞生新地标

采写时间：2019 年 3 月

> 浦东——
> 因为一条黄浦江相隔，整整沉睡了上百年！
> 因为当年那位老人少画了一个圈，又整整期待了十三年！
> 1992 年的春天来的特别早。大年初三，小平同志登上南浦大桥，在寒风中遥望浦东。深邃的目光，注视着远方！
> 几天后，他指着朱镕基等同志递上的浦东开发蓝图说：这是一张白纸，好画最美的画。深情的嘱咐，道出上海人民的心声。

在 1979 年党中央决策沿海改革开放 13 年后，那位老人在浦东"又画了一个圈"，或者说"补画了一个圈"——小平同志在这里将中国的未来规划！

改革开放从沿海到内地，

春天的故事从南方到北方，

浦东的春潮后浪推动前浪。

——浦东，这片沉睡的土地焕发出聚变的能量。

七年后——

1999 年，420.5 米高的金茂大厦竣工，"中华第一高厦"的纪录就此诞生！

成为中国和浦东改革开放的新地标！

人们关注这里的变化——

就在这高厦即将建成前后特别的时间里，我将镜头对准了在第一高厦下生活的浦东居民，他们的生存状态见证当年的时光。如今翻读二十多年前的照片倍感亲切。

1999 年，当"中华第一高厦"高高的耸立起来之时，托起了多少上海人的希望。

生活在这里的人们充满自豪和憧憬。他们以复杂的心态，度过在这熟悉街巷的最后时光，告别生活祖祖辈辈的旧居。

3

4

7

8

1. 当浦东开发刚刚起步时，这里没有一座高楼。东方明珠此时也才刚刚奠基，露出了一点点小头。

2. 道路从来没这样开阔，老人在高厦下放起风筝，放起童年时的梦想；

3. 破旧的街区小摊也开始时尚起来，也许预示着这里成为中国时尚中心的未来；

4. 再打一盘台球，那会儿的年轻人就流行玩这个；

5. 为去世的老人送别，烧烧纸钱，寄托思情，青烟飘升很高、很高；

6. 小菜场依然拥挤着，菜农依然天天送菜来这儿。讨价还价，沪语喧哗；

7. 打开老虎窗，身后就是第一高厦，风景独好。即将搬离老屋，心情独好；

8. 旧居虽老，生活依然恬适，温情，舒雅，平静；

9. 一座座老屋旧宅正在拆除，变化每天都在这里发生；

11—13 短短 10 年，这里经历见证了中国入世，成功举办世博会，陆家嘴金融中心区的建设和改革开发的巨大变化！

420.5 米 "中华第一" 的纪录保持了 5 年！

508 米， "中华第一"，2004 年被台北 101 大厦超越。

492 米，浦东 "环球金融中心"，2008 年再次超越金茂大厦；

632 米！成了今天 "中华第一" 新纪录！2016 年，上海中心大厦成就新高度。

599 米，深圳 "平安国际金融中心"

596.5 米，天津高银 117 大厦，

530 米，广州周大福金融中心，

530 米，天津周大福滨海中心

484 米，香港环球贸易广场

452 米，长沙 IFS 大厦

随着南京紫峰大厦等新的高厦在中华大地上陆续建成，金茂大厦已被挤出前 10 名了！

如今，当我们纪念改革开放 40 周年、即将迎来纪念浦东开发 30 周年，我们的镜头飞越浦东陆家嘴上空——当年顶天立地、曾经誉为中华第一的上海地标——金茂大厦，已经淹没在浦东一座座高厦楼丛中。

后记

文字记者拍新闻照片，摄影记者写消息通讯，不足为奇！

然而，当编完这本新闻作品集，我还是有些震惊！是我写的吗？编辑统计通讯、特写、专访达 34 万字！

我是摄影记者，写文稿只是客串。客串不能敷衍、更不能糊弄。向真正的文字记者学习，写的文字稿件尽可能更专业些，也更有可读性些。

回头想想，真有些莫名其妙！在文汇报记者职业生涯的最后五年里，我有了"天下近距离"这个写作新闻通讯的平台。哈哈，神操作，妙不可言！

我体会到，新闻作品（文字、摄影）在抓新闻性、抢时效性的同时，还需加强表现力！表现力除了用光构图技术层面的技巧运用，摄影和文字写作有区别外，抓细节、刻画人物、揭示人物的内心世界，则是相通的。这也许正是我坚持摄影本职的同时，也坚持采写新闻通讯的要悟。其实抓细节、刻画人物内心世界，何尝不是所有文学作品、艺术形式的通则呢?!

当然这一切，都必须是记者深入生活、深入现场才能获得。深入、再深入！

还是前言那句话：——我们走得越远天下距离越近！

鄱阳湖，渔歌歇了——是本书收录的采访特写文章之一。

2011 年 4 月下旬，江西鄱阳湖本该烟波浩渺，湖水连天，百鸟鸣飞，鱼翔湖底。然而一场百年罕见大旱，竟使这个我国第一大淡水湖干枯了，湖底长出青草，成了一片大草原。

本来被湖水包围的湖心岛村也和陆地连起来了，

本来以捕鱼为生的湖心岛村民面对百年未遇的灾情，十分无助、无奈。

无助、无奈、而又默默地抗争——我以此为视角走进湖心村渔民陈理华家，和他生活了一天。

清晨，到村外从抗旱深挖的低洼蓄水坑抽水，为自留地秧苗浇水抗旱；

白天，顶着酷暑骄阳，保养维护烈日暴晒的渔船，刷桐油

——渔船是他一家生活的唯一依靠。

望着茫茫大草原、望着身边不少因暴晒多日而溃败的渔船，他努力抗争着。

期盼来一场酣畅淋漓的暴雨，洗刷鄱阳湖的酷热，冲刷湖心村渔民心中的烦愁；

期盼湖水快快涨起来，渔船划起来，鱼儿游起来，丰收的渔歌再唱起来……

文章纪录了渔民在特大灾情下的生存状态和心境。《文汇报》整版发表后，读者发来信息：坐在上海繁华高厦，读着这篇文章，心中多来一份牵挂。生活在大旱灾情中民众的艰辛、不屈，令人感动。

文章发表后，我将那一期的《文汇报》整理了两份寄给了远在江西鄱阳湖还在艰辛中的陈理华，还在报纸里夹了几百元钱，真的想表达一下内心的那种牵挂。也不知道他收到没有。

原来的标题是"这还是鄱阳湖吗?!"编辑改了，应该是小缪——缪克构。一个年轻有为的报人，还是诗人，小有名气，后来还当了《文汇报》副总编。可畏的后生。

"鄱阳湖，渔歌歇了"——他改的标题很有些诗意，和文章的意境贴切，也很有故事性。

在中国的大地上每天都演绎着不知不觉的故事，惊天动地的不用说了，每天的新闻联播、主流媒体都能看到。而更多的则是像渔民陈理华这些的、似乎是无声无息的、民间烟火味儿、鱼腥味儿、泥土味儿的故事。记者走近才能发现。

2011年，我们《文汇报》"天下""近距离"栏目又开辟了一个叫"乡土中国"的专题系列，这年中宣部开展了"记者走转改、走基层"活动。

从上海高厦走出去，行进在祖国各地的城市乡村，生活原来如此丰富多彩，故事竟然如此动人心扉。

写中国故事，写普通人的故事——

本书选编的采访通讯、特写文稿呈现的大都是普通人的故事。

采访这些普通人、小人物的故事，其背后的故事也很有意思。

2011 年第一次到贵州罗甸山区采访是因为自媒体上传的一组视频：山区的孩子在破旧的教室外，用石头、土坑支架铁锅，烧火做饭，烟雾弥漫。没有肉、没有蛋、甚至没有菜，许多孩子仅有酱油、黄豆下饭。

此情此景引起国内公益组织和全国媒体的关注。

从贵阳乘坐长途公交车，在山区公路上颠簸 6—7 个小时才到达罗甸这个黔南小县。以后连续几天，由县教育局李正权老师驾车，在山区采访。高兰村小、龙潭村小、兴隆村小、新龙坪四小、大寨村小教学点、沟亭乡小学等。山区的贫困、教育状况的落后，令人震惊。

"最美乡村女教师——邝德华、王启芳"一稿，是这次罗甸行采访稿件之一。那天一早，和李正权老师一起，从罗坪四组出发，冒雨行走两小时山路，来到大寨村小教学点。邝德华和王启芳两位姑娘，作为定向师范生毕业后来到边远山区的教学点，奉献青春。令人起敬。最令人感动的细节是：这里条件太差，过去分配到这里的男老师，常常不告而别，晚上乘人不备悄悄离去。两位姑娘的到来，村里人没想到她们会留下来。担心她们也会夜间悄悄离去。开始每天晚上村长等都到学校驻守。两位姑娘不理解。直到人们语重心长地说：如果你们呆不下去了，想走，也不要悄悄地走，不要晚上走，山路很危险。真想走提前告诉我们，送你们下山。山里人质朴的心肠感动了两位姑娘。也感动了记者。采访快结束时，邝德华老师向教育局李正权老师提出可否将邻村一个"拆点并校"的村小球场篮球架要过来的请求。回到上海，我当即为她们运去了崭新的篮球架和两张乒乓球台，和篮球乒乓球用品。她们那里缺失的太多、太多！

"徒步四小时，艰辛上学路"的图文纪实稿件，也是此行所得。从李正权老师提供线索后，我们从县城行车两个多小时，来到木引乡已是傍晚，去罗坪四组必须换乘有越野性能的皮卡，我们加紧赶路。崎岖蜿蜒的山区小路不仅狭窄而且坑洼。又驱车两个多小时，多处惊心，终于到罗坪四组。走访了几户贫困学生家庭后，和李老师挤在村长让出的床上和衣一夜。大夏天的，赶路奔波，也没法洗澡。第二天是新学期开学报到的第一天，和三十多个孩子一起行走在去木引乡小学、中学上学的山路上——将近四个小时！脚上全是泥，身上全是汗，很累，老是掉在孩子们后边。而孩子们背着书包，还带着油盐米菜，还有赤脚——每周往返，年复一年。这里原来曾有过教学点，因老师不愿来了，就撤了。我一路拍照采访、全程纪录。和孩子们分别时，看着他们天真淳朴、汗流满面的小脸，真不忍心。我将随身带的零钱，每人给了 100 元——买双鞋、买本书、添个鸡蛋、吃顿饱饭。回到上海后，我和上海爱心人士，连续五年向这里的孩子们捐送"上学鞋"。直到今天，孩子们行走在狭窄的小路上，爬山下坡，涉水过河的情景仍在眼前浮现。

"不该被'省略'的午餐"图文纪实，是这次采访的主要任务，综合龙潭村小、兴隆村小、沟亭乡小学和新龙坪四小目击采写成。我拍下了兴隆村小孩子们自己烧饭、做菜，用酱油、黄豆、方便面汤就饭的一幕一幕。令人心痛。也拍下公益组织开始试行的"营养午餐"项目，以及新龙坪四小坚持开设学校午餐帮助山村孩子的故事。这篇报道被评为当年上海新闻一等奖。回到上海后，在上海慈善之星秦志刚老师帮助下，上海航空技术学院向罗甸县乡村小学捐赠 200 台置换电脑、上海爱心企业家向高兰村小、布告村小等捐建午餐食堂、水泥球场、图书馆、住校生宿舍等。我也向布告小学捐赠全新课桌椅，我爱人的公司也联系物流公司免费将电脑等物品从上海运到罗甸山区。

罗甸的乡村小学午餐问题引起全国的关注——媒体、公益组织、各级政府。保证乡村孩子们每天一个鸡蛋、一顿午餐成为国家行动。不久，党中央、国务院决定：全国中西部贫困地区中小学生每人每天补助 3 元钱，统一解决孩子们午餐问题。

2012 年再到罗甸，是和上海慈善组织、爱心人士送 200 台电脑、及捐建几所村小学校午餐食堂、水泥球场等。和年轻记者单颖文的这次罗甸行，意外采访了后来被誉为"当代女愚公的邓迎香"和另一位村小老师陆朝光。《邓迎香——一个农妇和一条隧道》和《陆朝光——坚持乡村教育 18 年》两篇专稿在《文汇报》刊发后，引起不小的争议。

在当地，陆朝光是个无人知晓的小人物、邓迎香是个有相当争议的乡村妇女。

陆朝光的报道，引起时任上海市主要领导的关注，他当即和贵州省委主要领导联系，谈到《文汇报》记者文中提到的贵州山区村小和乡村教师的现状，望引起重视。这位贵州省主要领导立即调阅《文汇报》，并批示责成省教委、罗甸县委处理解决。正是这一领导批示令贵州及罗甸有关部门十分被动。省教委领导冒雨来到罗甸山区，泥泞山路上行走两三个小时，才到达陆朝光所执教的村小。他们现场调研、办公，之后向省主要领导写了报告。我们得知这一情况后，向贵州方面调阅领导批示、及处理意见和报告未果。但我们知道，省教委领导调研后，陆朝光所在的村小获得数万元的拨款，维修了校舍、发白的教室黑板变黑了、建立了小食堂、那个敲钟上课的铁块换成了高音喇叭、校园的烂泥地铺上了水泥。学校的教育环境得到改善。其实，陆朝光只是众多坚守乡村教育一线普通教师之一，我国中西部乡村教育存在的问题绝非个别。由于这次采访是县教育局李正权老师带我们去的，他在县里受到强大的压力。

邓迎香的报道引起的争议甚至到了互联网上。县委、县政府没有统一思想,没有在第一时间站出来为邓迎香撑腰。一个普通的乡村女共产党员,面对被大山封闭的小村、祖祖辈辈的贫困,她主动站出来,带领村民用了 11 年时间,打通了一条出山隧道,难能可贵、何错之有?! 为建隧道,她找乡镇领导、找县委、县政府各部门领导寻求帮助。一个村妇挑起如此危险的工程,哪个领导都不敢为她背书! 她成了"刺儿头",几乎所有政府部门都避她而远之。同情她的部门支援她的水泥等物资,都只能用"扶贫"名义,而决不能用"建隧道"。建设中、建成后,邓迎香都受到强大的压力。但不管如何争议,她带领村民打隧道整整 11 年、坚持下来了,隧道打通了! 走出大山、走出贫困的隧道活生生地摆在那里,为村民带来致富希望。

邓迎香在我们《文汇报》报道之前,黔南州就有不少人为她呼吁,为她抱不平。并在争议中将她评为优秀共产党员,贵阳晚报也报道过她的事迹。

邓迎香的转机还是来自我们《文汇报》。这年底,国务院扶贫办正是从我们的这篇报道中看到邓迎香这个典型,在没有和贵州省、罗甸县通报的情况下,直接用《文汇报》报道作为邓迎香的事迹材料上报国务院有关主要领导,当年邓迎香即被评为全国扶贫攻坚先进个人,和袁隆平等一起到北京人民大会堂受奖,受到汪洋副总理的接见。

自此,贵州省委、罗甸县委这才统一思想,充分肯定邓迎香这个典型,以此带动贵州扶贫攻坚战和落实党中央乡村振兴战略。以后邓迎香被评为全国妇女先进个人、全国慈善先进个人、"感动中国"提名、全国优秀共产党员、党的十九大代表,受到习近平主席的接见。还受邀到北京天安门广场国庆观礼、当选贵州省妇联副主席、担任了村支书记。

2018 年 1 月,时隔 6 年后,我再次到罗甸看望邓迎香,原来的麻怀村完全变了,她带领村民开始新一轮致富创业。和我一同前来的上海金山区著名的农学专家张炎夏"博士",还和她们村建立了互联网农产品采购通道。我采写"再见邓迎香,麻怀村变了"长篇通讯。后来,她的事迹被改编成了电影、电视剧。此稿落成时,以她的事迹改编的黔剧《腊梅迎香》作为庆祝建党 100 周年献礼剧目,在贵阳正式公演。

两位小人物的采访,两个在当地有争议人物的采访,没有事先得到地方主管部门应允。由于政治局委员的关注、省委第一书记的批示、稿件直通国务院领导,这些客观上都使地方政府感到被动。一段时间里,我们也被罗甸县视为不受欢迎的记者和媒体。2013 年,我们再到罗甸乡村小学开展公益活动,老朋友、县教育局的李正权老师不敢公开出面见我们,上海爱心企业家向布告村小老师学生发红包的举动,当地有关领导竟说这是对我们县的侮辱,受助的基层村小老师校长也都感到了压力,我们的行踪也被密切关注。这些都是我们未曾想到的。

上海公益组织在秦志刚老师帮助下，对罗甸乡村小学的帮困一直在延续。布告村小老师孟鑫头上的多年顽疾、高兰小学重病残疾学生都被接到了上海免费爱心救治。

后来发生的一件事意味深长，这个县乡村孩子在校就餐——没钱；邓迎香带领村民打隧道——没钱；陆朝光等乡村教师坚守乡村一线教育——没钱。全国公益组织、上海爱心人士积极奔波、千里迢迢，为罗甸村小捐献钱物。而时任县委书记、这个曾在电视镜头前信誓旦旦，表示要尽早解决乡村小学午餐问题的父母官，没多久，即因贪腐数额巨大，受到党纪国法的惩处，获刑入狱。据说这个县发现的玉石矿山曾引起轰动，而最好的玉料都送到了这位书记家，升迁搬家时卡车都装不下。这真是无法想象的！

邓迎香、陆朝光等小人物的故事早已见诸报端，背后的故事一样精彩。

本书中还有从地震废墟中被救出不忘感恩的农民彭国华、常年坚守边疆的巡边员马军武夫妇、云南大山包的护鹤员，以及受尽侵华日军凌辱的二十多位"慰安妇"老人，还有西沙之战荣立一等战功的肖德万舰长等，采访他们背后的故事同样精彩。

小人物的故事还在继续。

中国的故事还在继续。

感激我们这个伟大的时代、一个变革的时代、一个前进的时代！

感激创造这个伟大时代的中国人。正是这些社会小人物——他们的生活、他们的艰辛、他们的努力、他们的创造推动着中国社会的前进、折射出我们时代的风貌。

感激与他们相遇——他们的平凡、他们的故事成就了我的文稿。

我常常被他们感动——升华的情感，总感受到一种力量，

一种不竭的力量。

这是记者退休后编辑整理的第四部新闻作品集。前三部都是新闻摄影画册，而本书则是以文字见长的新闻通讯、特稿作品集。

感激《文汇报》"天下""近距离"两个平台。

感激专刊部、国内新闻中心同事们——我采写的文稿他们是第一读者、都是他们编辑后见报的。

2021 年 7 月 12 日

图书在版编目（CIP）数据

走得越远　天下越近 / 郭一江著 . —— 上海：文汇

出版社，2021.8

　　ISBN 978-7-5496-3631-0

　　Ⅰ.①走… Ⅱ.①郭… Ⅲ.①新闻采访—作品集—中

国—当代 Ⅳ.① I253

　　中国版本图书馆 CIP 数据核字 (2021) 第 156834 号

走得越远　天下越近

作　　　者	郭一江
责任编辑	甘　棠
装帧设计	王　茵
出版发行	Ｗ文匯出版社
	上海市威海路 755 号（邮政编码：200041）
经　　销	全国新华书店
印　　刷	天津千鹤文化传播有限公司
版　　次	2021 年 10 月第 1 版
印　　次	2021 年 10 月第 1 次印刷
开　　本	787×1092　1/16
丛书字数	300 千
印　　张	22
书　　号	ISBN 978-7-5496-3631-0
定　　价	98.00 元

郭一江

1955 年 2 月生,大学学历。

《文汇报》摄影记者、《文汇报》专刊部副主任。

中国摄影家协会会员、中国新闻摄影学会会员、

上海市摄影家协会理事、上海新闻摄影学会理事。

新闻摄影作品获中国新闻摄影年赛银奖、铜奖,中国新闻摄影年赛"金镜头"银奖、铜奖。多次获上海新闻一等奖、二等奖,获上海范长江奖。

编辑出版图书:

◎《中国最后的慰安妇》(2017 年)

◎《海魂——1980 年代水兵生活》(2019 年)

◎《体育之星——(中国篇)(世界篇)》(2020 年)